El Dragón y El Falso Profeta

Act of God (definición) – Un evento impredecible, fuera del control humano, como: inundaciones, terremotos, erupciones volcánicas, y otros desastres naturales y sobrenaturales.

La Saga de Act of God es creada por Oswaldo Molestina.

ISBN: 978-9942-36-723-5

Autor: Oswaldo Molestina.

Editor: Cristi Idrovo.

Portada: Jose Luis Molestina.

CAPITULO 1

Hace muchos años, mucho antes de los tres días de oscuridad, existió un inmenso desierto, aislado de toda civilización. Nadie conocía su ubicación precisa. El sol ardiente calentaba la arena donde una serpiente cascabel se arrastraba en busca de alimento. A unos metros de la serpiente yacía un puma, quien había sido herido en una batalla con otro animal. El felino se encontraba agotado y débil, pues llevaba ya mucho tiempo tratando de sobrevivir a las largas horas de calor durante el día, y a las heladas noches.

Al ver al puma, la serpiente se sintió amenazada, y le clavó sus colmillos, inyectándole un veneno que podría matarlo en cuestión de segundos. El puma le asestó un golpe con su garra, logrando rasguñar al reptil, y éste se retiró malherido. El puma se desplomó, y en medio de su respiración entrecortada, pudo escuchar el silencio del desierto. De repente, un sonido fuerte y agudo, proveniente de los cielos, rompió la calma. El puma, asustado, movió lentamente la cabeza en dirección al ruido, y alcanzó a ver una luz en el cielo.

La luz iba creciendo, y en medio de ella apareció una figura humana. Era un hombre de pelo castaño que casi le rozaba los hombros, y tenía una espesa y corta barba con bigote castaños. Llevaba una túnica corta de mangas largas y pantalones anchos de color crema. La figura fue descendiendo hasta que sus pies descalzos tocaron la arena del desierto.

El hombre se quedó quieto unos momentos, mirando a su alrededor. Aparte de unos cuantos animales, no había nada cerca suyo, al menos por algunos kilómetros. Miró al puma, y vio también a la serpiente que lo había mordido, alejándose. Se acercó al felino, se inclinó a su lado, y puso la mano sobre sus heridas. El puma se alarmó, pero estaba agonizando y sin fuerzas para defenderse, así que se quedó quieto, esperando su muerte. Pero la muerte no llegó; por el contrario, sus heridas empezaron a sanar, y empezó a sentir cómo recuperaba sus fuerzas.

Acto seguido, el hombre volvió a mirar a su alrededor, y vio la soledad que reinaba en el lugar; se puso de pie, y al momento empezaron a brotar del desierto miles de plantas, que crecían a una velocidad vertiginosa; en cuestión de segundos, todo lo que estaba a la vista se llenó de vegetación, flores y árboles, y el desierto se convirtió en un extenso bosque, en cuyo centro creció un enorme árbol. Éste era tan grande que, en comparación, todos los árboles gigantes conocidos por la humanidad parecían simples arbustos. Las raíces de este árbol se conectaban con las de todos los demás árboles por debajo de la tierra. Alrededor del gran árbol apareció un lago, que sería la fuente de alimento del resto de plantas y animales. Y de este gigantesco árbol salían frutos, que era el alimento de todas las especies. Así ya no se tenían que comer los unos a los otros.

El hombre levantó sus manos, y al momento empezaron a acercarse todos los animales que habían estado subsistiendo escondidos: serpientes, cocodrilos, escorpiones, arañas, ciempiés, abejas africanas, avispas, pumas, dromedarios, cabras, perros salvajes y todo animal que vivía en el desierto.

Al ver el desierto convertido en un oasis, lleno de plantas y animales, el hombre sonrió. Se acercó al puma, y sonriéndole le dijo: "Ve a tomar agua." El puma se levantó, lleno de fuerzas, y decidió no atacar al que lo había curado. Fue a tomar del agua y terminó de recuperarse completamente.

Pero el hombre sabía que existían dos problemas que amenazaban la existencia del pequeño paraíso que había creado: el intenso calor del día, y el frío de la noche eran temperaturas demasiado extremas para la nueva vegetación; y existía también la posibilidad de que fuera encontrado, y devastado, por seres humanos. Así que decidió crear un domo alrededor de este perímetro, para protegerlo. Al hacer esto, el lugar quedó completamente oscuro, por lo que decidió formar un orbe de energía que alumbraría el lugar, recorriéndolo de forma circular, para que simulara el ciclo del día y la noche.

Pero el domo no estaba completamente sellado; había siete puertas de acceso al domo, siete lugares donde se podía salir y entrar. Si alguien hostil llegara a entrar, sería presa de los pumas, las serpientes y las abejas, quienes se encargarían de defender su nuevo hábitat. Pero cualquiera que llegara sin malas intenciones a este oasis, sería bienvenido.

Una vez que vio lo que había creado, el hombre sonrió satisfecho, se acercó al puma, acarició su cabeza, y desapareció.

"Y ¿por qué me cuentas esta fábula, Josune?" preguntó Delmy, impaciente por saber el propósito de la historia.

"No es ninguna fábula; esto realmente pasó, diez años antes del día en que nos conocimos," respondió éste.

"¿Es decir que ese lugar existe?"

"Así es. En algún lugar de este planeta existe ese oasis, pero no tengo claro dónde es."

"Y ¿quién es el hombre que apareció de la nada y creo todo eso?"

"Es un celestial; su nombre es Deus."

“Deus... ¿Ese no es el mismo hombre que sale en la televisión? ¿El pacifista, que insiste en predicar la paz en estos tiempos de guerra?” Delmy parecía más interesada en el tema.

“Así es.”

“Es decir que lo que la gente dice, sobre lo que él puede hacer, ¿es verdad?”

“¿A qué te refieres, Delmy?”

Ella ignoró su pregunta: “¿Él es una persona buena, buscando lo mejor para nosotros?”

“No lo sé aún; pero él ha estado en contacto con Helen anteriormente.”

“¿Cómo en contacto con Helen?” preguntó Delmy.

“Gracias a él, ella ayudó a mucha gente. Ella lo conoció muy bien a él, y ella piensa muy bien de él, y en algún momento se podría decir que yo también lo conocí... pero yo pienso lo contrario.”

“Pero él nunca ha salido en la televisión manifestando estos poderes; se lo ve muy sencillo, muy humilde. Siempre va vestido de la misma forma... hasta anda descalzo.”

“Recuerda Delmy que él es la razón por la que Jerriel se ha interesado tanto en el concepto de las religiones, sobretodo después de lo que pasó con las iglesias.”

“Es verdad,” replicó Delmy, pensativa.

De repente, Delmy salió del trance, y dejó escapar un gruñido. “¡Josune! No he terminado contigo... No te vayas, todavía necesito respuestas.” No le gustaba cuando Josune la dejaba sin previo aviso.

Era Noviembre 27 del año 2025, y desde el último día de oscuridad, Josune sólo se había contactado con Delmy una vez más, para poder explicarle que “la voz” que siempre le hablaba era él mismo; pero no había respondido a todas sus preguntas, y ella se había quedado casi igual de confundida. Y ahora que finalmente él la contactaba, lo hacía sólo para contarle una misteriosa historia de desiertos ocultos y bosques creados por Deus. Por esto, Delmy se sentía muy insatisfecha.

Delmy exigía más respuestas, pero Josune seguía sin aparecer, así que se dirigió al baño de su departamento, y mirándose en el espejo gritó: "¡Josuneeeee!" Los ojos de Delmy se pusieron en blanco, y ella cayó desmayada hacia atrás, golpeándose la cabeza, mientras entraba en trance.

"Josune, desde la vez que descubrí que eras Josune hasta hoy han pasado algunos años, y sólo nos hemos contactado una vez después de eso, y ahora, en que decidiste contarme el cuento del desierto convertido en bosque; necesito saber más."

"Delmy, yo también he estado en otros lados, y también busco respuestas. Se que ahora eres una mujer muy feliz, y finalmente has superado a Wilus."

"¿Qué más podía hacer? No me quedaba otra alternativa que superar a Wilus, ya que ese idiota ha estado con Lise todo este tiempo. Por suerte, aunque viven en el departamento de al frente, casi no los veo."

"Ustedes deben permanecer unidos."

"¿Unidos? Pero si estamos cada vez más separados todos: Jerriel ahora está estudiando las religiones, por culpa de este Deus. Mikael un buen día dijo que se iba a recorrer el mundo y se fue, a pesar de la resistencia de su madre. Laina vive con Lise y Wilus. Aletia prácticamente vive en las bibliotecas informándose e investigando todo referente a "la verdad"... Que por cierto aún no entiendo exactamente qué significa eso."

"¿Y Eloy?"

"Al menos Eloy esta aquí, haciéndome compañía; gracias a él me siento cada vez más segura, por la fuerza que tiene; probablemente ha llegado a igualar a Lise en fuerza, ese es otro factor que nos tiene a todos más tranquilos; en sus entrenamientos con Lise se ha dado cuenta de que él podría cuidarse solo."

"Pero Lise es más fuerte que Eloy."

"Claro, eso sí."

"Y Lise ha sido vencida antes..."

"Claro, pero por cosas sobrenaturales; en el momento que se repita algún día de oscuridad, ya todos sabríamos que algo malo va a suceder, y nos reuniríamos."

"¿Qué te hace pensar que existiría un cuarto día de oscuridad?"

"Bueno, no lo sabemos aún, pero hoy es día de Acción de Gracias, y justo hoy vienen todos; necesito que no te vayas, tengo muchas preguntas más."

"Por si acaso en este breve momento que hemos conversado, han pasado algunas horas; al caer te golpeaste en la cabeza, y Eloy y Jerriel te llevaron hasta tu cama. Tus invitados ya están aquí, esperando que regreses."

Delmy se sorprendió al escuchar esto, y respondió: "¿Y recién se te ocurre decirme eso? Bueno, ya, pero quedemos en contacto."

"Delmy, no te fíes de él."

"¿De quién? ¿De qué hablas? ¿Josune? ¡Josuneeee!"

Delmy abrió los ojos. Tal como lo había dicho Josune, estaba en su cuarto, acostada en la cama. Intentó levantarse, pero sintió un fuerte dolor en la cabeza, y al llevarse la mano derecha a la frente se dio cuenta de que la tenía vendada. A su lado vio a Jerriel, quien estaba sosteniendo su mano izquierda. Junto a éste estaba Lise, toda vestida de rojo, tomando a Wilus de la mano, quien sostenía un iPad en su otra mano. Eloy estaba de pie del otro lado, contento de que Delmy hubiera despertado. Y Laina, como siempre, junto a Eloy.

"¿Ya están todos aquí?" quiso saber Delmy.

"Aletia aún no llega, pero está en camino," respondió Eloy.

"Mikael no va a venir; hizo todo lo posible, pero no lo logró. Dijo que tiene algo que contarnos, pero a su debido momento."

Delmy se sentó en la cama y abrazó a Jerriel. "Ayúdame a pararme, llévame a la cocina, que ya debe estar listo todo," le dijo.

"La mesa ya está servida, hemos preparado todo mientras descansabas," dijo Eloy.

Con la ayuda de Jerriel, Delmy se dirigió al comedor, y vio muy contenta que en efecto, todo estaba en orden. Sólo faltaba esperar a Aletia para sentarse todos juntos a la mesa.

"Espero que no la hayas dejado usar sus poderes curativos en mi," le susurró Delmy a Eloy.

"Por supuesto que no; aparte de que no la hubiera dejado, porque siempre nos lo has dicho, ella al entrar también insinuó que no era grave, que no era necesario usar sus poderes de curación," respondió Eloy.

Delmy miró a Lise y dijo, lo suficientemente fuerte para que ella la escuchara: "Típica perra." Lise hizo como si no la hubiera oído, y los demás se quedaron callados.

"Bueno, ¿por qué no pasamos a la mesa? ¿Les parece? Podemos esperar a Aletia mientras hacemos un brindis," sugirió Eloy. A todos les pareció muy buena idea, y empezaron a dirigirse hacia el comedor.

"Debemos dar gracias, especialmente en estas épocas de guerra, de que nuestro país no ha sido afectado; dicen las noticias que Europa está en serios problemas, aunque no especifican la gravedad del asunto," dijo Delmy.

"Habría que preguntarle a Ward lo que verdaderamente está sucediendo; después de todo, él controla los medios de información," sugirió Lise.

Al escucharla mencionar a Ward, Wilus miró a Lise con desconfianza.

Justo cuando todos se iban a sentar, Eloy fue fulminado por un rayo azul, y la habitación se llenó de un fuerte resplandor, que a su vez los lanzó a todos hacia las esquinas del cuarto. Eloy sintió una corriente de energía que fluía por su cuerpo.

Lise y Eloy se pusieron de pie rápidamente, y empezaron a ayudar al resto. Lise se inclinó sobre Wilus. Jerriel ya se estaba levantando, y parecía estar bien. Eloy se acercó a Delmy y a Laina, para ayudarlas.

Pero había alguien más entre ellos.

De la luz, emergió un ser vestido completamente de blanco. Llevaba un sombrero de copa y gafas del mismo color.

"Hola, Eloy. Esta vez estoy aquí para quedarme."

Orin había regresado.

CAPITULO 2

Era el 15 de julio de 1993, y Deus se encontraba de pie en el centro de Time Square, sintiendo el ruido y la agitación a su alrededor. Mientras observaba el movimiento, podía sentir el estrés que generaba la ciudad de Nueva York en la gente que pasaba a su lado.

Deus caminaba descalzo, pero nadie lo miraba, ni le hablaba. De pronto, se topó con un bulto en la vereda. Era un vagabundo envuelto en sucios harapos que dormía sobre un pedazo de cartón. Junto a él había un letrero que decía: *Ayúdenme con algo para comer.* Deus se detuvo a observar cómo actuaba la gente alrededor del pobre hombre, y notó que casi todos ignoraban al pordiosero; sólo cada cierto tiempo, alguien le lanzaba unas monedas.

Un joven oficial de la policía de aproximadamente 25 años notó que Deus estaba observando al mendigo, y se le acercó. "Disculpe señor, ¿tiene algún problema con este sujeto?" preguntó. Deus le respondió: "Claro que sí; nadie hace algo por ayudar a este hombre, que no se merece estar aquí." Miró al oficial a los ojos, y mientras sonreía añadió: "Pero eso no significa que no podamos hacer nada al respecto."

Deus se sentó junto al vagabundo delante del policía, mientras cientos de personas caminaban sin parar por la misma vereda. Tomó el vaso del mendigo y comenzó a agitarlo, de un lado al otro. Al principio sólo sonaba el suave tintineo de unas pocas monedas golpeándose entre sí, y de repente el ruido empezó a escucharse más fuerte.

El pordiosero se levantó asustado por el ruido, vio a Deus sentado a su lado, y después al policía, que estaba mirando la escena de pie, sin hacer nada.

Por la intensidad del sonido, parecía como si el vaso estuviera cada vez más lleno, a punto de rebosarse, y de pronto comenzaron a caer monedas al suelo. Esto llamó la atención de la gente que pasaba por ahí, y algunas personas se detuvieron a ver lo que sucedía. Cada vez que Deus agitaba el vaso caían más monedas al suelo, y el pordiosero se lanzó a por ellas. La gente miraba embelesada las monedas, sin atreverse a tocarlas; pero de repente, comenzaron a salir del vaso monedas doradas, que parecían de oro, que fueron acumulándose sobre la vereda, y algunas personas se arremolinaron alrededor de Deus, agachándose a recogerlas.

Deus se puso de pie, y del vaso continuaron cayendo monedas de oro. La gente se detenía unos instantes, unos seguían de largo, y otros no. Muchos pensaban que era un engaño, y otros continuaban recogiendo las monedas. El policía, viendo que se acercaba una van con cámaras de televisión, interrumpió el 'acto de magia' diciendo: "Bueno, bueno, cálmense todos, ya estuvo bueno, cada uno continúe su rumbo." Cuando las cámaras empezaron a captar imágenes de lo que estaba sucediendo, Deus le entregó al mendigo el vaso lleno de monedas de oro, y sonriendo, dijo: "Esto no significa nada para mi, ni para ninguno de ustedes. Su mente es creadora; pidan, y lo tendrán." Puso su mano en el hombro del pordiosero y le dijo: "Nunca te pongas cómodo; siempre ejercita tu mente para crear. A donde quieras llegar, llegarás; no te rindas jamás."

En eso, Deus se dio cuenta de que alguien había detenido el tiempo. Nadie se movía, todo estaba estático.

"¿Qué haces aquí, Raguel?" preguntó Deus.

Una silueta de luz, con grandes alas, apareció en los cielos y empezó a descender despacio. Con una voz tranquila, el ser le respondió: "Deus, iba a preguntarte exactamente lo mismo."

"Es hora de cambiar el mundo nuevamente," explicó Deus.

"Eso no sólo depende de ti, y lo sabes," dijo Raguel.

"Se está preparando todo para el cambio; lo están persiguiendo, y no estoy de acuerdo."

"¿Y qué piensas hacer exactamente para llamar la atención de esta gente?" inquirió Raguel.

"Eso ya lo tengo resuelto."

"¿Me vas a esconder tus planes?"

"Para nada; tú eres bienvenido cuando quieras. Pero eso sí, voy a necesitar de tu ayuda para ejecutar las tres grandes acciones que debo hacer."

"¿Debes? ¿O Quieres?"

Deus sonrió.

"Y aquí, ¿qué estas haciendo?" le preguntó Raguel, mientras veía toda la gente paralizada en distintas posturas, tratando de agarrar las monedas de oro.

"Le voy a dar a la gente lo que quiere tener, y decirles lo que quieren escuchar," respondió Deus.

"¿Vas a usar todos tus poderes para hacerte escuchar?"

"No es necesario, podrían asustarse; sólo los voy a guiar a hacer el bien sin esperar nada a cambio."

"Y ¿cómo esperas lograr eso? Aquí todo el mundo quiere algo a cambio. Después no podrás llegar a ningún lado sin el apoyo de alguien."

"Lo sé; aún así, es sólo cuestión de fe. Ayuda a otros sin esperar nada a cambio, y te ayudarán sin que se lo pidas."

"Habría que verlo," respondió Raguel, escéptico. "Por cierto, puede que a Wrath no le guste lo que estás haciendo."

"Ya tendré la oportunidad de topármelo de nuevo."

"Voy a enviarte a alguien importante para que te haga compañía."

"¿Para que me haga compañía? ¿O para que me vigile?" cuestionó Deus.

Esta vez, fue Raguel quien sonrió. "Yo sólo sigo mis órdenes, y por mi libre albedrío, decido ejecutarlas," respondió. Enseguida, Raguel reactivó el tiempo, y Deus empezó a decir frente a las cámaras su sabio discurso acerca de la insignificancia del dinero, y de la fortaleza de unirse en forma de pensar. Y ese fue el comienzo de la palabra de Deus.

Durante el siguiente año, Deus continuó predicando. Consiguió decenas de seguidores, muchos de los cuales intentaron sacarle provecho desde el punto de vista económico; pero ninguno lo había logrado.

Deus hablaba en diferentes lugares de la ciudad: a veces lo hacía en las calles, o en Central Park, y en otros momentos alguno de sus seguidores lo invitaba a su casa, para que siguiera difundiendo su doctrina; siempre lograba conseguir lugares para hablar, y al ser un celestial, no tenía necesidad de comer ni dormir, por lo que aprovechaba al máximo su tiempo. Pasó el año ayudando a todos los que lo rodeaban desinteresadamente, y demostrándoles que cada persona podía obtener lo que quería, si se esforzaba lo suficiente para alcanzarlo.

Pero el 21 de septiembre de 1994 fue una fecha clave para Deus. Por primera vez había conseguido, gracias a uno de sus seguidores, hablar en el gran salón de una universidad, donde había cientos de asistentes.

Deus tenía en su mano un libro que abría y miraba cada cierto tiempo. Para captar la atención de la gente, comenzó a hablarles del origen del universo, del Big Bang, de los planetas que giran alrededor del sol, y específicamente sobre el planeta en el que vivimos. También mencionaba las gigantescas estrellas que hacían quedar al sol como un granito de arena junto a una gran manzana, y hablaba sobre el equilibrio perfecto que existe, y las coincidencias que tuvieron que darse para que pueda subsistir la vida humana, creadas por El Creador de Todo, y lo maravilloso y vasto que es nuestro Universo. El Todo.

Ese día, Deus se dio cuenta de que entre la gente, había por primera vez alguien que no esperaba nada a cambio, y sólo estaba escuchando lo que él decía, y decidió enviarle algo. Barrió con la mirada el auditorio, y encontró a una de sus seguidoras, que frecuentaba el lugar. Ella era una mujer alta y atractiva, de pelo negro y lacio y grandes ojos azules. Deus le preguntó: "¿Cómo te llamas?"

"Venus," respondió ella.

"Venus... necesito que me hagas un favor."

"Por supuesto, ¿qué necesitas de mi?"

"¿Si ves a ese hombre rubio, con gafas y bien vestido?" mientras decía esto, Deus puso en manos de Venus una esfera negra, más o menos del tamaño de una bola de billar.

"Por favor, entrégasela a el. Y después regresa, que quiero conversar contigo."

Venus vio la insignificante esfera, se levantó de su asiento y se dirigió hacia el hombre que Deus indicaba. El hombre vio a esta bella mujer que se le acercaba, y no comprendía lo que estaba pasando.

Venus se detuvo junto a él y le dijo: "Deus quiere que te entregue esto."

Deus siguió a Venus con la mirada, y vio como se le acercaba al hombre y, después de conversar unos segundos, le entregaba la esfera. El hombre la tomó y la observó, y a pesar de ser una persona que no esperaba nada a cambio, decidió aceptarla. Se levantó y se despidió de Venus, y luego miró a Deus, hizo una pequeña inclinación de cabeza, como muestra de gratitud, y se retiró del lugar.

Venus se acercó a Deus y le dijo sonriendo: "Dice él que-"

"No tienes nada que decirme que no haya escuchado, y así como sé lo que han hablado, también sé porqué has venido," interrumpió Deus, mientras miraba al hombre alejarse.

Venus se quedó callada unos segundos y le dijo, desafiante: "¿Y a qué he venido?"

"Sólo te puedo decir que yo te puedo ayudar, y necesito que me ayudes a mi," respondió Deus.

"¿Y de qué forma te puedo ayudar?"

"¿Si ves este libro?"

"Sí, por supuesto."

"Quiero decir, ¿sí lo estás viendo de verdad?"

Venus se quedó callada, y estiró la mano, para que Deus le entregara el libro. Deus se lo dio. Ella abrió el libro y no vio nada; estaba en blanco. Miró a Deus y le dijo, ligeramente irritada:

"No hay nada en estas páginas, ¿cómo esperas que lo lea?"

"Jamás dije que debías leerlo; sólo te pregunté si lo estabas viendo de verdad."

"Sí, lo veo," replicó ella, muy seria.

"Este libro es muy especial."

"Lo sé. Ya sabiendo la verdad, ¿en qué te puedo ayudar?"

"Si te das cuenta, el libro ahora tiene un título que no tenía antes."

Venus cerró el libro y vio que en la portada estaba escrito: *El libro de Helena.* Al leer esto, le preguntó a Deus: "¿Quién es Helena?"

Deus sonrió. A pesar de que él sí sabía quién era la verdadera Helena, le respondió: "No lo sé aún. Pero el libro me está hablando; es el destino que me está tratando de decir algo."

"¿Será que alguien entre los cientos de personas presentes se llama Helena?" se preguntó Venus.

"Veo que sigues tus instintos," dijo Deus.

Venus sonrió, y se dirigió a la gente, diciendo: "Por favor, necesitamos saber si alguno de los presentes se llama Helena."

Dos chicas se levantaron.

"Mi nombre es Magdalena," dijo una de las chicas. Venus, muy cordialmente le dijo: "No, querida; yo dije Helena." Y Magdalena volvió a sentarse.

La segunda se acercó y dijo: "Yo me llamo Helena."

"Puedes acercarte a Deus," le dijo Venus.

Helena obedeció, y Deus le dijo: "Hola Helena, ¿qué te trae por aquí?"

"Yo he escuchado que usted puede ayudarnos; tengo un hijo enfermo que no puede venir y quisiera saber si puede hacer algo por él."

"¿Qué tiene tu hijo?"

"Los médicos le han diagnosticado una enfermedad terminal; un tipo de cáncer muy agresivo y raro... le queda poco tiempo," dijo la mujer, y las lágrimas empezaron a brotar de sus ojos.

Deus le dijo: "Pero sí sabes que yo no hago milagros..."

Helena levantó la mirada, mientras se secaba los ojos con el dorso de la mano. "Hay un fuerte rumor de la gente que dice que sí," replicó.

Deus la miró a los ojos detenidamente. "Tu fe es fuerte," le dijo.

Ella sonrió.

"Ve a tu casa; tu hijo va a estar bien."

Ella se puso muy contenta, y empezó a recoger sus cosas para irse corriendo a ver a su hijo. "¡Gracias, gracias!" le decía mientras se iba, llorando de felicidad.

Venus se le acercó a Deus y le preguntó: "¿Era ella a quien buscábamos?"

"No, no era ella."

"¿Y su hijo?"

"Tampoco."

"Entonces, ¿qué quiso decir el Libro?"

Deus no respondió; sólo siguió con sus ojos a Helena, mientras ella corría hacia la salida.

Venus le preguntó: "¿Curaste a su hijo?"

"No, yo no."

"¿Entonces?"

"Ella lo curó; sólo que piensa que fui yo."

"¿Ella lo curó?"

"Nuestra mente es creadora, tan fuerte es su fe, que ella piensa que yo lo he curado."

"Y entonces… ¿su hijo estará bien?"

"Sí."

Y Deus siguió viendo a la mujer hasta que ésta salió del salón. La mujer estaba tan feliz que, al salir, se tropezó con una chica que caminaba por el pasillo de la universidad, y todo lo que tenían en las manos cayó al suelo. Las dos mujeres comenzaron a recoger las cosas, mientras se pedían disculpas mutuamente.

Helena estaba tan emocionada por lo que acababa de pasar que no pudo evitar contarle su experiencia a la chica con la que había chocado. Le expresó la gratitud que sentía hacia Deus, quien estaba dentro de ese salón, por haber curado milagrosamente a su hijo.

"¿Quién es Deus?" preguntó la chica.

"Deus es la persona que tú necesitas conocer," respondió Helena.

Esta chica, admirada por lo que le había contado Helena, se sintió feliz por ella. Mientras se despedía, deseándole lo mejor a ella y a su hijo, se sintió invadida por la curiosidad, y decidió entrar al salón. Quería conocer al famoso Deus que hacía milagros.

Al entrar, Deus ya estaba hablando otra vez a los cientos de personas que estaban en el salón, y todas ellas estaban escuchando con atención lo que decía.

Al abrir la puerta, se escuchó un fuerte ruido, que llamó la atención de Deus, Venus y todos los presentes. Todo el auditorio se quedó en silencio, y la chica se detuvo, paralizada.

Deus sonrió y le dijo: "Pasa, toma asiento."

"Disculpen me siento muy avergonzada por el ruido," dijo ella, mientras sentía que toda la sangre de su cuerpo se le subía al rostro.

"No te preocupes. Pasa y toma asiento, eres bienvenida como todos los presentes. ¿Cómo te llamas?"

Y mientras ella se sentaba, mirándolo a los ojos le dijo: "Me llamo Helen."

Venus se sorprendió, y Deus sonrió.

Deus miró a Venus y le dijo en voz baja: "¿Coincidencia o destino?"

CAPITULO 3

Noviembre 27 del 2025

Era el día de Acción de Gracias, y justo cuando todos se iban a sentar a la mesa preparada listos para comer, un trueno azul golpeó a Eloy. La habitación fue inundada por su resplandor, que fulminó a todos, lanzando a cada uno por una esquina del cuarto. Mientras se recuperaban, se dieron cuenta de que el hombre vestido de blanco del que tanto hablaba Helen, y nadie conocía, había regresado. Empezaron a cuestionarse si este iba a ser otro día de oscuridad.

De la luz, emergió un ser vestido completamente de blanco. Llevaba un sombrero de copa y gafas del mismo color.

"Hola, Eloy. Esta vez estoy aquí para quedarme," dijo Orin.

"Finalmente regresó el protector de Eloy," comentó Lise con un tono de ironía. "Supimos que te fuiste a pasear, y que cambiaste la protección de Eloy por las pirámides."

"¿Eres tú, Orin?" preguntó Eloy.

"Así es; conocí a tu madre y le prometí que te iba a proteger," dijo Orin ignorando a Lise, y mirando a Eloy.

"Pero veo que te has desaparecido más de 20 años," comentó Delmy. Se acercó a la ventana para ver si el día se ponía oscuro, pero se encontró con un radiante sol, que la obligó a cerrar las cortinas.

"Así es, he estado aprendiendo mucho. He viajado por 24 años a través del tiempo. Hubo muchos lugares a los que pude acceder, y otros a los que no pude, pero en mi camino por el pasado me encontré a alguien que observaba estos rayos azules. Fue ahí que los descubrí, y quise saber más del tema. Esta persona estaba diciendo que los rayos son caminos, y dijo algo en voz alta que me hizo darme cuenta de que estaba hablando de ustedes; específicamente de Eloy. Yo hubiera querido contactarlo y hablar con él, pero como el pasado no puede ser cambiado, no podía hacer nada."

Delmy empezó a cuestionarse si las palabras de Josune de *no confiar en él* se referían a esta persona. Recordaba todas las veces que había escuchado a Helen decir que algún día Orin iba a regresar, pero Delmy se daba cuenta de lo decepcionada que estaba su amiga por la ausencia del protector de su hijo.

Wilus escribió en su iPad: "¿Este es Whiteman?" y se lo mostró a Lise. Ella asintió, y acercándose a su oído le dijo en voz baja: "Contáctate con Ward." Lise estaba especialmente alerta, porque recordaba que años atrás, Orin había tenido un feroz enfrentamiento con Ward en este mismo departamento.

"¿Es decir que sabes cuál es el propósito estos rayos azules?" preguntó Eloy.

"No; sólo sé que son caminos que están ahí. Durante mi búsqueda por el pasado me encontré con los rayos, y traté de ver a dónde me llevaban algunos de ellos, pero no lo logré; solamente pude acceder a uno, que me trajo hasta aquí..." Orin hizo una pausa y miró a su alrededor. Todos lo observaban perplejos. Nadie entendía nada. Así que decidió explicarse mejor.

"Existen tres reglas para viajar en el tiempo: La primera es que no puedes cambiar el pasado, sólo observar y aprender; la segunda, el tiempo que pasas en el pasado no se recupera; o sea, si yo viajo en el tiempo por 10 años, entonces al regresar, habrán pasado 10 años entre el momento en que me fui, y el nuevo punto lineal. Y tercero, no se puede viajar después del punto lineal; es decir, no se puede ir al futuro."

"También nos hemos dado cuenta de que con cada trueno azul, vienen tres seres más: un monstruo que representa una amenaza para nosotros, el Ser Oscuro, y ese que se hace llamar Floyd," añadió Lise.

"Entiendo tu preocupación, Lise," dijo Orin.

En ese momento, apareció la pirámide blanca en la mano de Orin, y éste abrió un portal blanco rectangular. "¿Quieres verlo por ti mismo?" preguntó Orin, dirigiéndose a Eloy.

"Ni lo pienses, Eloy; no conocemos sus verdaderas intenciones," dijo Lise, muy seria.

Eloy no sabía qué hacer. Tenía miedo por el riesgo que implicaría irse con Orin hacia lo desconocido; pero sentía una enorme curiosidad por conocer más acerca de los truenos azules que tanto habían afectado su vida. Eloy se quedó callado, pensando durante unos segundos. "Está bien, Orin," dijo finalmente. "Me voy contigo."

Lise, indignada con la decisión, pensó que su única alternativa era disparar a Orin para obligarlo a cerrar el portal. Se llenó de energía blanca y la lanzó hacia Orin. Pero Orin no tuvo que hacer nada para defenderse; la pirámide blanca absorbió toda la energía del disparo de Lise, y se la devolvió en forma de un rayo. Lise recibió el impacto y fue impulsada por éste hasta estrellarse contra una esquina de la sala.

Todos los demás presenciaron la escena asustados. Orin les dijo: "Tranquilos, a Eloy no le va a pasar nada; yo lo voy a proteger." Luego miró a Eloy y le dijo: "Después de ti."

Eloy les dirigió una última mirada a los demás y sonrió. "Volveré antes de que puedan extrañarme," dijo, y cruzó el portal. Orin miró a Lise sonriendo, y lo cruzó tras Eloy. El portal se redujo rápidamente, hasta desaparecer. Eloy y Orin se habían ido.

Laina miró a Jerriel. "Creo que Eloy está seguro ahora; pero, ¿qué hay de nosotros?" preguntó, preocupada.

"Nosotros tenemos a Lise," respondió Jerriel.

"Pero si sabes que Eloy es casi tan fuerte como Lise. Ahora más que nunca él pudo haber ayudado a defendernos de cualquier cosa que se pudiera aparecer. Me parece un poco egoísta de su parte abandonarnos de esa manera, cuando pudieron hacer su viaje otro día," dijo Laina, claramente irritada.

"Aun así, nosotros tenemos a Lise; no te preocupes Laina."

"¿Cómo no me voy a preocupar? ¡Después de todas esas horas de entrenamiento para 'defendernos', decide irse cuando más lo necesitamos! Además, mira a Lise," y los dos miraron hacia la esquina del cuarto donde Wilus ayudaba a Lise a levantarse, mientras Delmy los observaba satisfecha desde la otra esquina.

"Hierba mala nunca muere," dijo Delmy, sonriendo. Se acercó a ellos y les dijo, "Mientras no hayan más días de oscuridad, yo estoy tranquila. Quizás no tiene nada que ver lo uno con lo otro."

"Quizás sí, quizás no; ya lo sabremos en el transcurso del día," dijo Jerriel.

Cuando Lise finalmente se recuperó, le preguntó a Wilus: "¿Te comunicaste con Ward?"

Wilus escribió en el iPad: "Sí, ya está en camino."

"Necesito hablar con él. Laina, dame tu celular."

Laina le dio el celular a Lise, quien marcó el número de Ward, mientras miraba por la ventana para ver si el día se oscurecía. "Ward, tenemos una situación: el trueno azul ha aparecido una vez más. Existe la posibilidad de que alguien venga a visitarnos."

"Alguien más, aparte de Orin," le dijo Laina a Jerriel. Y Lise se dio cuenta al escuchar eso, que quizás Orin era el visitante.

"Ven rápido; existe la posibilidad de que ya nos visitaron." Lise tenía cara de preocupación. Recordaba demasiado bien todo el daño que aquellos visitantes habían causado en sus vidas. Ella había perdido a su mejor amiga a manos de uno de esos monstruos; otro, se había llevado al hijo de Delmy. No quería perder al hijo de Helen también.

En eso, la puerta de la casa se abrió, y todos miraron hacia la entrada, asustados: era Aletia.

"Buenos días con todos," saludó, y mientras miraba las caras de preocupación de todos, preguntó: "¿Dónde esta Eloy?"

"¿Dónde estamos?" preguntó Eloy.

"¿No reconoces el planeta Tierra?" cuestionó Orin. "Claro que no; no estás acostumbrado a verlo desde esta perspectiva. Estamos en la estratósfera, más o menos a unos 50 km de altura."

"¿Ese es nuestro planeta?"

"Sí; todo se ve distinto desde aquí. Esto es lo más lejos que he llegado con las pirámides. No me permiten viajar a través del espacio, sólo a través del tiempo dentro de este espacio limitado."

"Se ve *un poco* diferente de como lo conocía originalmente en los libros. Pero es excelente ver nuestro planeta desde aquí."

"Nuestro, no creo; tuyo, tal vez, para hacer lo que quieras de él."

"¿Qué quieres decir con eso?"

"Cada día estás más fuerte, y poco a poco vas a ir aprendiendo más... ¡Mira! Ahí están los rayos."

A lo lejos, los vieron. Siete enormes rayos de luz azul se extendían ante sus ojos, entrelazados entre ellos, sin tocarse, como formando un gigantesco tubo. Eran tan largos que no se podía ver su origen, ni su final. Destellos azules de electricidad crepitaban a su alrededor.

"El común de los mortales no puede ver esto," dijo Orin.

"¡Impresionante!" comentó Eloy sorprendido. "Es gigante y se pierde en el punto de fuga."

"Verlo es un milagro de la naturaleza."

"Verlo sí; pero recibir su impacto es muy fuerte. Recuerdo bien la primera vez que me pasó; todavía era niño, y estaba con mis amigos. Todos recibimos el impacto, y desde ese día ninguno volvió a ser como antes... pero a nadie le afectó tanto como a mi."

"Debe haber sido duro para ustedes," dijo Orin pensativo.

"¿Qué?"

"Crecer aislados de la realidad."

Los dos se quedaron callados y pensativos, mirando los rayos.

"Tú dijiste que puedes viajar a través de esos rayos, ¿verdad?" preguntó Eloy.

"Así es."

"¿Cómo?"

"Bueno, sólo tocas el rayo que quieras, y te lleva a donde quieras ir. ¿Quieres intentarlo?"

"No gracias, creo que ya vi suficiente," respondió Eloy.

"Así es, ya viste lo que viniste a ver," dijo Orin.

"Justo quería contarte eso; la razón por la que decidí acompañarte no fue la curiosidad por los rayos. Bueno, sí siento curiosidad por los rayos, pero esa no fue la razón *principal* para venir."

"¿Entonces?"

"Desde el momento en que me golpeó el último rayo, siento que cada célula de mi cuerpo está llenándose de energía; es como que si fuera una bomba de tiempo que en cualquier momento va a explotar, y la verdad estaba preocupado por mi familia; no quiero lastimarlos."

"Entiendo."

"Pero sí me preocupa que vaya a aparecer el Ser Oscuro, Floyd o algún monstruo, y yo no pueda hacer nada por ellos."

"Con respecto a ese monstruo, no te preocupes."

"¿Qué quieres decir?"

"No te preocupes del cuarto monstruo," dijo Orin, sonriendo.

Eloy se quedó mirándolo con recelo.

"Entonces, ¿de qué me tengo que preocupar?"

"Bueno, de los otros dos que mencionaste; no sé nada de ellos."

"El Ser Oscuro asesinó a mi madre, y Floyd, a mi padre."

"Hagamos una cosa: dame unas horas para enseñarte algo que creo que deberías ver, y después regresamos a ayudar a tu familia, y a Lise."

"Lise también es parte de mi familia," aseguró Eloy.

"Lise no es tu familia," enfatizó Orin. "Tienes que cuidarte de ella."

"Si ese fuera el caso, aunque no lo creo, no me preocupa. Antes de este trueno azul, ya era casi tan fuerte como Lise; ahora, me siento más poderoso con cada segundo que pasa... y sé que ya soy más fuerte que ella."

"En los entrenamientos, ¿qué te enseñaba Lise?"

"Diferentes técnicas de pelea... pero principalmente cómo usar la energía blanca como arma de ataque y defensa."

"¿Me podrías demostrar lo que sabes?"

"Claro, ¿qué quieres que haga?"

"Hace un rato viste cómo Lise me disparó, y cómo la pirámide me protegió y le disparó de vuelta..."

"¿Quieres que haga lo mismo?"

"Sí."

"Está bien... Pero tienes que entender que ahora soy mucho más fuerte que antes," dijo Eloy, mientras se alejaba unos metros de Orin.

Orin se quedó callado, esperando la acción de Eloy.

Eloy juntó sus manos, y entre ellas empezó a acumularse energía. Cuando disparó un rayo de energía hacia Orin, éste se desvió con rapidez hacia la pirámide. La pirámide estaba absorbiendo bastante de la energía, pero Orin se dio cuenta de que algo estaba mal.

"Para, Eloy," advirtió Orin. "¡Para, ya!"

"¡No puedo! Estoy intentado parar, pero no puedo. La pirámide está absorbiendo mi energía..." dijo Eloy, con la voz temblorosa.

Orin levantó su mano derecha y apuntó hacia la pirámide. Cuando iba a disparar, la pirámide le envió una descarga a Orin. Orin intentó resistirse, y se produjo una explosión, que los transportó a otro lugar en el tiempo y el espacio.

"¿Dónde estamos?" preguntó Eloy.

"¿No reconoces el planeta Tierra?" cuestionó Orin. "Claro que no; no estás acostumbrado a verlo desde esta perspectiva. Estamos en la estratósfera, más o menos a unos 50 km de altura."

"¿Ese es nuestro planeta?"

"Sí; todo se ve distinto desde aquí. Esto es lo más lejos que he llegado con las pirámides. No me permiten viajar a través del espacio, sólo a través del tiempo dentro de este espacio limitado."

"Se ve *bastante* diferente de como lo conocía originalmente en los libros. Nuestro planeta es completamente diferente de lo que creíamos que era?"

"Nuestro, no creo; tuyo, tal vez, para hacer lo que quieras de él."

"¿Qué quieres decir con eso?"

"Cada día estás más fuerte, y poco a poco vas a ir aprendiendo más..."

"Un momento... ¿qué ha pasado?" preguntó Eloy, confundido.

"Hubo una sensación de Déjà vu," respondió Orin.

"¿Déjà vu?"

"Sí... pero éste Déjà vu es diferente. Estamos viendo un planeta Tierra distinto al que estábamos viendo hace un momento."

"Pero si es el mismo planeta..."

"No lo es."

"¿Puedo tomar la pirámide?" le preguntó Eloy a Orin.

"Por supuesto."

Al tener la Pirámide entre sus manos, Eloy sintió una fuerte descarga de energía blanca. Eloy tomó del hombro a Orin, y la energía los envolvió a los dos, y comenzaron a recordar la verdad como tal. Recordaron toda la conversación que habían tenido, y vivieron los dos momentos simultáneamente.

"Siento todo el poder de los rayos azules fluir dentro de mi," dijo Eloy, todo lleno de energía blanca, mientras soltaba la pirámide.

Orin lo observaba en silencio.

“Siento que no hay límites para lo que puedo hacer; puedo hacer lo que quiera, lo que me de la gana,” dijo Eloy, sonriendo. Viendo a Eloy tan feliz, Orin sonrió a su vez.

Eloy se elevó, abrió los brazos y cerró los ojos: “Tengo el poder de ser Dios,” dijo.

Orin dejó de sonreír.

CAPITULO 4

Noviembre 27 del 2025

Un carro se movía a toda velocidad por las calles de Nueva York. En su interior, viajaban cuatro personas vestidas de negro. Un hombre de alrededor de 30 años, de pelo castaño, conducía muy concentrado; en el asiento del copiloto estaba otro hombre de la misma edad, pero mucho más alto y corpulento, y de pelo blanco. En la fila de atrás estaba sentado Ricker, quien a sus 45 años se veía cansado y desmejorado, y a su lado viajaba Ward, quien en cambio se veía muy fresco y relajado, y más joven de lo que era en realidad. Éste sostenía un iPad en su mano derecha, y tenía su mano izquierda sobre una caja roja con negro, a la que daba eventualmente una que otra palmada.

De repente, Ward recibió un mensaje en su iPad, y le ordenó al chofer del vehículo que se dirigiera a toda velocidad hacia el departamento de Delmy. Ricker, asombrado por el repentino cambio, le preguntó: "¿De qué se trata eso?"

"Wilus me escribió diciendo: Whiteman esta aquí," respondió Ward.

"¿Quién es Whiteman?"

"Whiteman es un ser al que conocí hace 25 años en la casa de Delmy."

"¿Hace 25 años?"

"Así es."

"¿Es un celestial, o algún caído o algo de lo que deba preocuparme?"

"La verdad no lo sé; ese día mis gafas no detectaron que fuera un celestial... pero podía moverse mientras yo tenía activada la pirámide para detener el tiempo," respondió Ward, mientras se ponía las gafas, sonriendo.

"Si no sabemos qué es, entonces... ¿Existe la posibilidad de que volvamos a tener bajas grandes, como cuando combatimos a Lise?" reflexionó Ricker.

Los dos soldados que iban al frente se voltearon al mismo tiempo, y los miraron con gesto de preocupación.

"No creo que pase nada," dijo Ward.

"¿Por qué lo dices con tanta seguridad?"

"Ese día yo hice un acuerdo con él."

"¿Un acuerdo?"

"Así es; le di temporalmente las dos pirámides, a cambio de que yo pueda tener el libro." En ese momento Ward estiró su mano, y deslizó una tapa negra que cubría el teclado de seguridad de un compartimento secreto del vehículo. Digitó un código y el compartimento se abrió, dejando ver en su interior el famoso libro.

"¿Trajiste el libro?"

"Así es, Ricker. Quiero recuperar mis pirámides."

"Pero y... ¿crees que te las de?" preguntó Ricker, dudoso.

"Fue parte del acuerdo. Pero podría quedarme solamente con una."

"¿Y el libro?"

"Bueno, yo regresaría el libro a la persona a quien se lo quité."

Ambos se quedaron callados. Ricker se quedó mirando a Ward, esperando escuchar el nombre de dicha persona.

Ward sonrió y dijo: "Se lo regresaría a Lise."

"¿Nos ha servido el libro de alguna forma, para haber sacrificado esas armas celestiales?"

"Bueno, en realidad ese día no sólo cambie las pirámides por el libro; también las cambié por mi vida. Pero respondiendo a tu pregunta, sí me ha servido bastante; la información que se encuentra en este libro es una guía de lo que tiene que pasar."

"¿A qué te refieres?"

"Bueno, el libro se comenzó a escribir solo, desde la muerte de Helen, y se escribió solo por dos años y medio. Después de eso no ha pasado nada."

"¿Y qué se escribía?"

"Se escribieron 30 capítulos, yo estaba mencionado en algunos de ellos... es más, lee lo que dice en el capítulo 29."

Ricker tomó el libro en sus manos y comenzó a leer en voz alta: "Mira, te propongo algo: yo te doy las dos pirámides, a cambio del libro... Con la condición de que el día que yo entienda este artefacto, les devuelvo el libro, así mismo como entrego estas pirámides. No me ato a nada."

Ward sonrió al escuchar eso. "Yo te doy las pirámides a cambio del libro... le devuelvo el libro, me devuelve las pirámides."

Ricker le dice: "Bueno, pero también se puede interpretar como que simplemente cambiaste las pirámides por tener el libro momentáneamente-"

En eso, el chofer interrumpió su conversación: "Señor, tenemos una llamada de Lise."

"Adam, ponla en speaker." Ward miró al copiloto y le dijo: "Garwig, graba la llamada." Ellos obedecieron.

"Hola preciosa, veo que sigues interesada en mí.

"Ward, tenemos una situación: el trueno azul ha aparecido una vez más. Existe la posibilidad de que alguien venga a visitarnos."

"Wilus me escribió que se trataba de Whiteman," dijo Ward, pensativo.

"¿El trueno azul?" dijo en voz baja Ricker.

"Lise, esto sí puede ser un problema; pero no te preocupes, estaremos ahí lo más rápido posible."

"Ven rápido; existe la posibilidad de que ya nos visitaron," dijo Lise, y cortó la llamada.

"¿Qué habrá querido decir con eso?" preguntó Ricker.

"Ella piensa que Whiteman podría ser el visitante de este rayo."

"¿Visitante? ¿Rayo?"

"En cada uno de los tres días de oscuridad, hubo un rayo; en cada rayo, vino un visitante."

"¿Y cómo sabes eso?"

"Está en el libro. Lo que no está es lo que vivimos nosotros contra ese visitante."

"El libro detalla cuatro días de eventos importantes: el día del nacimiento de Eloy, y los tres días de oscuridad. En esos días, aparecen dos seres, El Ser Oscuro y Floyd, no tengo claro lo que son, o lo que representan, no he tenido la oportunidad de encontrármelos. Ahora, cuatro días, cuatro apariciones del Ser Oscuro, cuatro apariciones de Floyd, y tan sólo tres rayos."

Ward se detuvo un momento, y se quedó pensando. Luego añadió: "Nos hace falta un rayo; tal vez Eloy recibió un rayo antes de nacer. Después de todo, parecería que Eloy saca los rayos de adentro de su cuerpo y éstos se esparcen en el ambiente a su alrededor."

Ricker, Adam y Garwig escuchaban, mientras estaban atentos al exterior del carro. Ya se estaban acercando a su destino.

Ward continuó: "Entonces si ese es el caso, existe la posibilidad de que aparezcan el Ser Oscuro y Floyd..."

"Y... ¿otro visitante?" dice Ricker.

"Asumiendo que el visitante es Whiteman, que también apareció el día de su nacimiento..."

Ricker tenía una confusión terrible en su cabeza. "Entonces Whiteman no sería el visitante esta vez... más bien está regresando el visitante del Nacimiento, y hoy nos encontraríamos con otro visitante más," dijo.

"Ok, ok, ok, mejor no asumamos nada; veamos qué pasa en este día." Ward levantó el cubo negro con rojo y este inmediatamente tomó forma de hacha.

"Espero que hayas traído el arma que te di."

"Claro que sí, aquí la tengo," dijo Ricker, mientras la mostraba. Luego, señalando el hacha de Ward, añadió: "Ahora me gustaría tener una de esas armas."

"Ricker, la verdad eres tan buen soldado que apenas tenga acceso a una pirámide, te la voy a dar... para que pares de envejecer."

"¿Parar de envejecer? ¿Eso pasa porque son pirámides del tiempo?" preguntó Ricker.

"No, no es por ser las pirámides del tiempo. El simple hecho de que estés conectado a un arma celestial te pone al mismo nivel de cualquier celestial. No necesitas alimentarte ni dormir, y no envejeces; más bien el arma lleva tus células al punto óptimo de vida, que es entre los 27 y los 33 años."

"Es decir que podría tener 70 años, y si obtengo un arma celestial, ¿puedo parecer de 30 años?"

"Así es, pero no de inmediato; si tienes 70 años, te tomaría unos tres años parecer de 30 años."

"¿Tú siempre has tenido un arma celestial?"

"Así es. Primero tuve una pirámide; después conseguí la otra, y después el hacha, que en mi opinión es la más poderosa."

"Puedo preguntarte... ¿qué edad tienes?"

"Muchos años más que tú," respondió Ward con una sonrisa. Luego se dirigió a Garwig y le dijo: "Cuando lleguemos, quédense en el carro, no se bajen. Organiza que los otros 20 carros que nos siguen estén dando vueltas al perímetro, disimuladamente."

"Es en ese edificio," indicó Ward, señalando el edificio de Lise. Mientras hablaba, vio a una mujer espectacular saliendo por la entrada del edificio. Era Lise.

"Creo que el visitante voy a ser yo."

Ward se bajó del carro con el hacha y el libro en mano, y con sus gafas puestas. Lise se quedó impactada cuando lo vio, pero no emitió comentario alguno.

"Hola preciosa, te ves muy bien para ser un celestial caído."

"No es el momento ni el lugar, Ward. La última vez que pasó esto, Helen explotó en mil pedazos."

"Hablando de Helen, traigo el libro."

"¿Se puede saber de qué forma nos va a ayudar el libro?"

"Claro, preciosa; lo traje para recuperar mis pirámides, y tener una ventaja contra el Ser Oscuro, Floyd o el Visitante."

"¿Visitante? ¿Te refieres al monstruo?"

"Monstruo suena como un animal de una película de terror; yo prefiero decirle visitante."

"Bueno, este visitante podría ser Orin," dijo Lise.

"Podría ser, así es, podría ser; por eso vengo preparado, preciosa," dijo Ward, mostrándole el hacha. "Así que no te preocupes, estoy aquí para protegerte." Ward estaba muy cerca de ella, mirándola con su habitual sonrisa, pero Lise no sonreía.

"Quizás después de esto hasta podría dejar que me invites un café."

Finalmente, Lise sonrió. "Quizás tú deberías invitármelo a mi."

"Por supuesto, preciosa; yo sé hacer un café espectacular. Tengo la mejor máquina de *espresso* en mi casa..."

"¿En tu casa?"

"Así es, preciosa; podría prepararte ese café en el desayuno."

"¿En tu casa? ¿En el desayuno? ¿Qué me estás tratando de insinuar?"

"No seas mal pensada, preciosa. Sólo quería que pruebes el café que yo preparo, si quieres podría venir yo a tu casa, y prepararte el desayuno," dijo Ward, sonriendo.

"Sigo diciendo que no es el momento ni el lugar. Vamos arriba, que todos están esperando."

Ward sonríe.

Ward soltó el hacha, y ésta se transformó en un cubo, y comenzó a levitar a su alrededor. Poco a poco, él desapareció de la vista de todos; pero el arma celestial siguió dando vueltas.

En eso Ward pegó un grito: "¡Ricker!"

"¿Sí, Ward?"

"¿Recuerdas la última vez que perdimos bastantes de los nuestros?"

“Sí…”

“Abre bien los ojos.”

CAPITULO 5

"Siento todo el poder de los rayos azules fluir dentro de mi," dijo Eloy, todo lleno de energía blanca, mientras soltaba la pirámide.

Orin lo observaba en silencio.

"Siento que no hay límites para lo que puedo hacer; puedo hacer lo que quiera, lo que me de la gana," dijo Eloy, sonriendo. Viendo a Eloy tan feliz, Orin sonrió a su vez.

Eloy se elevó, abrió los brazos y cerró los ojos: "Tengo el poder de ser Dios," dijo.

Orin dejó de sonreír. "¿A qué te refieres, Eloy?"

"Siento que tengo poderes ilimitados, la capacidad de crear y destruir... ¿Por qué no habría de usarlos para hacer el bien?"

"O el mal."

"Jamás haría el mal, mis padres me enseñaron suficientes valores como para que se me ocurra hacer el mal."

"Aun así, mírala a Lise," dijo Orin.

"¿Qué pasa con Lise?"

“Tú no la consideras mala persona, pero la última vez que estuve en tu departamento, esa loca despiadada había asesinado a cada persona que se le cruzaba, con tal de no dejar testigos.”

“Es diferente.”

“¿Por qué es diferente?”

“Porque ella recién llegaba, y no tenía claras las reglas de la humanidad...”

“Ella lo tiene todo muy claro.”

“...Pero ahora entiende más a los humanos.”

“¿Te parece? Dime algo Eloy, ¿de qué viven ustedes?”

“¿Qué quieres decir?”

“Ella no necesita alimentarse ni dormir, pero el resto... ¿de qué viven? ¿Quién trabaja para pagar el alquiler de esos departamentos, para comprar la comida, la ropa, quién paga las cuentas?”

“Bueno, Lise se encarga de eso.”

“Y ¿cómo exactamente se encarga de eso?”

“Bueno, ella al comienzo, cuando no entendía a la humanidad, se dedicó a... robar,” admitió Eloy, como dándose cuenta de la gravedad de sus palabras. En realidad había pasado años sin pensar en eso. “Pero no estafaba a gente, sólo extraía ciertas cantidades de las bóvedas de algunos bancos, que en realidad no fueron afectados, porque estaban asegurados...”

“Y eso ¿te parece correcto? ¿o simplemente estás justificando sus acciones porque en su momento beneficiaron a tu familia?”

Eloy se quedó callado.

“Dices que tienes los poderes de un dios, que puedes hacer lo que te de la gana; sin embargo no conoces los límites de ese poder. Usarlo es algo que ni siquiera deberías estar considerando.”

"Yo sé... Lise y Delmy siempre me han dicho que yo no debo actuar, que sólo debo observar y aprender. Que la gente se podría asustar, y yo terminaría causando más daño que bien."

"Sin embargo ella lo hizo; ella sí actuó y terminó eliminando cientos de testigos," dijo Orin. Hizo una larga pausa, y luego le preguntó: "¿Tú eliminarías testigos?"

"Por supuesto que no."

"¿Por qué?"

"Porque no es ético, andar eliminando gente sin razón alguna."

"Y si hubiera una razón... ¿lo harías?"

"No."

"¿Por qué?"

"Porque no es correcto matar, así está escrito."

"¿Te refieres a esas tablas que dicen también que no es correcto robar, y sin embargo, a tu propia conveniencia decides no ver, cuando no te conviene ver?"

"Entiendo tu punto Orin. Pero ¿de qué sirve tener tantos poderes, y no poder usarlos?"

"Claro que puedes."

Orin abrió un portal, en forma como de puerta, rectangular.

"Vamos."

"¿A dónde vamos esta vez?" preguntó Eloy mientras caminaba hacia el portal.

"Hace un rato mencionaste que tienes el poder de hacer lo que te de la gana; quiero enseñarte la vida de alguien."

Orin y Eloy cruzaron el portal, y éste se cerró.

El portal se abrió. Eloy sintió un golpe de aire seco y ardiente en su cara. El lugar donde estaban era un pequeño pueblo antiguo y polvoriento, con un clima desértico. Los hombres y mujeres a su alrededor vestían túnicas y mantos.

"¿Dónde estamos ahora?" preguntó Eloy.

"¿Si ves esa multitud festejando con palmas en sus manos, todos contentos?"

"Sí claro."

"¿Ves aquel hombre que va entre ellos, sentado sobre un burro?"

"Sí, lo veo."

"Su nombre es Jesús."

"¿Jesús? ¿Te refieres a *el* Jesús, el llamado Hijo de Dios?"

"Bueno, para los cristianos es el Hijo de Dios; para otras religiones es un profeta importante, en algunos casos es sólo un profeta más... Hay otras que lo consideran un farsante."

"Pero no lo es, ¿verdad?"

"¿Por qué lo dudas? No deberías dudarlo."

"Entonces sí es el Hijo de Dios."

"Ahora lo afirmas, a pesar de que te puedo explicar científicamente cada milagro que hizo en su paso por la Tierra."

"Ya estás buscando confundirme de nuevo."

"No, estoy tratando de que uses tu fe, y creas lo que decidas creer."

Los dos se quedaron callados, mientras veían a Jesús a lo lejos. En eso Eloy interrumpió ese silencio diciendo: "¿Científicamente puedes probar sus milagros? Entonces no es un celestial."

"Sin embargo cambió el mundo, e hizo creer que sí," dijo Orin.

"Aun así, yo decido creer en él." Eloy miraba fascinado desde lejos el aura de positivismo que emitía Jesús.

"¿Y por qué me has traído aquí?" preguntó Eloy.

"Él es un celestial, probablemente el más poderoso, o uno de los más poderosos que hay."

"Ok, me vuelves a confundir... ¿Entonces sí es un celestial?"

Orin volvió a sonreír.

"Honestamente, no estoy seguro... Pero ahí lo ves, sobre su burrito, recibiendo el amor de la misma gente que lo va a traicionar." Orin miraba con respeto a Jesús, a lo lejos. "Él pudiera hacer lo que le de la gana, todo ese poder que sientes debería sentirlo él también, y aún más si es quien dice ser; y aun así, decidió morir en una cruz."

Eloy se quedó callado mientras veía pasar a Jesús.

"¿Sabes lo que eso significa?" le preguntó Orin.

"Claro, él murió por nosotros."

"Sí, es fácil decirlo, pero mucha gente no lo entiende."

"Y tú, ¿cómo lo entiendes?" preguntó Eloy.

"Fácil, el verdadero amor es el que uno todo da, sin esperar nada a cambio."

"Entiendo; él dio hasta la vida para demostrar lo que es el verdadero amor."

"No, no lo entiendes aún. Sólo sabes la teoría. Algún día la experiencia te llevará a la practica, y sólo ahí entenderás."

"Orin asumo que eso es una lección para otra ocasión."

"Así es, otra ocasión en que tú mismo aprenderás, de tus errores." Orin miró a Eloy y le dijo: "¿Sí entiendes que Jesús no usó la totalidad de sus poderes para ganarse a la humanidad? Sólo vino para dar amor."

"Bueno, sí uso *algo* de sus poderes."

"Sí, pero él sólo le dio a la gente lo que necesitaba oír, ver y escuchar en ese momento; él sabía que todo lo que hacía, iba a estar escrito por miles de años, y que todo eventualmente podría ser explicado por la ciencia. Él necesitaba que tú aprendas a creer con fe."

"Interesante."

"¿Ya entiendes a Lise? Ella hace algo parecido... les da su amor a ustedes, solo que lo hace a su manera."

"Orin, prefiero no hablar de Lise específicamente, pero sí de los celestiales."

"¿Qué necesitas saber? Tengo 25 años de información adquirida, puedo ayudarte con muchas de tus preguntas."

"¿Qué es un celestial exactamente? ¿Un ángel?"

"No, definitivamente no es un ángel, no caigas en estereotipos."

"¿A que te refieres?"

"Los ángeles son como los humanos, solo que están en una escala mayor a los humanos."

"¿Escala?"

"Claro, no todo ángel es bueno, no todo demonio es malo. Sino que los humanos los estereotipan por sus creencias, pero al final del día, el bien y el mal son subjetivos."

"Orin, te prometo que me estás confundiendo."

Orin, lo agarró del hombro y le preguntó: "Para ti, ¿quién es el malo: Lise o yo?"

"No sabía que uno tenía que ser el malo o el bueno," dijo Eloy.

"Yo considero a Lise alguien con quien hay que tener mucho cuidado, y ella debe pensar lo mismo de mi. Y aún así ella es un celestial."

"Y tú, ¿qué eres?"

"No lo se aún. No logro encontrar respuestas, tengo los poderes de un celestial, pero no creo que lo soy, no tengo ese aura celestial."

"¿Entonces eres un demonio?" Eloy empezó a cuestionarse.

Orin sonrió: "No, no soy un celestial oscuro, tampoco tengo el aura de ellos."

"Entonces, ¿qué eres?"

"No lo sé; pero si el destino no quiere que lo sepa aún, es por algo. Ya me enteraré."

"Bueno, pero entonces dime, ¿cuál es el propósito de los celestiales, y de los celestiales oscuros?"

"Esa guerra es larga de explicar, pero sí te puedo decir que los celestiales están por todos lados, ayudando a la gente."

"¿En serio?"

"Claro, lo que pasa es que no pueden ir diciéndole a todo el mundo lo que son."

"Necesito ejemplos."

"¿Te acuerdas que se hizo popular un video de un hombre con dos fundas del mercado que se plantó frente a una fila de tanques, y no los dejaba pasar? ¿Al que denominaron "One Man Tank?"

"Claro, sí vi el video. ¿Él era un celestial?"

"No, él no era."

"¿Entonces?"

"En el video sale una persona que después de un largo rato, retira a ese hombre de la calle."

"Sí claro."

"*Ese* era el celestial."

"Pero esos tanques asesinaron a bastantes personas, un pueblo entero, y el celestial no hizo nada."

"Hizo lo suficiente para que ese hombre que tuvo el valor de pararse frente a cientos de tanques salga vivo. Él sirvió de inspiración para mucha gente, para demostrar lo que una sola persona puede hacer. Si hubiera miles como él, el mundo sería mejor."

"Pero igual aniquilaron a ese pueblo."

"Bueno, pero eso ya estaba escrito."

"Pero entonces si ya estaba escrito, ¿cómo es que uno puede cambiar algo con el libre albedrío? No entiendo."

En eso vieron que Jesús estaba cruzando frente a ellos. Orin lo miraba con respeto, y Eloy estaba sorprendido de verlo tan sonriente, mientras pasaba a su lado.

Entonces Orin abrió un portal y le dijo a Eloy: "Ven, te voy a enseñar algo para que entiendas cómo lo que ya está escrito se complementa con el libre albedrío." Y Orin cruzó el portal.

Eloy, mientras cruzaba el portal que comenzaba a cerrarse, miró una vez más a Jesús. De un momento a otro, Jesús dejó de sonreír, y giró su cabeza hacia donde estaba Eloy, mirándolo directamente a los ojos.

Es imposible, pensó Eloy, y luego dijo: "Jesús me está viendo a mi." Y se cerró el portal.

CAPITULO 6

De pie en el escenario, frente al auditorio repleto y silencioso, Deus continuó explicando sus ideas acerca del bien y el mal.

"Al nacer, todas las personas son inocentes. No tienen una noción de lo que es el bien ni el mal; eso lo vamos aprendiendo de nuestros mayores, y mediante nuestras experiencias." Deus se bajó del escenario, y comenzó a caminar entre los asistentes. "Por ejemplo, cada cultura, cada religión tiene sus ideas acerca de lo que es aceptable o no; así como dentro de cada familia, existen ideas distintas sobre lo que está bien o mal. Además, en el transcurso de su vida, las personas vamos viviendo experiencias que nos marcan; los aprendizajes que nos dejan estas experiencias nos llevan a tomar decisiones, y con el paso del tiempo, vamos formando nuestro criterio acerca de lo que es bueno o malo. Puede que dicho criterio coincida en ciertos aspectos con los de otras personas, pero también habrá aquellos cuyas creencias se opongan radicalmente."

Toda la gente lo escuchaba atentamente. Muchos entendían sus palabras, y para otros, era una trabalenguas filosófico.

"Con toda esta experiencia adquirida, ya de adultos tenemos tanto la capacidad de hacer el bien," dijo, mirando a Helen, "como la de hacer el mal," y dirigió una mirada a Venus.

Deus caminó hacia el centro del salón "Cada uno de los aquí presentes tiene una idea de lo que está bien y lo que está mal. Cuando decides hacer algo que consideras está mal, lo sabes, y te sientes mal," hizo una ligera pausa. "Cuando haces algo que crees que es bueno, por ejemplo, ayudar a alguien, sabes que estas haciendo un bien, y eso te hace sentir bien."

Deus se acercó a dos personas, y puso sus manos sobre sus hombros, y les dijo a todos:

"Si haces el bien, el bien regresa a ti; si haces el mal, éste se apodera de ti."

Luego se acercó a Helen, se inclinó un poco hacia ella, y dijo, mirándola a los ojos: "Sabiendo esto, ¿qué van a hacer ustedes?" Y Helen, casi hipnotizada por la fuerza que tenían sus palabras, le respondió en voz baja: "El bien."

Deus esbozó una leve sonrisa, y se dirigió nuevamente a todos. "Esto es todo por hoy. Vamos a ayudar a las personas que nos necesiten; de esta forma, nos ayudaremos a nosotros mismos," dijo, dando por terminada la sesión. La gente empezó a levantarse y dirigirse hacia la salida.

Deus tomó el libro en blanco y comenzó a caminar hacia la puerta del lugar. "Y recuerden, el verdadero amor es el que lo da todo sin esperar nada a cambio."

"Coincidencia o destino," dijo Deus en voz baja mientras se acercaba a Helen nuevamente.

Helen lo miró sonriendo. "Todo lo que has dicho es verdad, me siento completamente identificada con tu forma de pensar," dijo.

"Cuéntame, ¿cuál es la verdadera razón por la que estas aquí?"

"Honestamente, fue por casualidad... Me tropecé con una chica que al parecer salía de aquí, y mientras recogíamos nuestras cosas del suelo, me contó muy feliz que tú habías ayudado a su hijo... Así que entré por curiosidad, y me encontré con una agradable sorpresa."

"Me alegro que te hayas sentido a gusto, me pareció que al principio te sentías incómoda por la brusca manera en que entraste al salón."

"La verdad no esperaba que la puerta fuera a sonar tan horrible," respondió Helen sonriendo. "¡Parecía que estuviera pegada al piso!" Los dos rieron.

"¿Qué hacías por aquí?" preguntó Deus.

"Bueno, la verdad pasé por aquí porque estoy viendo opciones de centros educativos para estudiar mi carrera," respondió Helen. "Ya sabes, para prepararme para el futuro... y quise conocer esta Universidad, para ver si era la adecuada para mi."

"Sería bueno que vivas el presente, antes de pensar en el futuro," dijo Deus. "Pero me parece bien que tengas esas ganas de salir adelante."

"Gracias, pero la verdad aún no sé qué quiero estudiar."

"Eso es lo de menos. Estudia algo que te guste hacer, y se te hará mas fácil; estudiar es un buen camino para encontrar el éxito."

"Y tú, ¿qué estudiaste?"

Deus se quedó callado. Al cabo de unos segundos, le respondió: "Muchas cosas; pero mi voluntad es ayudar y hacer el bien. Creo que si alguien se enfoca plenamente en hacer el bien podríamos cambiar el mundo."

"Y, ¿qué es el éxito para ti?"

"El éxito es cuando consigues lograr un objetivo al que aspiras, dando lo mejor de ti," dijo Deus. "Si das lo mejor de ti, obtendrás lo mejor de lo que realmente buscas. Luego añadió, mirándola a los ojos: "Si crees que no lo has conseguido, entonces no diste lo mejor de ti... O no sabes lo que realmente quieres."

"¿Tú te consideras una persona exitosa? ¿Crees que la gente te percibe así?" preguntó Helen.

Deus esbozó una sonrisa: “El criterio de la gente es irrelevante para el éxito; aún no he conseguido mi objetivo, pero sé que lo voy a conseguir.”

“Lo dices con tanta seguridad, como si fuera tan fácil.”

“Así es como funciona. Si tú decides que sea fácil, lo será; si decides lo contrario, esa convicción será un bloque más en la pared de tus limitaciones.”

En ese momento, casi toda la gente había abandonado ya el salón. Sólo quedaban en él tres personas: Deus, Helen y Venus.

Mientras Deus conversaba con Helen, notó que Venus los miraba desde el otro extremo del salón, esperando para hablar con él. Deus, señalando el libro, le preguntó a Helen: “¿Qué opinas de este libro?”

“Bueno, es un libro bonito, como antiguo, ¿qué es? ¿una Biblia?” preguntó Helen.

Deus sonrió y dijo: “No, no lo es. Tómalo; es tuyo.”

“¿En serio? ¿Por qué?” preguntó Helen, sorprendida. “¿Qué hice para merecerlo?”

“Míralo.”

Helen tomó el libro y lo abrió. Al hojearlo, se dio cuenta de que todas las páginas estaban en blanco. Volvió a cerrarlo, y leyó el título que aparecía en la portada: “El libro de Helena... Se parece mucho a mi nombre,” dijo Helen, cada vez más asombrada. “Este libro, ¿no era acaso de esa mujer a la que tú ayudaste?”

“Quizás debió serlo, pero creo que ahora es tuyo.”

“Y ¿qué voy a hacer con esto?”

“Escríbelo. Escribe tus experiencias.”

“¿Para qué?”

“Para registrarlo.”

“No entiendo.”

“Helen, tú estás buscando descubrir qué es lo que quieres hacer. Escribe sobre tu vida; eso te llevará a hacer las cosas que en serio quieres hacer. Te ayudará a conocerte a ti misma.”

“¿Qué significa eso?”

“Significa lo que escuchaste.”

En ese momento Venus, quien había ido acercándose progresivamente, los interrumpió diciendo: “Quisiera hablar contigo; tengo una pregunta importante, y necesito saber urgente tu respuesta.”

“Por supuesto,” y dirigiéndose a Helen le dijo: “Por favor llévate el libro y búscame cuando lo creas necesario.”

Con una tímida sonrisa, Helen tomó el libro. “Muchas gracias, nos veremos pronto,” dijo mientras se dirigía a la salida, aunque sabía que no era muy probable que volvieran a verse. Empujó la puerta del auditorio despacio, esperando escuchar el estridente ruido que había hecho horas antes, al entrar, pero ésta no emitió sonido alguno.

Deus la siguió con la mirada.

Venus se acercó a la puerta y la empujó varias veces, pero ésta seguía abriéndose y cerrándose silenciosamente.

“Bueno, ahora que estamos solos, dime: ¿cuál es tu siguiente plan?” le preguntó Venus a Deus.

“¿Para qué quieres saber? ¿Acaso quieres ir a decirle a Raguel lo que estoy haciendo?”

“Tú sabes que Raguel confía en ti, pero él necesita saber lo que vas a hacer para poder llevar un mejor control de todo,” dijo Venus. “Lo que sí quisiera saber es, ¿qué piensas hacer conmigo? Yo estoy aquí para ayudarte en lo que necesites...”

Deus la miró fijamente.

“...Sin esperar nada a cambio,” concluyó Venus.

"Para que te sientas más cómoda conmigo, te permito contarle a Raguel, todo lo que veas," dijo Deus, con mucha tranquilidad.

"¿Y lo que no veo, y me llego a enterar después?"

"Puedes contarle todo; no tengo nada que esconderle."

"¿Sabes? Yo sí creo en lo que dices," dijo Venus, sonriendo.

"Espero que logres comprender pronto el concepto del ser humano. A los caídos al comienzo les cuesta mucho, porque tienen un fuerte sentimiento de superioridad; creen que pueden hacer lo que sea con los humanos, inclusive a la fuerza."

"¿Qué me recomiendas hacer?" preguntó Venus.

"Vivir como uno de ellos," respondió Deus.

"¿Te refieres a mezclarme con ellos? ¿No ha causado eso acontecimientos catastróficos en el pasado?"

"Sí... Tan catastróficos que su historia fue borrada. Pero ya no eres un celestial, ahora eres un caído. Sé que conservas tus poderes, pero eres prácticamente como un humano más," dijo Deus. "Podrías decirme... ¿Por qué decidiste ser un caído, y no atravesar el proceso más lento?"

"Raguel no me lo permitió."

"Podías haber nacido, como cualquier otro, y empezar a ser un celestial al momento de descubrir tus poderes."

"Ese es el problema... descubrirse a si mismo es muy complicado. Muchos celestiales mueren como humanos y nunca descubren su verdadero potencial. Por eso escogí, con mi libre albedrío, ser un caído, y retroceder en la escala celestial," explicó Venus.

"Te entiendo; es como descubrir que estas soñando," dijo Deus.

"Claro que en tu caso, que estás más arriba en la escala celestial, ya puedes ir y venir según tu conveniencia... ¿Verdad?"

"Así es."

"¿Te puedo hacer una pregunta?"

"Por supuesto; siéntete libre de preguntar lo que quieras."

"¿Qué era esa esfera negra que le di a aquel hombre?"

"Eso era un arma celestial."

"Quieres decir un *artefacto* celestial."

"No," respondió Deus.

"¿Entonces?"

"Existen los *artefactos* celestiales y las *armas* celestiales."

"Ok entiendo... ¿y cuál es la diferencia?"

"El artefacto celestial contiene algo escondido, algunos llevan un poder especifico que incrementa o te da cierta habilidad, otros te pueden ayudar a hacer algo específico," explicó Deus. "Por ejemplo, el libro que le di a Helen es un artefacto celestial. Por eso cuando lo viste tenía ese aura a su alrededor, como si tuviera vida."

"Y ¿para qué sirve ese libro?"

"Todo depende de Helen. Es su libre albedrío."

"Ok, bueno ¿y el arma celestial?"

"Hay pocas armas celestiales, son más escasas que los artefactos, pero son mucho más poderosas; tienen múltiples poderes, y prácticamente tienen vida propia."

"¿Y qué tan fuerte era esa arma celestial?"

"Bastante fuerte."

De repente, Deus sacó su mano izquierda de atrás de su espalda, y la abrió para descubrir una pequeña esfera negra, con miles de puntos blancos en su interior. La esfera empezó a flotar sobre la mano de Deus.

"¿Otra esfera?"

“Y ésta podría ser temporalmente tuya.”

“¿A qué te refieres?”

“Si haces el bien, voy a necesitar de tu ayuda. Necesito un mensajero, alguien que permanezca a mi lado.”

“Sin pedírmelo, tendrás mi lealtad.”

Deus la miró y le dijo: “¿Y si no te prometo darte nada? Es decir, que esta arma celestial nunca sea tuya...”

Venus lo pensó unos instantes. Miró a Deus, y se dio cuenta de que lo más importante para él era que ella estuviera dispuesta a dar lo mejor de si misma sin esperar nada a cambio.

“Si es así, igual daré lo mejor de mi, y haré todo lo necesario para ayudarte; pero ten presente que mi lealtad permanece con Raguel, y lo mantendré informado mientras él así lo decida.”

“Nunca espero nada de nadie; las cosas pasan porque tienen que pasar,” dijo Deus sonriendo.

De repente, el salón empezó a oscurecerse. Deus y Venus quedaron totalmente envueltos en la oscuridad, y de un momento a otro, toda la oscuridad se redujo a un punto, hasta desaparecer, y los dos desaparecieron dentro de ella. Esto generó una fuerte vibración en el salón, que hizo que todas las sillas se sacudieran, chocando entre si, y la puerta se movió estruendosamente.

CAPITULO 7

"¿Qué es este lugar?" preguntó Eloy, en cuanto salió del portal. Se encontraba de pie frente a un altísimo muro de piedra, rematado con varias filas de alambre de púas. Arriba de éste, vio a Orin flotando en el cielo, mirando hacia el otro lado. Su rostro reflejaba una profunda turbación.

Eloy se elevó a su vez, y cuando llegó a su lado se impresionó. Varias filas de edificios bajos se extendían ante sus ojos. Entre ellos, circulaban decenas de soldados uniformados armados de bayonetas, resguardando interminables filas de prisioneros esqueléticos, que avanzaban como muertos vivientes. A un costado, notaron una columna de humo, procedente de una pira enorme. Al observarla con mayor atención, Eloy descubrió horrorizado que la pira estaba compuesta de cadáveres humanos. "¿Dónde y cuándo me has traído?" preguntó Eloy con voz trémula.

"Estamos en Europa, en la época del Holocausto judío," respondió Orin, "y te he traído aquí para enseñarte cómo se complementan el libre albedrío con algo que ya esta escrito."

"Está bien, sí quisiera saber eso; pero antes, necesito que me expliques por qué Jesús me vio."

"¿Qué quieres decir con que *te vio*?"

“Se volteó hacia mi, y me miró a los ojos; sintió mi presencia.”

“O quizás coincidentemente miro hacia tu dirección, y tú pensaste que te vio, cuando en realidad no te vio... Pero tú decidiste creer eso.”

“No, no fue así; yo sé que él me vio.”

“Aunque estés convencido de eso, es imposible. Viajar usando las pirámides sólo sirve para investigar el pasado; no podemos alterarlo.”

“Estoy seguro de que sí nos vio,” dijo Eloy. Se quedó en silencio, pensando, y comenzó a dudar. “Aunque puede ser que tengas razón. Quizás estaba viendo al horizonte y yo me atravesé en su mirada, y por un momento pensé que él estaba viéndome.”

“Todo tiene una explicación.”

“Si todo tiene una explicación, entonces en este momento soy todo oídos, para escuchar tu teoría sobre lo que ya está escrito y destinado a ser, con el libre albedrío. Porque no tiene sentido para mi que las cosas estén destinadas a pasar, pero al mismo tiempo nosotros escogemos qué hacer con nuestras vidas; o es o lo uno o lo otro.”

“Ese es el problema de la humanidad, se enfrascan mucho en los extremos, y no buscan el balance de la vida.”

Eloy miró como las llamas consumían los restos humanos, y le dijo: “Entonces explícame tanta maldad.”

“¿Quieres que te explique el libre albedrío o la maldad que ves?”

“¿Cómo? ¿A qué te refieres?”

“Claro, acabas de decir que has visto mucha maldad.”

“Pero por supuesto, veo miles de personas maltratadas, asesinadas sin piedad, ¿y me vas a decir que no hay maldad aquí?”

“El bien y el mal objetivos no existen; son conceptos subjetivos.”

Eloy no podía creer lo que estaba escuchando. Para él era obvio que lo que veían reflejaba la más oscura maldad.

“Déjame explicarte lo otro primero, y en el camino te iré explicando eso,” pidió Orin.

Eloy se cruzó de brazos, y se dispuso a escuchar las palabras de Orin.

“El Holocausto judío es algo que ya estaba escrito; tenía que pasar. Se sabía el lugar, se sabía quiénes iban a ser los afectados, pero no se sabía cómo iba a suceder.”

“Ok, sigo escuchando.”

“Mucha gente cree que Hitler fue el único culpable de esto, y que si él no hubiera existido, el holocausto no hubiera sucedido; pero esto no es cierto. En realidad existieron tres opciones.”

“¿Tres opciones?”

“Claro; si no hubiera sido uno, el otro iba a ser el causante del holocausto; y si los dos primeros fallaban, entonces hubiera actuado el tercero. Era como si estuvieran elegidos para ser los causantes del holocausto.”

“No sé si eso tiene sentido. ¿Quiénes eran los otros dos?”

“Es el mismo caso de ustedes.”

Eloy se quedó callado, pensando.

“Ustedes eran tres los elegidos. ¿Para qué? No lo sé. Pero siempre fueron tres,” dijo Orin.

“¿Te refieres a Jerriel, el hermano gemelo de Jerriel que fue secuestrado, y a mi?”

“Así es. En el caso de ustedes es un poco más complicado de ver quiénes eran los tres elegidos.”

“¿Por qué?”

“Porque no supimos realmente si ambos hijos de Delmy eran elegidos, o solamente uno de ellos lo era, y el otro era un señuelo. Se empeora la situación, porque el monstruo que los atacó ese día se llevó a uno, entonces nunca supimos, si se llevó al elegido, o a un señuelo. Y por no tener esa información, no sabemos si el elegido es Jerriel o no," replicó Orin.

"Bueno, pero si uno era el elegido, seguramente se llevaron al otro, y yo pasaría a ser la segunda opción," razonó Eloy.

"Como también pudiste ser la primera opción."

"Creo que me estoy confundiendo... Entonces-"

"Su caso es complicado, pero podemos buscar otro ejemplo más sencillo," interrumpió Orin.

"Soy todo oídos."

"Mira el caso de las tres Lainas."

"Esa historia sí la conocía; pero entendía que eran solo dos Lainas."

"No, eran tres. Laina, la hija de Wilus; Aletia la hija de Durango, que iba a llamarse Laina, y también Eve, la hija de Magda."

"¿Quién es Eve?" preguntó Eloy intrigado.

"Eve es la hija de Magda, a veces responde al nombre Magdalena, porque su verdadero nombre es Magda Elena."

"Y ¿cuál es el destino de las tres Lainas?"

"Eso no lo sé. Lo que sí sé es que fueron destinadas a hacer lo mismo, y cualquiera de las tres puede ser la primera, segunda y tercera opción de la otra."

"Y ¿de qué depende eso?"

"Del libre albedrío. Cada uno decide su destino, a veces las puertas se te abren, y ya depende de ti si las cruzas o no," respondió Orin.

"¿Voy a llegar a conocer a Eva?"

"Depende tu decisión; de tu libre albedrío."

"Ok, creo que estoy entendiendo un poco mejor; entonces es como un mapa de eventos que va a pasar, y las personas están ahí, para que esto pase. ¿Y qué pasa si nadie decide hacer lo que tiene que hacer?"

"¿A qué te refieres?"

"Por ejemplo, mencionaste que en el tiempo del Holocausto había tres posibles causantes, uno de los cuales era Hitler; ¿quiénes eran los otros dos?"

"Los otros dos Hitler eran, Heinrich Himmler y Reinhard Heydrich."

"Ok, pero ellos son sólo dos de los tantos que lideraban el partido Nazi, y que cometieron miles de crímenes contra la humanidad."

"Así es; fueron más de tres los responsables, hasta se podría decir que el país entero fue culpable, la misma gente los puso ahí. Pero fueron estos tres los responsables del Holocausto. Si revisas la historia, ellos son los que tomaron las decisiones de los campos de concentración."

Orin abrió un portal, y se llevó a Eloy con él. Reaparecieron en una sombría habitación, cerca de ahí. Alrededor de una mesa llena de papeles, se encontraban los tres altos oficiales del partido Nazi, discutiendo acaloradamente en alemán. Al acercarse a la mesa, Orin y Eloy vieron que estaban analizando los planos de nuevas cámaras de gas.

Orin estaba muy serio, y Eloy sorprendido de tener tan cerca a Hitler.

"¿Seguro no podemos cambiar la historia?"

"Seguro que no. ¿Cambiarías la historia de poder hacerlo?"

Eloy se quedó viendo a Hitler… "No lo dudaría."

En eso Hitler, vira su cabeza, y lo mira a Eloy a los ojos, con una cara seria y emite una leve sonrisa.

Eloy se sorprende, pero mira por atrás suyo y era Eva Braun, la novia de Hitler que estaba entrando y estaba llamando la atención de el.

"Otra coincidencia." Dijo Eloy.

“Te lo dije.” Dijo Orin, sonriendo.

“Me refería a ella...Eva.”

“Interesante.”

Orin señaló a Hitler y dijo. “Dependiendo del libre albedrío de cada uno se iban tomando decisiones; si Hitler moría, uno de estos dos asumiría el poder y continuaría con el Holocausto.”

“¿Tú crees?” Eloy no parecía muy convencido.

“Yo sólo te digo mi opinión de los hechos; he estado investigando estos temas por 25 años.”

“Es decir que puedes estar equivocado.”

“Claro.”

“Ok.”

“Pero no lo estoy.”

Orin abrió otro portal, y llevó a Eloy de regreso al campo de concentración. Tres hombres alemanes, en sus uniformes oscuros con insignias que los identificaban como guardias, estaban caminando juntos en dirección a un edificio. Un grupo de prisioneros se encontraba ante la entrada, esperando a ingresar. Al darse cuenta de que los guardias se dirigían hacia ellos, éstos se apresuraron a moverse; pero uno de ellos no alcanzó a retirarse del camino a tiempo. Uno de los guardias lo lanzó al suelo de un empujón, y empezó a patearlo con violencia, mientras le gritaba insultos en alemán. Los otros dos alemanes lo observaban impávidos. Cuando se cansó de golpear a su víctima, el oficial acomodó su chaqueta, y los tres ingresaron al edificio. Los otros prisioneros, petrificados, no atinaban a ayudar al hombre que yacía inmóvil en el suelo. Era evidente que si lo hacían, habría consecuencias terribles para ellos.

Eloy miraba la escena, sin poder articular palabra, y Orin permanecía a su lado, también en silencio. Al cabo de un momento, Eloy se llevó la mano al rostro, y se restregó los ojos. “Por favor sácame de aquí. Quiero regresar donde mi familia.”

“Por supuesto,” respondió Orin, muy parco, y acto seguido, abrió un nuevo portal. Cuando iba a cruzar, Eloy lo detuvo: “Pero quiero que me expliques sobre la maldad.”

“¿Por qué?”

“Porque necesito saber; veo que tienes una forma diferente de percibir la maldad... ¿es que acaso no ves maldad aquí?”

“Vamos donde tu familia y ahí te explico.”

“No te voy a llevar donde mi familia si no entiendo lo que significa para ti la maldad.”

“Te preocupas por ellos.”

“Así es. Explícame para ti ¿qué es la maldad?”

“Si yo cruzo este portal, y te dejo aquí, y cierro el portal, eso sería maldad.”

Eloy se dio cuenta de lo fácil que sería para Orin deshacerse de él. Si quisiera, podría dejarlo por cientos de años divagando en un lugar, sin retorno alguno, y quedar vivo eternamente como un espectador del pasado, presente y futuro, sin poder volver a su punto lineal.

“¿Esas no son tus intenciones?”

“Por supuesto que no. Sólo te explico lo que es maldad para mi. Si yo hago eso, considero que te estoy haciendo un daño, sin obtener ningún beneficio para mí.”

Eloy seguía escuchando, detenidamente, mientras miraba el portal abierto. No dejaba de pensar en cruzarlo.

“Veo que esto te distrae,” dijo Orin, “He sembrado miedo en ti,” y cerró el portal. Eloy miró directamente a Orin.

"El bien y el mal no existen en realidad. Son conceptos subjetivos. Por ejemplo, ahora que estamos aquí, pongamos el caso de Hitler."

"¿Qué hay con Hitler?"

"¿Tú crees que el pensaba que estaba haciendo un mal? ¿Que se paseaba pensando que el era un villano, un anticristo? Él estaba convencido de su ideal; pensaba que estaba haciendo un bien por su país, por su gente, por el mundo," dijo Orin.

Eloy no podía creer lo que estaba escuchando. "Pero eso no tiene sentido, murieron millones de personas," replicó, indignado.

"Consideraba a esas personas que mataba, en los campos de concentración y fuera de ellos, enemigos de ese ideal, como enemigos de guerra," continuó Orin. "En sus ojos, dejaban de ser personas, y se convertían en obstáculos que necesitaba eliminar para la realización de un bien mayor." Orin vio la cara de abatimiento de Eloy, y añadió: "Claro, tu compasión e indignación son compartidas por casi todo el planeta... Pero él murió en su verdad."

"¿La verdad? ¿Crees que él tenía razón?"

"No, su verdad."

"¿A que te refieres?"

"A la causa y el efecto. El odio y la violencia de los Nazis no surgieron de la nada; existieron varias causas que originaron esos efectos."

"Es decir que por culpa de las ideas de algunos, puede morir mucha gente..."

"Así es. Los Nazis se sentían amenazados por quienes no pensaban como ellos, y por los judíos, y decidieron exterminarlos cuando llegaron al poder. Se sentían justificados en hacerlo."

"Y tú ¿qué piensas?"

"El bien y el mal son subjetivos, no existen."

"Eso ya lo dijiste."

“Todo lo que existe es causa y efecto,” dijo Orin, mientras abría otra vez el portal.

“Orin ¿a dónde vamos?”

Orin empezó a caminar hacia el portal, sin decir nada. Eloy permaneció de pie, quieto, esperando la respuesta de Orin. Al no escuchar nada, comenzó a caminar hacia el portal, pero antes de llegar a él, Orin lo cruzó, y lo cerró a sus espaldas.

CAPITULO 8

Noviembre 27 del 2025

Desde la ventana, Aletia vio a Lise conversando con Ward, afuera del edificio, mientras los demás hombres de negro a su alrededor esperaban órdenes, visiblemente ansiosos. Se alejó de la ventana, y se fijó en Jerriel, quien conversaba con Laina, y notó la inquietud en sus rostros. Al otro extremo de la habitación, Wilus miraba a Delmy, preocupado por su salud.

Aletia, por su parte, no dejaba de pensar en Eloy. Ella sabía que él tenía una enorme fortaleza, que era capaz de defenderse, y que después del último rayo, estaba más fuerte que nunca. Pero Aletia también sabía que Eloy era bastante ingenuo, y tenía un corazón sensible y muy generoso, y eso lo convertía en una persona frágil. Ella se sentía responsable de cuidarlo, y prefería tenerlo a su lado para hacer mejor su trabajo.

Pero como buscadora de la verdad, se limitaba a escuchar, para así ir captando las verdades de cada uno; y mientras más veía y escuchaba, más se repetía a sí misma en voz baja: “Esto no esta nada bien.”

Jerriel alcanzó a escuchar lo que Aletia decía, y se le acercó. "No te preocupes Aletia; Eloy está bien, vas a ver que pronto estarán de regres-
"

"La última vez que Orin dijo eso pasaron 25 años," interrumpió Laina, "¿qué te hace pensar que la historia no se va a repetir? Además, es posible que Orin sea el nuevo monstruo, y que así como ya se llevaron a uno de los 'elegidos', ahora se lleven a otro."

Aletia escuchó muy pensativa las palabras de Laina.

"Además, ¿cómo no vamos a estar preocupados?" prosiguió Laina. "Estamos solos en este departamento... tan sólo la presencia de Jerriel pone en peligro la vida de todos nosotros."

"¿Yo?" exclamó Jerriel, indignado.

"Sí, tú. Acuérdate de la historia que nos contaron, de cuando ustedes dos nacieron, o mejor dicho, cuando ustedes tres nacieron; el monstruo los estaba buscando a ustedes. A nadie más," concluyó Laina.

Aletia seguía callada y atenta.

"Es verdad. Eso pasó en ese día, y también en el tercer día de oscuridad, pero no en el segundo. Siempre han seguido a Eloy. Además, eso de los truenos azules siempre es con Eloy, no cabe duda de que él es el elegido. Lo que yo he pensado es que quizás yo soy el señuelo. Y que se llevaron al otro elegido," dijo Jerriel

Aletia lo interrumpió diciendo: "Así es; si tú eres el señuelo, entonces quizás para eso sea; para que te sigan a ti."

En ese momento, vieron a Wilus saliendo del departamento.

"Laina, quédate aquí cuidando de Delmy; yo voy con Jerriel al departamento de al frente," dijo Aletia.

"Y ¿qué te hace pensar que te voy a seguir? No voy a dejar a mi madre sola," dijo Jerriel, cruzándose de brazos.

"¿Quieres ver a tu madre volar en mil pedazos como le pasó a la madre de Eloy, o prefieres hacer de señuelo y que te sigan a ti?" discutió Aletia.

"Eso no tiene sentido. Además, preferiría estar aquí con Lise y con Ward, a que de repente venga algo y me explote a mi."

"¿No preferirías explotar tú solo, en lugar de hacerlo junto con tu madre?"

"Por supuesto que sí, pero juntos podríamos defendernos mejor. Además, no estoy tan seguro de que Lise esté interesada en defender a mi madre," dijo Jerriel. "Yo prefiero quedarme con Laina, y hacer lo mejor que pueda para que nadie salga lastimado."

Aletia respiró profundamente, se pasó una manó por el rostro y se quedó en silencio. Al cabo de varios segundos, dijo: "Tienes razón."

"¿Tengo razón?" dijo Jerriel, desconcertado.

Laina sonrió. "Es la primera vez que Aletia te da la razón en algo," dijo.

Aletia era una persona muy analítica, y al darse cuenta de que nunca iba a lograr sacar a Jerriel del departamento discutiendo con él, optó por aplicar una estrategia distinta.

"Así es. A veces hay que dar la razón," dijo Aletia, reprimiendo una sonrisa. "Bueno, es verdad que puede ser que no pase nada, así que me voy al departamento de al frente."

Laina miró a Aletia entrecerrando los ojos. Había entendido inmediatamente lo que ella se proponía hacer.

"¿Y te vas sola?"

"Así es. Y no se les ocurra seguirme."

Jerriel y Laina vieron como Aletia caminó hacia la puerta, y cuando estaba a punto de salir se dio la vuelta, miró a Jerriel, le dedicó una sonrisa, y le dijo: "Bye," en voz baja, mientras cerraba la puerta.

Laina suspiró, alzó los ojos y le dijo a Jerriel: "Espero que no seas tan ingenuo como para caer-" Pero éste ya había empezado a caminar hacia la puerta.

"¿A dónde crees que vas?" preguntó Laina, cada vez más irritada. "¿Jerriel? ¡Jerriel!"

Jerriel salió del departamento, mientras mascullaba: "Espero que sepas lo que estas haciendo Aletia; yo confío en ti," y cerró la puerta a sus espaldas, ignorando los reclamos de Laina.

Laina se sentía desamparada. Se quedó de pie en silencio durante unos segundos, y luego dijo, con un hilo de voz: "Eloy, ¿dónde estas? Ven por nosotros, presiento que el enemigo está cada vez más cerca..."

En ese momento, la puerta del departamento se abrió, y entraron Lise y Ward. Este último tenía un libro en sus manos. Lise notó que Delmy y Laina estaban solas, y se llevó la mano a la frente. "No puedo creer que esto esté pasando," dijo.

Laina alzó los brazos en un gesto de impotencia. "Yo tampoco. Discúlpenme, pero necesito un café," dijo, y le dedicó una mirada hostil a Ward mientras se dirigía a la cocina. Aunque había pasado mucho tiempo desde el brutal enfrentamiento entre Ward y Lise, Laina no podía –ni quería- disimular su desprecio hacia el tipo que había golpeado a su madre hasta dejarla tan malherida que su recuperación había tardado más de un mes. Laina no había tenido interacción alguna con él antes de eso, y no tenía ningún interés en conocerlo ahora.

Ward saludó a Delmy, y caminó alrededor de la sala, observando que todo el departamento era blanco. Notó una extraña coincidencia y sonrió. "La última vez que estuve aquí, ustedes dos estaban exactamente en los mismos lugares," dijo, mientras miraba a Delmy y a Lise. "Y yo," dijo, avanzando hacia el sillón blanco, "estaba sentado exactamente aquí." Y se dejó caer en el sillón. "Tuve algunos momentos de paz... pero de haber sabido que ahí estaba Whiteman, no hubiera estado tan calmado."

En ese momento, Laina salió de la cocina con su café en la mano, se sentó al otro lado del sofá, y colocó la taza sobre la mesa de centro.

"Ah, esto es lo que faltaba," dijo Ward, mientras cogía la taza de Laina y tomaba un sorbo. Luego miró a Lise y le dijo: "Bueno, también me puedo tomar un café contigo aquí, preciosa."

Lise se llevó una mano a la boca, para esconder la sonrisa que acababa de aparecer en su rostro. Después de todo, y a pesar de estar muy preocupada de que Orin pudiera ser un *visitante*, la presencia de Ward la alegraba. Muy a su pesar, se sentía atraída por él.

A Laina, en cambio, la actitud extremadamente relajada de Ward le parecía de mal gusto, y la arrogancia de sus gestos y sus palabras le hacían sentir un fastidio cada vez mayor hacia él. Al ver que éste se había apropiado de su café sin siquiera pedirlo, Laina se levantó exasperada, y fue a la cocina por otro café.

"Qué coincidencia; esto parece una sensación de déjà vu," dijo Ward, sonriendo. Volvió a tomar el café en sus manos, miró intensamente a los ojos de Lise y le dijo:

"Te vengo a devolver el libro."

Le dijo Helen a Deus.

Deus sonrió y le dijo: "Te estaba esperando."

"¿En serio? ¿Cómo sabías que vendría?"

Deus sonrió nuevamente. Era el primero de abril de 1997, y Helen estaba decidida a entregar el libro que le habían regalado dos años y seis meses atrás. Ella había seguido la trayectoria de Deus, y sabía que esa tarde se presentaría en Central Park, ante un público mucho más numeroso que el de su primer encuentro. Y ahí estaban, uno frente al otro: Deus, descalzo, y con su vestimenta habitual, y Helen, una chica bonita, pero sencilla, con un libro en sus manos.

Al no recibir respuesta, Helen insistió: "Repito, te vengo a devolver el libro."

"El libro es tuyo, ya no me pertenece."

"Pero es que no lo quiero."

"¿Por qué no lo quieres?"

Helen vaciló unos segundos antes de responder. Finalmente, le dijo: "Esto va a sonar... extraño, pero desde que tengo el libro, siento como..." hizo una pausa, y respiró profundo. "No sé, es como una necesidad de saber cómo te va. Estoy siempre pendiente de cómo vas consiguiendo tus objetivos; por ejemplo, sé que hoy tienes programado hablar en frente de dos mil personas. Veo que tienes encuentros y charlas con mayor frecuencia, te sigue cada vez más gente."

Deus sonrió. "¿Es el libro... o soy yo?" preguntó mirándola a los ojos. "Me parecería que estás utilizando al libro como una excusa para venir a verme."

Helen bajó la mirada y sonrió.

"Si quieres devolver el libro puedes hacerlo, y puedes olvidarte de todo esto," continuó Deus, "pero Venus y yo vamos a seguir difundiendo nuestro mensaje y ayudando a la gente, y podríamos necesitar de tu ayuda. Hemos logrado que cientos de compañías hagan donaciones para ayudar a los más necesitados."

Helen escuchaba en silencio.

"¿Te interesaría ayudarnos?" preguntó Deus.

"Es curioso... Sé que tú no cobras por tus charlas, ni por nada de lo que haces, pero todo está cubierto siempre, no te falta nada," comentó

Helen, ensimismada. "Aunque también veo que luchas por conservar tu sencillez, no tienes ningún tipo de lujo..."

"Así es, hay que estar enfocados. No espero nada a cambio, las cosas se dan porque se tienen que dar," dijo Deus.

"Ok, entiendo eso; pero antes de responderte, quisiera saber... ¿Por qué yo?"

Deus la miró una vez más a los ojos y le dijo: "Pudo haber sido cualquiera de las tres Helenas, pero yo decidí que fueras tú. Y tú decidiste regresar."

"¿Tres Helenas?"

"Así es; ese día en la Universidad había tres Helenas. Las tres pudieron haber estado destinadas a llevar la misión de portadoras del libro, pero el libre albedrío de todos hizo que la elegida fueras tú."

"Por favor explícate mejor, no estoy entendiendo nada."

"Ese día en el auditorio estaban Magda Elena, Helena y tú, Helen. Venus preguntó si había alguna Helena en la sala. Magda respondió *Yo soy Magda Elena*, y Venus lo escuchó como un solo nombre, y la mandó a sentarse. Magda decidió no corregirla, y dejarlo ser.

"Tú ya conociste a Helena, con quien te tropezaste afuera de la sala; ella fue buscando ayuda para su hijo, y cuando obtuvo lo que quería, se fue, y no volvió. Después llegaste tú, haciendo ese escándalo y diste tu nombre. Por las circunstancias, te di el libro a ti," explicó Deus.

Helen lo escuchaba con atención. Cuando terminó de hablar, ella, aunque aun no comprendía del todo bien, empezó a sentir que estaba destinada a estar ahí, y que quería ayudarlo en su misión de ayudar a la gente.

"¿Y si yo no regresaba?"

"Bueno, cuando de las tres personas, por el libre albedrío, ninguna funciona, viene la cuarta opción."

Helen sonrió y preguntó: "¿Cuál es la cuarta opción?"

"¿Por qué sonríes, Helen?"

"Es que sigo sin entender; todo eso me suena a locura, pero también sé que se necesita estar un poco loco para llegar a donde has llegado, y lograr lo que has logrado."

Deus sonrió. "Si decides ayudarnos, prometo explicártelo todo," dijo.

"¿Y de qué forma puedo ayudar?"

"Necesito que ayudes a Venus."

"¿Ayudarla en qué?"

"Ella necesita socializar más. Salir contigo, conocer más gente... compartir. ¿Quisieras ser parte de nuestro proyecto?"

"Tendría que conversarlo con mi esposo. Pero él siempre me dice que yo debería estar haciendo algo más por mi vida... Y si esto sirve para ayudar a la gente, no creo que tenga ningún problema."

"Perfecto. Y tranquila, no ocuparemos tanto de tu tiempo; sólo lo necesario, para que tu relación no se vea afectada."

"Y ¿por qué se vería afectada mi relación con Josune?"

"Cuando una pareja pasa demasiado tiempo separada, aunque exista amor, uno puede olvidarse, y acostumbrarse a vivir sin el otro."

"Entiendo. Pero de eso no debes preocuparte."

Deus sonrió de nuevo, e intentó devolverle el libro a Helen.

"Quédatelo; vine a devolvértelo, y después de tu historia de las tres Helenas, prefiero que sea una de las otras dos la que tenga el libro," dijo ella. "Además, nunca me contaste sobre la cuarta opción."

"Es mejor que no lo sepas por ahora," respondió Deus.

"Bueno, me tocará saberlo tarde o temprano."

Helen sonrió y miró a su alrededor. Todo estaba listo para recibir a las más de 2000 personas que asistirían para escuchar a Deus, y ella sintió una intensa emoción al pensar que iba ser parte de todo eso.

Miró a Deus con una amplia sonrisa, y le preguntó:

"¿Destino o coincidencia?"

"Decídelo tú."

CAPITULO 9

Noviembre 27 del 2025

Aletia entró al departamento de Lise y miró su reloj. Esperó unos segundos, y dijo en voz baja: "Tres, dos, uno..." y escuchó la puerta abrirse tras ella.

"Esto no es nada gracioso," dijo Jerriel al entrar, "sé lo que haces; por favor tenemos que volver-" pero no pudo seguir hablando porque en un instante, Aletia ya le había rodeado el cuello con los brazos, y había empezado a besarlo con un entusiasmo casi violento. Él no pudo más que rendirse y dejarse llevar. "Te aprovechas de la amistad que sabes que siento por ti," dijo cuando ella finalmente lo dejó respirar. "Aunque sabes que es peligroso separarnos del resto, tenemos que-"

"No, Jerriel. Eloy no está, y Orin puede regresar, y así como se llevó a Eloy, también puede llevarte a ti."

"¿En serio crees que Orin es el enemigo aquí?"

"No estoy segura, pero más vale prevenir que lamentar."

"Pero, ¿qué hay de Floyd? y ¿el Ser Oscuro?"

"Un paso a la vez."

"¿*Un paso a la vez?* Así de sencillo lo dices, como si fuera fácil. Te recuerdo que la última vez que apareció el Ser Oscuro, Helen voló en pedazos, y sucedieron todos esos ataques terroristas a las iglesias, y ese día también..." se detuvo unos segundos, lo que hizo que ella lo mirara, y luego dijo, más calmado: "y ese día también fue la última vez que vimos a tu padre."

Una sombra de tristeza atravesó brevemente el rostro de Aletia. Sin embargo, hizo caso omiso a lo que interpretó como un intento de manipulación de Jerriel, y respondió: "Te cuento que según los resultados de mis investigaciones, no creo que hayan sido ataques terroristas."

"Pero si desaparecieron casi todas las iglesias, de las distintas religiones del mundo... y bien sabes que esa es la principal causa de guerra que hay en occidente, nadie sabe quién fue en realidad, y todos se echan la culpa," dijo Jerriel.

"Así es, nadie sabe en realidad quién origina la guerra, sin embargo los musulmanes enviaron gente por toda Europa, y ésta es invadida... claro que esto generó un conflicto entre los árabes, porque había muchos a favor y muchos en contra de la invasión, pero hoy en día hay un gran ejército musulmán unificado; ese ejército es el que entró por Venecia, y terminó invadiendo toda Italia. Sin embargo, cada gobierno se ha encargado de buscar culpables en otros países, según su conveniencia... como lo han hecho para justificar casi todas las guerras de los últimos 30 años," dijo Aletia

"¿Las guerras por la religión?"

"No; por el petróleo."

"¿Pero no crees que meterse con las religiones para justificar un ataque por razones económicas es algo muy extremo?" preguntó Jerriel.

"Así es, pero es la excusa perfecta, si es que lo consideras un acto de terrorismo," dijo Aletia. "En todo caso, mi padre no murió a manos del Ser Oscuro."

"Además, no recuerdo que ese día haya aparecido Floyd..." añadió Jerriel, pensativo.

"Según mi papá, Helen ya sabía lo que le iba a pasar, y ese mismo día reapareció Floyd en el departamento de Lise, mientras nosotros huíamos."

"Claro."

"Pero ¿qué opina Deus de la guerra?"

"Bueno, él considera que no se debería llegar a esos extremos. Él busca la paz, y cree que todos deberíamos respetar todas las religiones, no eliminarlas. Cada vez más gente lo sigue, sus palabras son muy poderosas. La última vez que lo vi en las noticias, él estaba por Nueva York, y sin haber convocado a la gente, tenía a más de 150.000 personas escuchándolo en Time Square. Fue impresionante. Decía cosas como que tenemos que encontrar lo positivo en todas las situaciones, incluso en las que parecen malas. También decía que la gente pelea por la cantidad de ideologías y religiones distintas que hay en el mundo, y porque las personas no saben respetar las opiniones y creencias de los demás... pero que si hubiera una sola religión, los conflictos casi no existirían," dijo Jerriel. Pensó unos instantes, y añadió: "Mira el caso del Vaticano; cuando se agravó la guerra, los líderes del Vaticano convocaron a los ejércitos italiano y francés, y éstos formaron una línea de defensa a su alrededor para protegerlo del ejército musulmán, y esa barrera sigue en pie. La iglesia católica está bien resguardada, a pesar de que toda Italia ha sido invadida."

"Pero eso me suena un poco sospechoso," dijo Aletia.

"¿Por qué?"

"Claro; él habla de formar una sola religión justo en los momentos en que se dieron los atentados a todas esas iglesias, mezquitas y templos en el mundo. El día en que caiga el Vaticano, se desatará un problema mundial, y eso también reforzará su teoría de una sola religión... ¿no te parece mucha coincidencia?" reflexionó Aletia.

“Te hubiera discutido en el tema, pero de nuevo, el Vaticano está respaldado por los demás países del mundo; ni todo el ejercito árabe unificado tendría oportunidad contra la línea de defensa del Vaticano. Lo que yo veo es que Deus no hace otra cosa que ayudar a la gente, y hasta busca fomentar la paz entre los países hablando con los líderes del mundo, para intentar que no peleen entre si. Él no saca nada de esto,” replicó Jerriel.

“Algo debe de estar sacando de eso. La gente siempre busca obtener *algo* con lo que hace.”

“No siempre; él es la prueba de que no.”

“Jerriel, escúchame; nadie hace nada *porque sí*, la gente siempre quiere *algo* de alguien.”

“Deus no.”

“Veo que te tienen bien adoctrinado,” dijo Aletia, sorprendida. “No puedes ser tan cerrado, pareces un loco.”

Jerriel optó por quedarse callado. Él le creía a Deus, y no le gustaba tener que discutir el tema; esa era su opinión, y él quería que se la respeten.

En eso, Aletia percibió un llamado.

“¿Escuchaste eso?”

“No, no he escuchado nada.”

“Siento que alguien está llamando mi nombre.”

Jerriel sonrió. “Pero yo soy el loco,” dijo.

En eso, apareció ante ellos Floyd, acostado en el piso, retorciéndose y quejándose de dolor, envuelto en un sobretodo con capucha azul. Su cuerpo despedía un olor a carne quemada, y tenía un aspecto muy desagradable.

Aletia y Jerriel se quedaron paralizados, sin saber qué hacer. Floyd no se había percatado de su presencia. Seguía moviéndose en el suelo, emitiendo gruñidos de dolor.

Aletia agarró a Jerriel del brazo, y comenzaron a moverse hacia atrás para ir por ayuda. En ese momento Floyd se dio cuenta de que no estaba solo. Desorientado y a la defensiva, levantó la mano rápidamente y disparó un rayo de energía hacia ellos.

Jerriel empujó a Aletia, para sacarla de la trayectoria del rayo, y al hacerlo, éste le dio en su brazo derecho, causándole una profunda herida. Jerriel gritó "¡Corre, Aletia! ¡Corre y pide ayuda!" Y Aletia aprovechó la oportunidad y salió corriendo del departamento.

"¿Qué he hecho, qué he hecho?" se decía Aletia mientras huía desesperada. Pero al mismo tiempo se dio cuenta de que ella había tenido razón: también estaban siguiendo a Jerriel. Avanzó rápidamente por el corredor, en dirección a las escaleras, pero un fulminante rayo de energía se atravesó en su camino, y aterrizó justo junto al acceso a las escaleras. Aletia cayó al suelo, y al levantar los ojos, alcanzó a ver por una pequeña ventana la escalera de emergencia. Sin pensarlo dos veces, se lanzó ágilmente por la ventana, para encontrarse en uno de los descansos de la escalera. Su instinto inicial fue huir hacia abajo, pero pensó que si lo hacía así, Floyd inevitablemente la alcanzaría. Entonces decidió tomar el camino más difícil para escapar, y empezó a subir.

La idea de Aletia era llegar a la parte de arriba del edificio, y pedir ayuda desde ahí a la gente de Ward, que estaba en la calle, o pedirles que contacten a Lise. Ella sabía que era inútil gritar desde ahí, ya que estas escaleras daban al otro lado de la calle, donde no había nadie. Mientras subía lo más rápido que su atlético cuerpo le permitía, con el corazón en la garganta, sólo pensaba en conseguir ayuda para Jerriel.

"¿Qué he hecho? ¿Qué he hecho?"

Cuando había subido ya unos tres pisos, escuchó una explosión. Bajó la mirada, y vio que ésta provenía de la ventana por donde ella había escapado. Floyd salió lentamente por el boquete. Se notaba que seguía muy mal herido. Miró hacia los lados, buscando a Aletia, y finalmente miró hacia arriba, y la vio subiendo. Ella aceleró el paso, pero él empezó a elevarse por los aires, junto a las escaleras, sin mucho esfuerzo. A pesar de que Aletia se esforzaba por seguir avanzando, la distancia entre ella y Floyd se acortaba rápidamente.

Finalmente, Floyd la alcanzó justo cuando ella llegaba a la azotea, y comenzó a correr para llegar al otro extremo del edificio a pedir ayuda. Floyd, elevado en el aire, a dos metros de ella, empezó a generar una bola de energía para dispararle a Aletia.

Aletia miró hacia atrás, y al verlo, aterrorizada, se tropezó y cayó al suelo. Mirando a Floyd a los ojos, levantó su mano izquierda como diciendo 'detente', en un intento desesperado de salvar su vida.

Cuando Floyd vio su cara, se detuvo. La energía blanca que crecía en su mano empezó a reducirse hasta desaparecer por completo. "Aletia... ¿eres tú?" preguntó.

Aletia no comprendía nada. Su cabeza le gritaba que tenía que seguir corriendo, que le faltaba poco para llegar al otro lado de la azotea, pero su instinto le decía que no; él había mencionado su nombre de una forma no amenazadora.

"Aletia, eres tú." Floyd esbozó una débil sonrisa, y cayó de rodillas. La miró a los ojos y le dijo: "Ayúdame." En ese momento, no pudiendo soportar la intensidad del dolor de sus quemaduras, Floyd empezó a convulsionar, y se desmayó.

Aletia lo miró, compasiva. Ella no podía negarse cuando alguien le pedía ayuda. Además, si quería obtener respuestas de Floyd, necesitaba que éste se recuperara. Así que decidió a ayudar a su atacante. Lo envolvió en su sobretodo azul, y al hacerlo, confirmó su impresión inicial: estaba completamente quemado. Aletia se levantó y se dirigió a la puerta de la azotea. Tenía que volver al departamento a buscar implementos para curar a Floyd. Y necesitaba saber si Jerriel estaba bien.

Bajó un piso por las escaleras, y tomó el ascensor hasta el séptimo piso. Fue corriendo hacia el departamento de Lise, abrió la puerta y encontró a Jerriel tumbado en el piso.

"¡Jerriel! ¿Jerriel, estás bien?"

Se acercó, y vio que se había vendado el brazo derecho. Lo abrazó con emoción, pero con cuidado. "¡Aletia, estás bien!" dijo Jerriel, aliviado. "¿Qué pasó? ¿Dónde está el sujeto que nos atacó? ¿Lo atrapó Lise?"

"Yo estoy bien. No, no lo atrapó. Él me estaba siguiendo, pero cuando me alcanzó no me hizo daño; solo dijo mi nombre, me pidió ayuda y cayó desmayado en la azotea."

"¿Está en la azotea?"

"Así es; voy a llevar unas vendas y medicamentos para ayudarlo, y ver de qué forma nos puede ayudar él."

"¿Y yo soy el loco? Aletia, casi nos matan."

"Sí, así es; pero no lo hizo. Jerriel escúchame bien, yo voy a subir. Tú anda directo donde Lise, para que use sus poderes curativos contigo."

"No, vamos los dos donde..."

"Escúchame Jerriel, necesito que hagas eso por mi. Cometí un error, y quiero que estés con Lise, te cure y venga a la azotea."

"Ok, ok."

Aletia cogió rápidamente unos analgésicos, y todas las vendas y pomadas que encontró en el departamento. Cuando se disponía a salir, se dio la vuelta, miró a Jerriel y le dijo:

"Por favor, anda rápido. ¿Seguro sí puedes llegar solo?"

"Sí; nos vemos en un rato."

Aletia se dio la vuelta y avanzó velozmente por el pasillo.

"¡Ten cuidado, Aletia!" Le gritó Jerriel.

Aletia subió por el ascensor, y se dirigió a toda velocidad donde estaba Floyd. Cuando llegó, se arrodilló junto a él, y tomó su cabeza entre sus manos. Floyd comenzó a quejarse. Aletia le puso en la boca los analgésicos, que él trago con esfuerzo. Luego, con mucho cuidado, empezó a despegar el sobretodo azul de la piel quemada, y a aplicarle suavemente las pomadas y vendajes.

"¿Por qué nos atacaste?" preguntó Aletia, mientras lo curaba.

Entre quejas, y con un susurro de voz, Floyd le respondió: "Aletia... Estaba muy confundido. Mientras te seguía, pensé que eras Eve."

"¿Eve? ¿Quién es Eve?"

"No sabía lo que estaba haciendo. ¿A quién le disparé, abajo?"

"A Jerriel."

"¿Fue a Jerriel a quien le di en el brazo? ¿Él esta bien? Yo estaba confundido... estaba escapando..."

"¿Escapando? Pero si estabas atrás mío."

"Estaba escapando y tratando de eliminarte en el camino, pero siempre pensando que eras Eve."

"O sea que tú pensabas que Jerriel era... ¿el Ser Oscuro?"

"El Ser Oscuro..." Floyd empezó a reír de forma sarcástica, pero el movimiento de su pecho le causó más dolor, y su risa se apagó en un amargo quejido. "En realidad sí, así es; yo pensaba que él era el Ser Oscuro. La habitación estaba en penumbra, no se podía distinguir bien quién era quién."

"Si tienes problemas con el Ser Oscuro, deberías resolverlos desde la raíz," sugirió Aletia, terminando de aplicar el último tubo de pomada para quemaduras.

'Tienes razón Aletia. Gracias por ayudarme. ¿Estás bien?"

"Sí, estoy bien, solo un poco preocupada. Dime algo... ¿Cómo me conoces?"

Floyd sonrió. "Es una larga historia, que tiene que ver con tu padre."

"Mi padre esta muerto. Murió cuando una iglesia le cayó encima."

Floyd sonrió. “No, Aletia; tu padre no está muerto,” dijo.

“No estoy para juegos,” respondió Aletia, irritada.

“No estoy mintiendo. Tu padre está vivo.”

“¿Es en serio?” Aletia se sorprendió, porque su intuición le decía que Floyd estaba siendo sincero con ella. “Dime... ¿Qué sabes?”

“¿Qué necesitas saber?”

“La verdad,” respondió Aletia.

En eso, Aletia sintió que alguien estaba mirándolos desde la azotea del edificio de al frente. Giró su cabeza en esa dirección, y Floyd la imitó.

Cuando Floyd lo vio, desapareció.

Era Orin.

CAPITULO 10

Noviembre 27 del 2025

A pesar de tener el libro en sus manos, Ward no despegaba los ojos de Lise. Ella, por su parte, caminaba ensimismada por la sala, pensando dónde podría estar Eloy. A pesar de ser la protectora de Jerriel, en los últimos años se había conectado más a Eloy debido al increíble incremento de sus poderes. Lise le tenía gran cariño a Jerriel, pero él no había desarrollado poder alguno, y ella estaba convencida de que Eloy era el elegido de los tres.

Laina se mantenía apartada, observando la forma en que Delmy miraba con odio mal disimulado a Lise. Ésta, por su parte, dentro de su concentración y su evidente preocupación por lo acontecido, dedicaba de vez en cuando miradas cariñosas a Ward. Laina, en cambio, lo miraba con fastidio, porque consideraba que no era más que un patán mal educado.

De repente, los cuatro se sobresaltaron; en una esquina de la sala, se abrió un portal, a través del cual apareció Orin.

Lise, sorprendida y emocionada, estaba esperando ver a Eloy cruzar el portal. Pero esto no sucedió. Mientras el portal se cerraba, la expresión de la cara de Lise iba cambiando de sorpresa a preocupación, a mal genio, hasta terminar en rabia. Sus ojos se volvieron blancos, y sus manos empezaron a llenarse de energía. Se plantó delante de Orin y le preguntó:

"¿Dónde esta Eloy?"

"Calma Lise, no quiero problemas contigo. De verdad no quisiera tener que volver a tomar medidas drástic-"

Ward lo interrumpió diciendo: "Whiteman, amigo mío, ¿cómo estás?"

Orin vio que Ward estaba sentado muy tranquilo, sosteniendo una taza de café en su mano derecha; pero notó que los dedos de su mano izquierda estaban tocando el mango de un hacha, que descansaba apoyada junto al mueble.

"Ward, ¿qué haces aquí?"

"Delmy, necesito que me ayudes con algo, por favor acompáñame a la habitación," improvisó Laina, y tomando a Delmy del brazo, la llevó consigo al cuarto principal y cerró la puerta. Laina sabía que era muy probable que la situación se volviera peligrosa, y le preocupaba la seguridad de Delmy, en caso de que Lise enfureciera de verdad.

Orin miró alrededor de la sala blanca. "Es la segunda vez en mi vida que vengo a este departamento. Qué coincidencia volver a encontrarte aquí, 25 años después."

Ward sonrió y dijo: "Déjame decirte que también es la segunda vez que vengo aquí."

Orin había analizado la situación. Era obvio que la actitud violenta de Lise no era un problema para él. Por más que ella pusiera los ojos blancos y apretara los puños llenos de energía, Orin sabía que sus poderes eran superiores a los de ella; no le preocupaba para nada.

Ward, en cambio, era otra historia. Orin lo veía demasiado tranquilo y confiado, con su taza de café en una mano, y con la otra cerrándose alrededor del mango del hacha.

"Whiteman, Whiteman. He venido por dos razones: la primera, para que me devuelvas la pirámide."

"¿Por qué habría de devolverte la pirámide?"

Ward sonrió. "Comenzamos bien, mi amigo," dijo. "Fue en lo que quedamos, yo le traje el libro a Lise, así que puedes devolverme las pirámides." Mientras hablaba, con la misma tranquilidad de siempre, dejó su taza de café en la mesa, se levantó, y se quedó de pie junto a Lise, frente a Orin. "Y mi segunda razón: quisiera saber dónde está Eloy."

"¿Dónde... está... Eloy?" repitió Lise entre dientes, acercándose aún más a Orin.

Orin intuyó que la pareja de contrincantes que tenía al frente iba a preferir atacar primero, y después hacer preguntas. Muy calmado, respondió: "Tranquilos; Eloy esta bien."

"Lise, tenías razón; Whiteman terminó siendo el Visitante de este día," dijo Ward.

Orin miró a Ward y le dijo: "No. Todavía no han venido ni Floyd ni el Ser Oscuro. Eloy está en un lugar seguro, dejarlo ahí es mi forma de protegerlo mientras nosotros nos encargamos de que pase este día."

"Te veo demasiado seguro Whiteman, pero ni siquiera mencionas al visitante, o monstruo, o como lo quieran llamar. Empiezo a sospechar que en realidad no sabes qué tipo de amenaza es; si es como el primer visitante, o se parece a la muerte, que vino después, o a la sombra que llegó al final. No sabemos a qué atenernos," protestó Ward.

"Del visitante nuevo no tienen que preocuparse... Un momento", dijo Orin súbitamente, y desapareció.

Lise y Ward se miraron, perplejos. "¿Y ahora a dónde demonios se fue este sujeto?" Lise cambió rápidamente su actitud agresiva por un gesto de preocupación. "¿Dónde está Eloy? ¿Dónde está Jerriel?"

Ward, a pesar de conservar su calma habitual, ya no sonreía. Sacó su teléfono del bolsillo de su chaqueta y llamó a Ricker. "Ricker, busca a

Jerriel. Si ves a Whiteman, házmelo saber; y recuerda: ojos bien abiertos."

Abajo del edificio, Wilus y Ricker esperaban instrucciones. Durante los años anteriores, Wilus y Ricker habían llegado a ser grandes amigos. Desde que se conocieron en el hospital, habían pasado 25 años, durante los cuales volvieron a encontrarse varias veces. Pero fue durante el mes en que Lise había estado internada en manos del equipo de Ward en que su amistad se consolidó. Wilus iba todos los días a ver cómo iba la recuperación de Lise, y Ricker lo mantenía al tanto. Ricker admiraba la constancia y devoción de Wilus, y éste agradecía la información que Ricker le daba. Desde ahí, siempre estaban comunicados por cualquier emergencia.

Ricker notó que Wilus estaba muy pensativo, y fumaba más que de costumbre.

"¿Qué ocurre?" preguntó Ricker. "Te veo muy preocupado."

Wilus, con la cara cubierta por el humo de su cigarrillo, escribió en su tableta electrónica: "Estoy pensando en la nueva amenaza."

"¿Cuál amenaza? ¿Te refieres a Whiteman o a Lise?"

Wilus se sorprendió. "¿Lise? ¿Lise como amenaza?" escribió.

"Bueno, aunque no lo creas, todos nosotros estamos igual de preocupados por Lise que por cualquier otro inconveniente. Ella es muy temperamental, y con su concepto de no testigos, no descartamos que en algún momento se descontrole y nos comience a eliminar como a hormigas," respondió Ricker.

"Eso no va a volver a suceder."

"¿Cómo lo sabes?"

“Ella se ha ido humanizando con los años.”

“Bueno, de todas formas, nosotros estamos algo tranquilos porque Ward está con ella, y con esa arma que tiene la puede controlar inmediatamente.”

Wilus lo miró, respiró profundo y escribió: “Me refería a Ward como la amenaza.”

“¿A Ward? ¿De qué estás hablando?”

Wilus le explicó: “Cuando estaba comenzando a bajar por las escaleras, vi salir del ascensor a Lise y Ward. Sé que ella está preocupada por proteger a la familia, y sé también que él está aquí para protegernos a todos, pero…” Wilus paró de escribir, dejó la tableta a un lado, encendió otro cigarrillo, y continuó escribiendo. “Pero creo que me preocupan que los dos estén juntos. Lise parece de 30 años, se ha conservado muy bien todos estos años; yo ya tengo 65, y se me nota. Pero a Ward, en cambio, se lo ve tan joven… y siento cierta química entre los dos.”

Ricker leyó las palabras de su amigo. “Wilus, no pensaba que eras una persona insegura,” respondió.

Wilus lo miró serio, y le escribe: “No lo soy. Pero sé que algo no está bien ahí. Vi cómo se miraban mientras caminaban por el pasillo al departamento.” Wilus soltó la última bocanada de humo, mientras dejaba caer la colilla de su cigarrillo al suelo.

En ese momento, sonó el celular de Ricker. Éste se apresuró a contestar, y Wilus escuchó la voz de Ward a través del teléfono, diciendo: “Ricker, busca a Jerriel. Si ves a Whiteman, házmelo saber; y recuerda: ojos bien abiertos.”

Wilus escribió: “Pueden estar en el edificio de al frente.”

Al leer esto, Ricker hizo señas a Garwig y Adam, que estaban en la vereda de al frente, apoyados a uno de sus vehículos negros, para que se acercaran. Éstos llegaron de inmediato. “Vayan en busca de Jerriel. Debería estar ahí,” dijo Ricker, señalando el edificio que le había indicado Wilus.

Wilus alzó la mirada, y alcanzó a divisar a Orin en el tejado del edificio del departamento de Delmy. Tocó el hombro de Ricker, y levantó su brazo para indicarle que mirara hacia arriba. Ricker tomó su teléfono para informar a Ward que había visto a Whiteman, pero se quedó paralizado cuando vio un enorme portal negro abriéndose en los cielos.

Orin reapareció en la azotea del edificio de Delmy, y vio que ahí se encontraba Aletia con Floyd. Él ya sabía que Floyd había hecho su aparición; sólo faltaba por llegar el Ser Oscuro. Orin se mantuvo alejado de ellos, dudando sobre si debía intervenir. "Aletia, ¿qué estas haciendo?" se preguntaba mientras la veía ayudando a Floyd. Cuando al fin se había decidido a actuar, Aletia y Floyd notaron que Orin los observaba. Pero no tuvieron tiempo de reaccionar. De repente, a varios kilómetros de altura sobre la calle que separaba los dos edificios, se abrió un portal negro redondo. Floyd sintió la presencia del Ser Oscuro, y desapareció.

"Un problema menos," pensó Orin. Pero había otro problema por llegar.

Orin y Aletia cruzaron sus miradas, y luego ambos alzaron los ojos hacia el portal redondo negro.

Orin alcanzó a ver al Ser Oscuro, flotando en el aire, dentro del portal. Aletia sólo pudo ver el portal. Estaba demasiado lejos para poder distinguir los detalles. De repente, vieron miles de luces brillando a través del portal.

Cuando las luces se apagaron, Orin vio una figura cayendo desde el centro del portal. Aletia notó que Orin estaba viendo fijamente algo dentro del portal, que ya empezaba a cerrarse, e hizo un esfuerzo por ver de qué se trataba.

Siete segundos después, se escuchó un estruendo. Aletia razonó que éste provenía de las luces que habían visto, porque después de todo, la luz viaja mas rápido que el sonido. Justo cuando el portal terminaba de cerrarse, Aletia logró ver un punto negro cayendo desde el cielo. Poco después pudo distinguir que se trataba de la silueta inmóvil de un ser humano. El cuerpo caía inerte entre los edificios. Orin no hizo ningún esfuerzo por acercarse, pues no detectó señales de vida.

De repente, Aletia soltó un gritó de desesperación; había reconocido al cuerpo sin vida, justo en el momento en que éste se estrellaba en el pavimento. Con lágrimas en los ojos, corrió hacia la puerta de las escaleras, y se lanzó a bajarlas a toda prisa.

La gente en la calle empezó a agruparse, al ver que alguien había caído de los cielos.

Orin desapareció del techo del edificio, y reapareció junto al cuerpo. No lograba entender lo que veía.

Al ver a Orin, la masa de curiosos retrocedió asustada, y la gente de Ward puso en marcha su protocolo, empezando por cerrar el perímetro.

Ricker se comunicó inmediatamente con Ward. “Ward, te necesitamos. Whiteman esta aquí, en el centro de la calle, con otro ser que cayó del cielo de un portal.”

Wilus se aproximó cautelosamente y vio que junto a Orin, en el suelo, había otra persona, aparentemente sin vida.

Al acercarse un poco más, vio de quien se trataba; aceleró el paso y se abrió paso a empujones entre la gente para lanzarse sobre el cuerpo. Empezó a moverlo con desesperación, tratando de obtener alguna respuesta. Le tomó la muñeca, buscando su pulso. Y en ese momento, Wilus lanzó un grito silencioso al aire con lágrimas en sus ojos.

Eloy estaba muerto.

CAPITULO 11

Noviembre 27 del 2025

En el departamento, Lise caminaba de un lado al otro con impaciencia, preocupada por saber dónde estaba Jerriel. Entró a la habitación en busca de Laina, quien se encontraba sentada conversando con Delmy. "¡Laina!" gritó Lise, y corrió hacia ella, la tomó de los hombros y la miró a los ojos: "Laina... ¿Estás bien?" Ward, quien había seguido a Lise, se quedó parado en el umbral de la puerta, viendo la escena, sin intervenir.

"Sí mamá, tranquila, estoy bien; Delmy y yo sólo estábamos conversando," respondió Laina, un poco extrañada por la repentina intensidad de su madre.

Delmy asintió en silencio, bastante sorprendida de la actitud de Lise. Hacía mucho tiempo que no la veía así de alterada. "Cálmate, Lise. Ten cuidado," dijo Delmy.

"¿Quieres que me calme?" respondió Lise, dejando claro que las palabras de Delmy habían tenido el efecto contrario. "¿Que tenga cuidado? ¿Cuidado de qué? No sé dónde está Jerriel, Eloy todavía no aparece, y Whiteman es el cuarto visitante y está desaparecido."

"¿Whiteman? ¿Cuarto visitante?" preguntó a su vez Delmy, que empezaba a contagiarse de la energía alterada de Lise.

"Así le dice Ward. Me refiero a que Orin es el cuarto monstruo."

En eso, sonó el teléfono de Ward. Al contestar, escuchó la voz de Ricker del otro lado, y lo puso en altavoz: "Ward, te necesitamos aquí. Estamos en la calle afuera del edificio, hace unos instantes se abrió un portal negro en el cielo, y cayó de ahí el cuerpo de un ser, que ahora está en el medio de la calle. Y Whiteman, está parado junto al cuerpo."

Lise, al escuchar eso, corrió a asomarse por la ventana del cuarto de Delmy. Vio algunas personas de negro paradas en medio de la calle, y entre ellas, en el centro, vio a una de blanco. Era Whiteman. Pero no tuvo tiempo de enfurecerse; enseguida le llamó la atención ver a Wilus arrodillado en el suelo, abrazando a alguien. Se quedó paralizada cuando se dio cuenta de que el cuerpo que Wilus tenía en sus brazos era el de Eloy.

En ese momento, Ward entró al cuarto muy calmado. Tenía el hacha en la mano. "Lise tenemos que bajar; pero necesito que estés tranquila," dijo. Pero su advertencia fue en vano. Toda la humanidad y la compostura que había aprendido Lise en los últimos 25 años desaparecieron en un segundo.

Con un rayo de energía blanca, Lise destruyó la ventana y se lanzó a toda velocidad hacia la calle. Desde abajo, Orin escuchó el estruendo, y vio a Lise descendiendo hecha un bólido, mientras disparaba rayos de energía blanca hacia él.

Pero Orin no se inmutó. No tenía necesidad de hacer nada, ni siquiera de moverse, porque inmediatamente una de las pirámides comenzó a absorber los rayos que ella lanzaba. Lise intentó herirlo una y otra vez, pero fue en vano; toda su energía era absorbida por la pirámide. Frustrada por no poder hacer nada, se dirigió hacia Wilus y Eloy.

Cuando Lise llegó a la calle, los hombres de Ward que estaban cerca empezaron a correr como hormigas, buscando resguardo tras sus vehículos y sus armas, pues Lise tenía fama de ser una mujer muy poderosa y sin consideración hacia la humanidad. Todos apuntaron sus armas hacia Lise.

Ward, quien miraba todo desde el hueco de la ventana, llamó a Ricker por teléfono. "Ricker, dile a todos que se tranquilicen; recuérdales lo que pasó la última vez."

De inmediato, Ricker dio la orden, y todos bajaron sus armas.

Del edificio de al frente salió Aletia corriendo hacia la calle. Llegó hasta donde estaba Eloy, y cayendo de rodillas frente a su cuerpo lo estrechó contra su pecho, hecha un mar de lágrimas.

Wilus y Lise esperaron unos minutos a que Aletia se desahogara. Sabían lo mucho que ésta amaba a Eloy. Luego, Lise la apartó despacio, y Wilus tomó en sus brazos el cadáver de Eloy, para llevarlo al edificio. Con una lágrima rodando por su mejilla, Lise le dijo: "Busca al elegido; sólo nos queda Jerriel." Wilus asintió, y se dirigió lentamente hacia el edificio con Eloy en brazos. Aletia lo acompañó, caminando a su lado.

Lise los siguió con la mirada, hasta que ellos desaparecieron en la entrada del edificio. Entonces su rostro se endureció, llenándose de odio.

Lise ya no era la misma; se sentía derrotada, y sólo quería exterminar a quien creía culpable de la muerte de Eloy: Whiteman. La energía blanca empezó a acumularse en sus manos, y alrededor de todo su cuerpo. Los hombres de negro empezaron nuevamente a apuntar sus armas hacia Lise, a pesar de la orden de Ward. Al notarlo, Lise se sintió rodeada y amenazada. Miró a Orin, y sus pupilas desaparecieron; sus ojos se volvieron completamente blancos.

Lise miró la pirámide blanca de Orin, y comenzó a pensar cómo podía neutralizarla. Decidió intentar algo diferente. Se acercó a uno de los carros de la gente de Ward, y lo agarró con fuerza del parachoques, para levantarlo; pero en lugar de hacerlo, el parachoques se desprendió del vehículo, y ella se quedó con éste en la mano. Furiosa, lanzó la pieza a un lado, y avanzó hasta otro de los carros. Nuevamente puso su mano sobre el parachoques, y esta vez el vehículo entero quedó envuelto en un aura blanca. Entonces, Lise empezó a elevarse, llevando consigo el carro, con los ojos fijos en Orin.

A pesar de la orden de Ward, los hombres empezaron a dispararle a Lise. Ésta, a su vez, decidió dispararles a ellos con la mano que tenía libre, eliminándolos uno por uno, mientras seguía mirando a Orin.

"Ay, preciosa. Aquí vamos de nuevo." Ward movió la cabeza de un lado a otro, y respiró profundo. Mientras se colocaba las gafas, preparándose para el combate, observó la situación. Aparte de él mismo, Orin –o Whiteman, como él le decía, y sus hombres, la calle estaba desolada. Entonces recordó que la última vez que Lise había estado descontrolada, y él había luchado contra ella, habían estado casi con las mismas personas; sólo que esta vez, en lugar del Ser Oscuro, estaba Whiteman. Pero esta vez, Whiteman no se saldría con la suya

Orin, por su parte, estaba a la expectativa de lo que podría suceder. Se sentía confiado de poder vencer a Lise, pero Ward lo preocupaba.

Lise, recargada de energía, se elevó a la altura de Ward, y lo miró a los ojos. Ward se dio cuenta de inmediato de sus intenciones: Lise estaba intentando manipularlo para combatir contra Orin, porque sabía que con su hacha, Ward era más fuerte que ella.

"Preciosa, la guerra no es contra nosotros," dijo Ward. "No lo hagas, mejor averigüemos qué esta pasando y..."

Pero Lise no lo dejó terminar. A toda velocidad, se lanzó contra Orin como si fuera un proyectil llevando el carro consigo, y lo golpeó cuerpo a cuerpo, logrando derribarlo. Al verlo en el suelo, le lanzó el carro encima con todas sus fuerzas; pero justo cuando éste iba a aplastarlo, Orin desapareció, y reapareció a espaldas de Lise. Antes de que ella pudiera reaccionar, él le disparó un rayo de energía que la hizo caer al suelo, dejándola algo debilitada; pero ella no estaba dispuesta a darse por vencida. Se levantó, y apuntando su mano hacia los otros carros, los envolvió con energía blanca, y empezó a lanzárselos a Orin. Pero él los esquivaba con facilidad, y contraatacaba disparándole rayos que la dejaban inmóvil durante varios segundos. Cuando recobraba el movimiento, Lise continuaba disparándole rayos de energía, y elevando los carros que encontraba en el camino para seguírselos lanzando.

Ward, por su parte, permanecía al margen de la acción, observando los movimientos de Orin mientras Lise lo atacaba. Ward sabía que Lise estaba esperando que él se involucrara en el combate, y él estaba esperando el momento para hacerlo, pero había un pequeño problema: Ward tenía un solo cubo, y Orin tenía dos pirámides.

Finalmente, al ver que Lise estaba perdiendo la batalla, Ward sacó el hacha, y se elevó, volando lentamente hacia Orin. Al ver esto, los hombres de Ward cesaron sus disparos.

Orin, al verse flanqueado, separó la pirámide blanca nuevamente en dos, la plateada, y la dorada. La pirámide plateada absorbía los rayos que Lise disparaba. La pirámide dorada estaba a la expectativa de absorber cualquier ataque de Ward.

Lise elevó dos carros a la vez, y de cada uno de ellos, saltaron un par de hombres de Ward. Pero ella no se inmutó; no le importaban las vidas de esas personas. Para ella, la única vida importante era la de Eloy: aquel que ya no tenía vida.

Ward desapareció unos segundos, para reaparecer justo atrás de Orin, y lo agarró del cuello. Ward utilizó la misma estrategia con la que había logrado someter a Lise años atrás, y cuando tuvo a Orin contra su cuerpo, Ward se prendió en fuego. Pero a diferencia de Lise, que con este sistema había quedado neutralizada y vencida, Orin emitió unos cuantos gruñidos al principio, y al poco rato logró zafarse de él. Con su mano, agarró la cabeza de Ward, y éste comenzó a gritar. Lise, al ver esto, abrió los brazos, y aplastó a Orin y Ward entre los dos carros que tenía elevados.

Orin soltó a Ward, y voló hacia Lise, la agarró del cuello y la estrelló contra el piso. Las pirámides flotaron hasta ubicarse encima de ellos, y descargaron la energía que tenían acumulada en su interior sobre los dos. La energía no afectó a Orin, pero Lise quedó prácticamente destruida.

De repente, Orin se apartó violentamente de Lise, justo a tiempo para sortear un hachazo de Ward. Ward siguió atacándolo, pero Orin logró esquivar todos los hachazos que Ward lanzaba en su dirección. Con su mano izquierda, Ward, empezó a lanzar grandes lineas de fuego hacia

Orin. Éste dejó que, como siempre, las pirámides lo protegieran; pero las pirámides no absorbieron el fuego, y éste cayó sobre Orin, lastimándolo.

Ricker, atrincherado atrás de uno de los carros, miraba atentamente el combate. Parecía una pelea muy nivelada, pero él notaba la desventaja del lado de Ward. Después de todo, Ward era un humano con un arma celestial, y Orin era un ser ligeramente superior con dos armas celestiales. Ricker empezó a dirigir a sus hombres por medio de la radio, para poder atacar a Orin. Luego, buscó a Lise con la mirada, y la encontró tirada en la calle, inmóvil.

Al verla, Ricker se acordó de Jerriel. Decidió comunicarse con Adam y Garwig para ver cómo iba la búsqueda. Primero, marcó el número de Adam, pero éste no contestó. Enseguida, llamó a Garwig, quien respondió al instante.

"Garwig, ¿estás con Adam? Él no responde; ¿encontraron a Jerriel?"

"Aquí Garwig; está conmigo, pero está herido."

"¿Jerriel esta herido?"

"No, Jerriel no; Adam."

"¿Está Jerriel con ustedes?"

"No, se ha ido."

"¿Cómo que 'se ha ido'?"

Y en eso, escuchó un fuerte golpe en el capó. Ricker se levantó y vio a Ward sobre el carro, completamente noqueado. Miró a Orin, le apuntó con su pistola, y disparó. Inmediatamente, todos los demás hombres de Ward empezaron a atacar a Orin.

Ricker bajó a Ward del carro, y lo depositó con cuidado sobre el pavimento. "¿Ward? ¿Ward, estás bien?" dijo, mientras intentaba hacerlo reaccionar. Pero Ward no respondía; estaba inconsciente.

Ricker levantó la mirada, y vio que Orin estaba en el aire sin hacer nada. Las pirámides giraban a su alrededor, protegiéndolo de ciertas balas y disparando energía blanca a sus oponentes. Aunque algunos de los disparos sí lograban golpearlo, aparentemente no le hacían daño.

En eso, Ricker notó que Lise comenzaba a moverse. Ella miró a Ricker, y vio que a su lado estaba Ward, inconsciente. Levantó su mano, temblorosa, y con la poca fuerza que tenía, le envió un rayo curativo a Ward. Éste recobró la consciencia, pero seguía tan lastimado como Lise.

Ricker, preocupado le preguntó: "¿Qué hacemos?"

Ward esbozó una débil sonrisa y le dijo: "Nosotros no podemos hacer nada..."

"¿Y entonces?"

"...pero Lise sí."

"Pero si Lise está igual que tú."

"Así es; pero Lise es un caído; yo sólo soy un ser humano." Mientras Ward decía esto, el hacha que tenía en su mano volvió a transformarse en un cubo rojo, y se elevó unos centímetros. Ward extendió su mano en la dirección de Lise, y el cubo empezó a flotar hacia ella. Cuando el cubo llegó hasta Lise, ésta se levantó del suelo con dificultad, se arrodilló frente a él, y cerró los ojos. El cubo comenzó a girar alrededor de su cuerpo.

Orin, que había estado distraído con los disparos de la gente de Ward, se dio cuenta de lo que estaba pasando. "Oh no... Lise no," murmuró Orin, y desapareció, para reaparecer frente a Lise.

Pero era demasiado tarde. Una fuerte explosión lanzó a Orin por los aires. Su sombrero de copa y sus gafas aterrizaron junto a él en el suelo. Orin alzó la mirada, y un gesto de terror atravesó su rostro. Elevada en el centro de la calle, llena fuerza y energía se encontraba Lise, con un cubo rojo girando a su alrededor. Su pelo parecía de fuego, sus ojos, sin pupilas, despedían un fulgor al rojo vivo; a través de su ropa medio quemada, podía verse su piel de ceniza. Parecía un dragón proveniente de las entrañas del infierno.

Su aspecto era estremecedor, pero lo más atemorizante era la expresión de su cara: su sonrisa reflejaba seguridad absoluta en su propio poder, sus finas facciones transmitían su sed de venganza, y sus ojos brillaban con rabia implacable. Era hermosa como un ángel, y aterradora como un demonio.

"¿Qué hemos hecho?" murmuró Ricker, mientras veía a todos sus hombres aterrados ante la imagen de Lise.

Ahora ella tenía los poderes de una diosa.

Y ahora, nadie podía detenerla.

CAPITULO 12

Mayo 01 de 1997

Venus se encontraba de pie en el centro de un enorme estadio con capacidad para sesenta mil personas, ultimando los detalles de la organización de su próximo evento. Aunque estaba vestida con jeans viejos, una sencilla camiseta gris y zapatos deportivos, y tenía su largo pelo negro recogido en una sencilla cola de caballo, se la veía muy hermosa. Desde las gradas, Helen y Deus la observaban ir de un lado al otro hablando con los técnicos y dirigiendo las pruebas de sonido, siempre con una sonrisa en el rostro.

"Mírala, trabaja sin parar; es una mujer muy leal a ti," dijo Helen.

"Es verdad, es muy trabajadora," respondió Deus, sonriendo. "Y se la ve tan bien."

Helen siguió mirando cómo Venus daba órdenes, y todos le obedecían encantados. Tenía una sonrisa extraordinaria; parecía la personificación de un ángel. Luego, miró a su alrededor. "Es increíble que hayamos conseguido que el dueño de este lugar crea tanto en ti que decidieran prestarte el estadio por tiempo indefinido, y que puedas usarlo todos los viernes por la tarde," dijo.

“Lo he dicho siempre. Si das lo mejor de ti, y no esperas nada de nadie, eventualmente alguien hará lo mismo por ti. Todo es cuestión de encontrar a las personas que compartan tu misma energía... que tengan química contigo, ¿Verdad?”

Helen asintió. Deus continuó: “Hablando de química... ¿Qué tal les ha ido a ustedes dos?”

“En el ámbito profesional nos ha ido excelente. Nadie puede detenerla; de hecho, todo el mundo se desvive por complacerla. En especial los hombres,” dijo Helen. “Aunque nunca se aprovecha de nadie, y trata a todos muy bien. Es una gran persona.”

“Tienes razón. Es una gran persona,” dijo Deus.

“*Demasiado* buena persona.”

“¿Qué quieres decir?”

“No me malinterpretes, nunca he visto a alguien que sea tan cálida, dulce y cariñosa como ella, verdaderamente parece caída del cielo,” aseguró Helen.

“¿Pero?”

“Pero, a pesar de que trabajamos juntas, siento que no tenemos nada en común. No estoy segura de lo que es; creo que simplemente no hay la suficiente química como para salir y pasar un buen rato como amigas. Siento que es muy reservada con sus cosas, como si hubiera algo que esconde, como si no confiara en mí... y eso hace que yo tampoco sienta la confianza de abrirme con ella.”

Deus se quedó callado durante un buen rato, hasta que finalmente Helen preguntó: “¿Tú crees que algún día vamos a atraer a sesenta mil personas para llenar este estadio?”

"Por supuesto," afirmó Deus. "Aunque no hoy. Sé paciente, ya llegará el día. Sólo espera y lo verás."

Octubre 17 de 1997

Esa tarde, había asistido más gente al estadio que nunca antes. Venus se encontraba sentada en una de las oficinas, revisando en la computadora la información sobre la cantidad de asistentes a los eventos en las últimas semanas. Notó, con sorpresa y agrado, que en tan sólo cinco meses, la concurrencia había ido aumentando progresivamente, y ese día habían llegado más de diez mil personas. A través de una ventana, podía ver, a lo lejos, como Deus hablaba en el centro del escenario. Ella sonrió al pensar en todo el bien que le haría a aquellas personas escucharlo. De repente, oyó una voz a sus espaldas.

"Se nota que estás contenta," dijo Raguel. Pero su tono daba a entender que él no lo estaba tanto.

Venus se dio la vuelta sonriendo. "Hola, Raguel. Sí, así es."

"Veo que te estás integrando con los humanos... ¿Cómo va Deus?"

"No creo que debas preocuparte por él. Verdaderamente está ayudando. No veo que tenga ninguna agenda escondida, y todo está saliendo como debería. Y sí, estoy mucho más a gusto entre los humanos; inclusive estoy saliendo con alguien."

"Ten cuidado. Mucho cuidado."

"Tranquilo. Tengo todo bajo control. Y en cuanto a Deus, él confía en mí completamente." Venus se puso de pie, y en ese momento apareció flotando a su alrededor una esfera negra. Al verla, Raguel se quedó unos segundos en silencio.

"¿Así que te ha dado un arma celestial? En realidad debe confiar en ti," dijo Raguel, cuando se sobrepuso de su sorpresa.

"Así es; y creo que me lo he ganado."

"Que eso no te confunda, y te haga cambiar tu lealtad," dijo Raguel.

Después de dar tres vueltas a su alrededor, la bola desapareció, y Venus volvió a sentarse. "No, para nada. Tal como les digo siempre, yo soy leal a los dos," dijo, mientras veía a Deus a la distancia.

"Sabes muy bien que la especie humana no debe mezclarse con la de los caídos. Ya tuvimos una experiencia terrible."

"No te preocupes por eso, yo tomo mis precauciones; jamás me iría en contra de las reglas."

"Bien. Ahora cuéntame, ¿qué es lo que hacen aquí, exactamente?"

"Bueno, yo me encargo de organizar la logística de estos eventos, y de atraer a la gente. Deus sólo se encarga de hablar y de decir lo que la gente quiere escuchar."

"Y ¿qué quiere escuchar la gente?" quiso saber Raguel.

"Mensajes positivos, superación personal... alguien que los lleve a encontrar paz, que los ayude a solucionar sus problemas, cosas así."

"¿Y qué hay de Helen?"

"Ella se encarga de ayudar a nuestros seguidores a hacer nuevos contactos, y formar relaciones de negocios: conectar a gente que no tiene recursos pero quiere trabajar, con la gente que tiene los recursos, pero no puede trabajar. Así todos salen ganando. Ella lo hace desinteresadamente, sin recibir nada a cambio. Gracias a ella, nos llegan muchas donaciones de toda la gente a la que hemos ayudado, y esos recursos los destinamos a distintos proyectos de labor social, para gente necesitada. Pero su vida personal es un misterio para mi."

"¿Ella sabe que eres un ser caído?"

"No; Deus me tiene prohibido usar poderes frente a los humanos. Y Deus sólo le dice lo que ella tiene que escuchar."

Julio 10 de 1998

Deus estaba en el centro del escenario, y culminó su monólogo diciendo: "Todos pueden conseguir lo que quieran, si tienen fe en ustedes mismos. No esperen que otros hagan las cosas por ustedes, sean útiles para lo que quieran hacer, y se les respetará por lo que son. Y siempre recuerden que no importa cuál sea nuestra religión, tenemos que aprender a respetar las creencias de los demás. Que Dios los mantenga unidos, como si fueran uno solo." Dicho esto, la gente comenzó a gritar y aplaudir, y Deus salió del escenario.

Venus estaba esperándolo tras bastidores, con una enorme sonrisa en el rostro. "¿Buenas noticias?" preguntó Deus.

Venus asintió. "Rompimos record de asistencia... otra vez. Llegamos a veinticinco mil personas, y hoy hemos recibido más donaciones de empresas que nunca antes. Cuando termine el desmontaje te paso el detalle," dijo emocionada.

Deus sonrió a su vez. Estaba muy satisfecho con todo lo que estaban logrando. Le dio a Venus una palmada en el hombro, y caminó hasta su oficina, mientras ella se quedaba supervisando el desmontaje de la tarima.

Cuando abrió la puerta de la oficina, vio a Helen sentada de espaldas. Deus iba a compartirle las buenas noticias, pero al voltearse ella, vio que tenía el rostro inflamado y los ojos llorosos.

"Helen, ¿estás bien? ¿qué te pasa?"

"¿Qué? Sí, claro, ¿por qué? Nada," mintió ella atropelladamente, y volvió a darle la espalda, mientras se secaba los ojos con el dorso de la mano.

Deus sonrió, y le dijo: "Sí, claro. Cuéntame que te pasa; ¿no crees que si puedo ayudar a miles de personas a mejorar su vida, no puedo ayudarte a ti?"

Helen lo miró, y respiró profundo varias veces antes de empezar a hablar. "Bueno, primero debo decir que estoy muy orgullosa de nuestro trabajo; siento que hemos logrado mucho acá, hemos ayudado a mejorar la vida de tanta gente... Pero también siento que cada vez me alejo más de Josune."

Deus se acercó a ella y le puso las manos en los hombros. "Todo matrimonio tiene sus momentos altos y bajos," dijo con delicadeza.

"Pero es que tenías razón; me he concentrado tanto en ayudar a los demás que he descuidado completamente mi matrimonio. Y hemos estado teniendo discusiones últimamente por este tema."

"Tranquila, todo va a pasar," le dijo Deus. "Ten paciencia; tú debes enfocarte en lo que quieres tener, y lo tendrás."

Helen lo miró a los ojos, y no pudo reprimir más las lágrimas. Prorrumpió en sollozos, y abrazó a Deus. Éste la sostuvo mientras dejaba que ella se desahogara.

De repente Helen dejó de llorar y le dijo: "Josune piensa que eres un charlatán." Los dos se separaron, y se miraron seriamente durante unos segundos. Y luego, al mismo tiempo, empezaron a reírse, sin poderse contener.

Luego varios minutos de risa, Deus dijo: "Bueno, esa es su opinión, y tienes que respetar su opinión. No todo el mundo piensa igual."

Helen sonrió, y él tambien.

Enero 15 de 1999

Eran las 11:00 de la mañana y aún faltaban varias horas para la siguiente presentación de Deus. Helen y Venus se encontraban en un café, listas para ir a trabajar.

"¿Tú crees que hoy lleguemos a las cuarenta y cinco mil?" le preguntó Helen a Venus.

"Yo creo que sí. Después de presenciar lo del viernes pasado, yo creo que estamos en un punto en que no vamos a retroceder. Toda la gente que lo escucha cambia de forma de pensar, y se lo cuenta a sus conocidos, y cada vez llega más gente nueva."

"¿Te reuniste con Risteard?"

"Así es; todo va bien."

Un silencio incómodo se instaló entre las dos, como solía pasar con frecuencia. Venus, en un intento desesperado por evitarlo, soltó: "¿Y cómo vas con Josune?"

La pregunta tan personal tomó a Helen desprevenida, pero como ella era muy sincera, le respondió: "Nos va mejor; tenemos nuestros problemas, pero estamos trabajando en eso." Y rápidamente, para evitar más preguntas sobre el tema, preguntó a su vez: "¿Y tú? ¿Cómo vas con tu novio?"

"Digamos que las cosas se pusieron un poco... intensas, y tuvimos que terminar. Pero todo bien, mírame, la vida es una, y tenemos que disfrutarla."

Helen le dedicó una sonrisa tensa, porque aquel le había parecido un comentario fuera de lugar.

"Y ¿qué hay de Deus?" preguntó Venus a Helen.

"¿Qué quieres decir con eso?" preguntó Helen, sonrojándose.

"Tú sabes lo que quiero decir."

"Bueno, lo admiro mucho; tiene ideas muy radicales sobre la vida, y las defiende tan apasionadamente. Él me cambió la vida. Es una persona muy especial para mí."

"¿Qué tan especial?" insistió Venus.

Helen se quedó callada.

"Helen, tienes que decidir ya."

"¿Qué tengo que decidir?"

"Tu destino; no es coincidencia que estés aquí," dijo Venus.

Helen miró su reloj y se levantó de golpe. "¡Mira la hora que es! Tenemos que ir a trabajar," dijo. Tomó su bolso y salió apresuradamente del lugar.

Venus vio como Helen se alejaba, dejando más de la mitad de su café. Se levantó de su mesa, y se dirigió a un rincón solitario de la cafetería. Se fijó en que nadie la estuviera mirando, abrió un portal a su lado y lo atravesó, llegando directamente al lugar donde se encontraba su ex.

"Necesito uno de tus cafés, ahora."

Noviembre 5 de 1999

Finalmente llegó el día en que el estadio se llenó. Más de sesenta mil personas hicieron fila para ingresar, y Venus tuvo que solicitar que pusieran parlantes en el exterior para aquellos que no lograron conseguir un asiento adentro. El evento obtuvo cobertura de medios locales e internacionales. En el mundo entero se hablaba de Deus.

Deus estuvo predicando durante dos horas. Sus palabras y sus gestos irradiaban felicidad y energía positiva, y el público lo escuchaba hipnotizado. Hacia el final, su rostro se transformó y se llenó de una seriedad absoluta. La gente empezó a aplaudir y a gritar aclamándolo. Las pantallas gigantes lo mostraban de pie en silencio, en medio del escenario. Durante varios minutos la gente siguió gritando y aplaudiendo, hasta que poco a poco comenzaron a callarse. Era obvio que Deus quería decir algo más.

Una vez que se hizo el silencio en el estadio, Deus dijo: "Tres días de oscuridad se aproximan, estén preparados." La gente, confundida, presenció cómo se daba la vuelta y se retiraba, descalzo como siempre, sin saber que no iban a volver a saber de él durante un largo tiempo.

Deus llegó a su oficina y se encontró a Venus, quien estaba muy feliz por el éxito logrado, pero igual de confundida que la gente por su extraño mensaje final. "Esta ha sido la última," dijo Deus.

"¿La última? ¿A qué te refieres?"

"Déjanos solos; Helen viene en este momento."

Venus abrió un portal sobre su cabeza, cerca del techo, y se elevó hacia él hasta atravesarlo. El portal volvió a cerrarse de inmediato.

En ese momento, Helen abrió la puerta de la oficina. Entró, miró a Deus y le dijo: "Deus, este es mi último día aquí. Sólo quería despedirme y decirte... Gracias por todo."

Deus la miró seriamente, se acercó a ella y la abrazó.

A Helen se le llenaron los ojos de lágrimas, y unas cuantas rodaron silenciosas por sus mejillas. "Estoy embarazada," dijo en un susurro, "y no puedo seguir aquí. Y tengo que terminar esto. Josune me está esperando afuera."

Deus le secó las lágrimas con sus dedos, y le dijo: "Lo sé. De todas formas, esta ha sido la última vez que usamos el estadio."

"¿Cómo así?" preguntó Helen, sorprendida.

"Así como todo ha terminado para ti, para mí recién comienza."

Helen no entendió a qué se refería, pero no tenía tiempo para preguntar. Se dirigió a la puerta, y mientras giraba la manija, escuchó a Deus decir: "¿No olvidas algo?" Helen se volteó y vio que Deus tenía el libro en su mano. Ella se acercó y lo tomó.

"Tú sabrás cuándo usarlo; deja que el destino te guíe. Vendrán grandes sorpresas para ti. Ten Fe."

Helen no lograba entender, pero no le importaba. Sus ojos volvieron a humedecerse. Deus agregó: "Nada es imposible, todo se puede hacer." Al escuchar esto, Helen sonrió.

"Una batalla comienza; el ratón finalmente se enfrentará al águila," continuó Deus. "Nos volveremos a ver." Y después de esas crípticas palabras, el cuarto se llenó de oscuridad. Era una oscuridad diferente, donde solo se apreciaba Helen, Deus y el libro. Cuando volvió la luz al lugar, Deus había desaparecido.

Helen se asustó, y el libro cayó de sus manos al suelo. "Deus... ¿Deus?" Se agachó para recogerlo rápidamente y salir corriendo, pero al tocarlo, sintió una extraña energía, un sentimiento de pertenencia, de conexión con el libro, y esto la llenó de una increíble sensación de paz. Caminó tranquila hacia la puerta, llena de una fortaleza emocional que nunca antes había experimentado, lista para ser ese valiente ratón capaz de confrontar al águila de sus problemas, sin miedo.

Al salir, la puerta se cerró a sus espaldas con un fuerte y prolongado ruido.

Helen había regresado con Josune.

CAPITULO 13

"Una batalla comienza; el ratón finalmente se enfrentará al águila."

Noviembre 27 del 2025

Lise flotaba en el cielo, como un hermoso y aterrador dragón rojo, con el cubo girando a su alrededor. Sonreía sin miedo al sentir cómo el poder crecía dentro de ella. Desde el suelo, Orin la miraba paralizado, sin terminar de entender lo que estaba sucediendo.

"¿Qué hemos hecho?" dijo Ricker, mientras veía a todos sus hombres de negro retroceder, atenazados por el miedo.

"Una batalla comienza; ella finalmente se enfrentará a Orin," dijo Ward.

Lise se sentía invencible. Sentía el poder fluir por sus venas, como un espeso y ardiente río de lava a punto de desbordarse. Buscó con la mirada un objetivo para probar sus nuevos poderes, y encontró a un par de soldados de Ward, mirándola asustados. De sus ojos salió un rayo rojo que los fulminó al instante, dejando solo cenizas. Lise sonrió satisfecha.

“Quizás se va a enfrentar contra todos nosotros,” dijo muy preocupado Ricker, agarrando su arma.

Lise miró detenidamente el hacha que sostenía en su mano. Ésta se veía mucho más grande, y de un color rojo más encendido, como al rojo vivo; su doble hoja aparentaba estar más afilada, y hasta el mango se había llenado de gruesas púas. Tenía un aspecto mucho más peligroso que cuando había estado en manos de Ward.

De repente, vio a Orin que volaba acercándose a ella, disparando energía blanca de sus manos con una agresividad que no había mostrado anteriormente. Las dos pirámides se unieron otra vez, formando una sola pirámide blanca, y de ella salió un rayo blanco que le dio de lleno a Lise.

Pero Lise recibió el impacto sin inmutarse.

Orin se sorprendió, y empezó a disparar hacia la pirámide recargándola de poder como había hecho anteriormente con Eloy.

La pirámide se llenó de energía, y disparó un rayo blanco hacia los cielos dándole de nuevo a Lise. Al chocar contra ella, la explosión produjo una nube de humo, que la envolvió por completo.

Cuando ésta se disipó, Lise ya no estaba sonriendo. Ella comenzó a volar a su vez hacia Orin, adquiriendo cada vez más velocidad, y cuando estaba a punto de estrellarse con él, la pirámide disparó un segundo rayo hacia ella. Lise desapareció antes de ser impactada, para reaparecer inmediatamente atrás de Orin, golpeándolo por la espada con toda su fuerza. Antes de que él pudiera reaccionar, Lise ya le había asestado siete golpes en la cabeza con el mango del hacha. Orin empezó a caer hacia el suelo, y pensó desaparecer para reaparecer en otro lugar, pero antes de que pudiera hacerlo, Lise lo agarró, impidiéndole desvanecerse. También intentó algunas veces abrir portales para poder huir, pero Lise desaparecía y reaparecía interponiéndose entre él y su ruta de escape, sin dejar de golpearlo. Orin parecía no tener escapatoria. Cuando estaba por tocar tierra, Lise tomó impulso hacia arriba, y se lanzó contra él, haciéndolo estrellarse en el suelo con fuerza.

En ese momento, Lise recibió el impacto de otro rayo emitido por la pirámide blanca, y reaccionó lanzando con furia el hacha hacia la pirámide. Al chocar las dos armas celestiales, se generó una enorme onda de energía que destruyó los vidrios de todos los edificios y autos que estaban alrededor, e hizo volar los vehículos varios metros sobre la calle.

Las dos armas cayeron al suelo neutralizadas, pero intactas.

Orin yacía inmóvil en el suelo. Lise extendió su mano derecha hacia su hacha, mientras miraba a Orin. El hacha desapareció del piso y reapareció en la mano de Lise, y ella empezó a caminar hacia Orin.

Orin abrió los ojos con dificultad. Estaba muy golpeado, y cubierto de heridas. Vio a Lise avanzando hacia él lentamente, hasta que se detuvo, a pocos centímetros de él.

Lise levantó el hacha como si fuera a cortar un pedazo de madera. Orin, en un acto de desesperación, levantó su mano derecha, y en lugar de disparar energía o invocar la pirámide le dijo:

"Espera."

Orin ya sabía que no tenía posibilidad alguna de salir con vida de esa situación. Lise tenía los poderes de una diosa, y la sed de venganza de un justiciero implacable. Él sabía que no podía detenerla.

"Espera, espera, espera."

Pero a Lise no le interesaba esperar. Estaba a punto de descargar toda su ira en un hachazo final contra Orin, cuando recibió un impacto en el pecho. Ward acababa de dispararle con la pistola de Ricker.

Lise miró a Ward furiosa, con fuego en los ojos. Aunque aquel disparo no le ocasionó daño alguno, logró llamar su atención.

"Preciosa, él te está pidiendo que te esperes; déjanos escuchar lo que tiene que decir."

Lise se quedó unos segundos esperando con el hacha en el aire.

En realidad Orin no tenía nada que decir. Sólo había decidido apelar a la curiosidad de ellos, como instinto de supervivencia. Pero al ver que Ward había logrado detener a Lise, recordó la estrategia de negociación que éste había utilizado con él cuando había estado en la misma posición, ofreciéndole las pirámides a cambio de su vida, y la posibilidad de llevarse el libro.

Mirando a Ward, y con una voz muy cortada le dijo: "Tú viniste a devolver el libro para que te de las pirámides; estoy dispuesto a hacerlo."

Ward sonrió al escuchar esto, no porque el trato fuera bueno, porque una vez que Orin estuviera muerto, hubiera podido tomar las pirámides; sino porque ahora podía devolverle el favor que éste le había hecho años atrás.

"Preciosa, yo necesito esa pirámide, ya que veo que no vas a querer devolverme el hacha ahora," le dijo Ward a Lise.

Lise se quedó viendo a Ward, pensativa, todavía con el hacha en alto.

"De lo contrario," prosiguió Ward, "prepárate para verme envejecer con el tiempo. Y recuerda que después de todo tenemos ese café pendiente." Ward sonreía. Lise no.

Lise sabía que Ward necesitaba un arma celestial. Sino comenzaría su proceso natural de envejecimiento.

Así que decidió que una vez que Ward estuviera conectado a la pirámide, ella se encargaría de Orin. Después de todo, a ella no le interesaba cumplir la promesa de dejar vivo a Orin por adquirir una pirámide, en especial después de que él había dejado morir a Eloy. Solo quería garantizar que Ward estuviera bien. Ella ya había perdido mucho, y no estaba dispuesta a perder más. Así que Lise bajó el hacha.

Al ver esto, Ward se acercó a Orin y le dijo: "Renuncia a la pirámide, y tenemos un trato." Le extendió la mano a Orin para ayudarlo a levantarse. Éste la tomó, y se levantó muy despacio, evidentemente adolorido. "Trato hecho," le dijo.

Mientras Orin se levantaba, Lise no le quitaba la mirada de encima. "No entiendo lo que ha pasado," dijo, mientras volvía a agacharse para tomar su sombrero de copa y sus gafas, que estaban por los suelos. La pirámide blanca se levantó sola del piso y Orin con su mano la separó en dos: la pirámide plateada, y en la pirámide dorada.

Se acercó a Ward y le entregó la pirámide plateada.

Ward sonrió. "Cuando te pedí que me entregaras la pirámide me refería las dos juntas."

"Ese no era el trato," dijo Orin.

"Whiteman... nunca nos entendemos, tú y yo; deberíamos dejar por escrito nuestras negociaciones," dijo Ward mientras reía. Y agregó: "Además, necesito la otra pirámide para dársela a Ricker. Después de todo, se está volviendo muy viejo, y sería una pena perderlo a él."

Ricker se soprendió al escuchar esas palabras.

Orin, al ver que no estaba en una buena posición para negociar, le dijo: "Está bien; les voy a entregar las dos pirámides. Pero antes, déjame abrir un portal; necesito saber qué está pasando."

"Abres un portal, y hasta ahí llegaron tus negociaciones," dijo Lise, balanceando su hacha en actitud agresiva.

Orin la miró y dijo: "Hay una razón por la cual yo vine solo."

"¿Cuál es esa razón?" dijo Ward.

"Como lo dije anteriormente, no quería traer a Eloy mientras no hayan venido el Ser Oscuro y Floyd."

Lise siguió escuchando atentamente a lo que decía Orin. En eso, divisó en algunas ventanas de los edificios a unas personas asomándose a ver lo que sucedía. Sin pensarlo dos veces, empezó a incinerarlos con rayos de fuego, provenientes de sus ojos.

Sin perder la compostura, Ward le dijo: "Preciosa, por favor, deja de hacer eso; ya te he dicho que nosotros nos encargaremos de que los medios de comunicación digan e informen todo lo que *no* ha pasado aquí."

"En todo caso al yo ir a la azotea, vi a Floyd," continuó Orin, "pero también lo vi irse. Y en ese momento, se abrió un portal redondo negro a gran altura, y ahí cayó Eloy. Ese fue el momento en que me pareció sentir al Ser Oscuro."

"O sea que tú no fuiste el responsable de su muerte," dijo Ward.

"No, yo no he sido."

"Pero tú eres el visitante que venía a llevárselo," dijo Lise.

"No Lise; yo soy su protector, ya lo he dicho antes. Además, del visitante ya me encargué yo."

"¿A qué te refieres?" le preguntó Lise sorprendida.

"Cuando venía camino a este día me encontré con el visitante... pero esa es otra historia, para otro momento; ahora sólo me interesa saber qué pasó con Eloy," respondió Orin.

Lise se quedó muy confundida.

"Yo te doy las dos pirámides," dijo Orin mirando a Ward. "No tengo problema con eso. Pero antes, necesito abrir un portal; quiero saber qué pasa."

"Está bien. Pero renuncia a la pirámide plateada primero. No quisiera pensar que nos estás mintiendo, sólo para tener una oportunidad para escapar."

"Jamás escaparía," dijo Orin.

"Y ahí mientes de nuevo. No creas que no vimos que mientras caías intentaste escapar."

"Eso fue bajo circunstancias diferentes."

"No te atrevas a hacerlo; o perderás la cabeza," dijo Lise, mientras sostenía en alto el hacha, que en ese momento se encendió al rojo vivo.

Orin sabía que la única oportunidad que tenía de salir de este problema era abriendo el portal. Así que elevó la pirámide plateada en el aire, y le dijo a Ward: "Primero, te voy a dar esta pirámide." Y mirando a Lise, dijo: "Con esta pirámide puedes detener el tiempo. Si Ward quiere, puede parar el tiempo antes de que supuestamente cruce el portal."

Ward entendió inmediatamente las intenciones de Whiteman. Recordó que la primera vez que se había encontrado con él, Ward había utilizado la pirámide para detener el tiempo, pero esto no había afectado a Orin, quien pudo continuar en movimiento. Y Ward también sabía que Orin sabía que él recordaba ese detalle. Así que supo que lo decía sólo para que Lise lo dejara abrir el portal... y conservar su cabeza.

"Preciosa, es verdad," dijo Ward. "Con esta pirámide puedo parar el tiempo. Si él intenta irse, yo mismo activo la pirámide, y puedes cortarle la cabeza; por mi no hay problema."

Ward sonreía confiado. Sabía que no se equivocaba, pues su instinto le decía que Orin merecía esa oportunidad. Aun así, él sabía que existía la posibilidad de que se escapara. Y si eso sucedía, Ward movería cielo y tierra para cazarlo, incluso si le tomaba hasta el final de sus días.

Orin miró a Ward, y la pirámide plateada dio una última vuelta alrededor de Orin, y flotó hacia Ward, para luego dar tres vueltas a su alrededor.

En ese mismo momento, en cuestión de segundos y muy precipitadamente, Orin abrió un portal rectangular. Mientras se dirigía rápidamente a cruzarlo, Lise empuñó el hacha dispuesta a cortar la cabeza de Orin.

Con voz imponente, Ward dijo: "ALTO"

Lise se paralizó. Los hombres de Ward se paralizaron. El mundo se paralizó.

Todo se paralizó. Menos Ward y Orin.

Ward se lanzó sobre Orin, lo miró a los ojos y le dijo. "No voy a dejar que cruces ese portal por nada del mundo."

Orin sabía que era más poderoso que Ward con una pirámide. Ya lo había probado anteriormente, pero sabía que si volvía a activar el tiempo, tendría a Lise encima de él.

Mientras intentaba liberarse de Ward, Orin pensaba cómo hacer para cruzar el portal, y poder reanudar su búsqueda. De repente, una persona del otro lado del portal cruzó a este plano.

Orin y Ward dejaron de forcejear, y se quedaron pasmados. La persona vio que todo estaba destruido y petrificado; vio a la gente de Ward sin moverse; vio a Lise, que parecía un dragón o un demonio congelado; y vio a Ward y Orin agarrados el uno del otro, mirándolo con la boca abierta.

"¡Oh, Dios! ¿Qué demonios está pasando aquí?" preguntó sorprendido.

Pero la mayor sorpresa fue para Ward y Orin, al ver que quien había cruzado el portal era Eloy.

CAPITULO 14

Noviembre 27 del 2025

Eloy vio que todo estaba destruido, y que la gente de Ward estaba inmóvil. Lise parecía un dragón congelado; Ward y Orin estaban uno agarrado del otro.

"¡Oh, Dios! ¿Qué demonios está pasando aquí?" preguntó sorprendido.

Ward y Orin estaban asombrados de ver a Eloy vivo. Habían visto con sus propios ojos cómo Wilus se llevaba cargado su cadáver al departamento de Delmy.

Ward soltó a Orin, se acomodó sus gafas especiales, examinó a Eloy con la mirada y dijo: "¿En realidad eres tú?

Eloy se acercó a Orin mientras éste intentaba acicalarse, desbaratado como estaba por las peleas. "¿Por qué me dejaste botado?" le preguntó, claramente molesto.

"Quería protegerte, y si te lo decía, no ibas a querer aceptar mi forma de hacerlo," respondió Orin.

"¿Protegerme? Pero dejaste a mi familia sola, para que sean atacados."

"Yo hubiera estado aquí para protegerlos."

Eloy miró a Lise congelada, con su apariencia demoníaca, y luego volvió a mirar a su alrededor: los edificios sin ventanas, vehículos destruidos, gente incinerada. "Veo que no hiciste un gran trabajo."

"Algunas veces, nosotros hacemos lo que creemos es lo correcto de acuerdo a nuestra percepción de la realidad, cuando en verdad nada es correcto o incorrecto. Ese fue mi punto de vista, a eso me refiero con que la maldad no existe, y eso fue lo que quise demostrarte cuando viajamos a través del portal. Te dejé ahí porque en ese momento yo pensé que era necesario hacerlo, por el bien de tu familia. No sabía las consecuencias que eso iba a tener. Para ti, yo fui el mal tipo que te dejó abandonado; para mí, yo sólo te estaba ayudando."

Ward los interrumpió: "Whiteman, Eloy dejen el drama; háganse a un lado, voy a descongelar y renovar el tiempo para ver exactamente qué ha pasado con Eloy."

"¿Con Eloy?" dijo Eloy, confundido.

"Ya verás a lo que me refiero," dijo Ward, y descongeló el tiempo.

Lise dio un hachazo en el aire, y cuando empezó a buscar a Orin, su mirada se cruzó con Eloy. Inmediatamente, retomó su forma de siempre, voló hacia él y lo abrazó con fuerza.

"¡Eloy! ¡Estás vivo! ¿Estás vivo? ¿Estás bien?" exclamó Lise entre emocionada y confundida. "¿Qué está pasando aquí?" preguntó, mirando a Ward.

"Tranquila, estoy bien," respondió Eloy sonriendo. "Pero... ¿qué quieres decir *si estoy vivo*?"

En el cuarto de Delmy, Laina y Aletia estaban sentadas junto al supuesto cuerpo de Eloy. Aletia le sobaba la cabeza despacio, y Laina le sostenía la mano. Ambas tenían los ojos rojos y la cara hinchada, y de vez en cuando volvían a resbalar lágrimas por los surcos que ya tenían en sus mejillas. Wilus estaba sentado junto al gran agujero que había dejado Lise en la pared, con la cabeza entre sus manos, pensando en lo mal que había resultado todo, y en cómo había fracasado en su misión de proteger a los chicos, en especial a Eloy. Delmy estaba frente al espejo hablando como una loca, y al mismo tiempo intentando comunicarse con Josune, pero éste no le respondía.

De repente, Eloy subió volando desde la calle, hasta el hueco de la pared destruida por Lise. La primera en darse cuenta fue Delmy, que lo vio en el reflejo del espejo, y se viró rápidamente. "¿Eloy...?" dijo en un susurro, sin creer lo que veían sus ojos.

Esto hizo que Wilus, Aletia y Laina, miraran a Delmy, y al ver su rostro pálido y con gesto sorprendido, inmediatamente se voltearon hacia la dirección en que ella estaba mirando.

Al ver a Eloy, Aletia se emocionó inmensamente. Sus ojos se llenaron de lágrimas de felicidad, y sintió ganas de ir a abrazarlo; pero volvió a mirar el cuerpo muerto de "Eloy", y se dio cuenta de que definitivamente algo no estaba bien. Aletia necesitaba saber la verdad primero.

La reacción de Laina, en cambio, fue más impulsiva; se levantó de un salto, corrió hasta el hueco de la ventana y se lanzó a abrazar a Eloy, llenándolo de besos. Ella sentía que era él, y sabía que estaba ahí para atraparla. "¡Eres tú, Eloy! ¡Estás vivo!" repetía, con lágrimas en el rostro.

Lise subió volando detrás de él. Los dos entraron al departamento, y Lise fue directo donde estaba el cuerpo de Eloy. "Si Eloy está aquí con nosotros, ¿Quién es el cadáver del impostor que se parece a Eloy?" preguntó.

En ese momento Orin reapareció junto al cuerpo de Eloy. Wilus dio un respingo. Lise le dijo: "Tranquilos todos, no es quien pensábamos que era." Y añadió, dirigiéndose a Orin: "Aún así nos debes una explicación."

"Está bien, esta es la situación: Yo me encargué del cuarto visitante mientras viajaba hacia ustedes. En cuanto a Floyd pude verlo sobre la terraza y se fue, y al Ser Oscuro, pude verlo a través de uno de los portales negros redondos; eso quiere decir que ustedes ya no están en peligro," dijo Orin. Se acercó a El Impostor y añadió: "En efecto, tiene el aspecto físico de Eloy."

"No comprendo, ¿qué significa esto? ¿Cómo puede parecerse tanto a Eloy?" cuestionó Lise.

"Todo esto es muy difícil de entender," comentó Orin.

"¿Será que este era el tercer elegido? ¿Aquel que se llevó el primer visitante blanco, cuando era sólo un bebé?" sugirió Lise.

Delmy y Wilus intercambiaron miradas llenas de dolor. Todavía tenían fresco en su memoria el recuerdo del monstruo blanco llevándose a su segundo hijo, cuando era un recién nacido.

"Eso no tendría sentido; Eloy es el hijo de Helen y Josune, mientras el que se llevo el primer visitante era hijo de Delmy y Wilus. Genéticamente no tienen nada en común," replicó Orin.

"Nada es imposible, todo se puede hacer."

Todos miraron a Eloy cuando dijo estas palabras.

Wilus comenzó a escribir en su tableta, y se las mostró a todos: "Recuerden, que uno de los dos hijos de Delmy era un elegido, el otro era un señuelo."

"Eso tiene sentido," dijo Lise. "Además, Jerriel nunca desarrolló poderes especiales, mas allá de su inteligencia avanzada. Entonces... ¿Jerriel era el señuelo?"

"...Entonces ¿este sería el hijo perdido de Delmy y Wilus?" reflexionó Laina mientras señalaba al cadáver. "¿Y hay un tercer elegido, que no conocemos?"

Delmy estaba confundida, llena de sentimientos encontrados; estaba contenta y aliviada porque Eloy estaba bien, pero recordar al hijo al que se habían llevado la hacía sentir muy apenada, en especial considerando que ese niño podría ser el cadáver que yacía ante ella. Así que Delmy se levantó consternada, y salió del cuarto.

Aletia y Laina notaron su turbación y se levantaron también. La siguieron hasta la sala, donde se sentaron con ella para intentar consolarla. De repente, escucharon que tocaban a la puerta:

TOC TOC TOC

Aletia fue a abrirla y se encontró con Ward, quien tenía sus gafas puestas y la pirámide en la mano. "Hola, pequeña," dijo, mientras apartaba a Aletia para entrar al departamento. Este gesto no le agradó nada a Aletia. Ward se dirigió al cuarto sin reparar en Delmy o Laina.

Al entrar a la habitación, le dijo a Lise: "Preciosa, no tienes idea todo lo que me cuesta convencer a todo el mundo de que no vieron a dos personas volando en la calle. La próxima vez usen las escaleras o el ascensor, como todo el mundo."

Ward se sentó en una silla, y se inclinó hacia atrás, con las manos detrás de su cabeza. "Ok recapitulemos: tenemos dos *Eloys*, uno vivo y otro muerto. Orin usa un portal blanco cuadrado para viajar por el tiempo, y mi gente me informa de un portal negro redondo. Existe la posibilidad de que *ese* sea un portal que viaje a través del espacio."

"¿Cómo puedes deducir eso?" preguntó Eloy.

"Hay cosas que simplemente sé; por algo estoy donde estoy."

"Creo que estoy empezando a descubrir lo que pasó," dijo Lise.

Ward sonrió. "¿De verdad? Esto tengo que escucharlo," dijo mientras se quitaba las gafas y las colocaba sobre su cabeza, esperando escuchar alguna ridiculez.

"Creo que el cadáver pertenece a uno de los tres elegidos," empezó Lise. "Como tú sabes, el primer elegido en nacer fue Eloy, el hijo de Helen y Josune. Delmy estaba embarazada, y sorpresivamente dio a luz a dos niños, uno de los cuales podía haber sido un señuelo. Apenas nacieron, ellos fueron atacados por el primer visitante, quien se llevó a uno de los dos, aunque nunca supimos si se llevó al elegido o al señuelo. También existía la posibilidad de que los dos fueran elegidos, pero hoy me atrevo a decir que no, ya que Jerriel nunca desarrolló poderes más allá de su extraordinaria inteligencia."

Ward escuchaba en silencio. Bajó las manos de su cabeza, y cruzó los brazos. Había dejado de sonreír.

"En conclusión," continuó Lise, "creemos que este es el niño que se llevó el primer visitante. Aunque ahora que vemos que tiene la misma genética de Eloy, eso nos lleva a otro misterio. Si este era el hijo de Delmy y Wilus, y Jerriel era el señuelo, entonces, ¿quién es el tercer elegido?"

Todos escuchaban en silencio. Orin movía la cabeza de vez en cuando en gesto de aprobación, y Eloy no despegaba los ojos de Lise.

"Entonces sacamos dos conclusiones: la primera, que hay un tercer elegido en algún lado que se parece a Eloy; y la segunda, que este chico era el hijo de Delmy," concluyó Lise. Inmediatamente, todos se voltearon hacia Ward, para ver cuál era su reacción.

Ward estaba serio y callado. Tomó su teléfono y llamó a Ricker. "Ricker, comunícate con Garwig, Adam, y dos más de los que te queden vivos, y mándalos para acá de inmediato," dijo, mientras miraba a Lise. "Tenemos que llevarnos un cadáver de aquí. Y vayan preparando todo para cubrir este informativo. Vamos a decir que fue otro ataque religioso, de los que han estado pasando desde el tercer día de oscuridad."

"¿A dónde te lo vas a llevar?" le preguntó Lise.

"A la base," respondió Ward, mientras miraba el cadáver. "Tenemos que estudiar esta anomalía genética, e investigar más al respecto."

"Y ¿qué opinas de mi teoría?"

Ward se quedó callado. En eso sonó su teléfono. Se escuchó la voz de Ricker del otro lado de la línea: "Ward... Y ¿qué hay de las personas que vieron y quedaron vivas?"

"Continúa con el protocolo," respondió Ward, mirando a Lise.

"¿Cuál es el protocolo?" preguntó Eloy.

"Tenemos que mantener el orden a como de lugar... Hay varias opciones, pero si buscas la opción equivocada, terminas muerto," respondió Ward, mientras señalaba el cadáver.

Aletia entró al cuarto y escuchó las palabras de Ward. "Todo por mantener un secreto; ¿por qué no sólo dicen la verdad?" preguntó.

"Mira pequeña, si yo voy y le digo al mundo la verdad de todo lo que ha pasado, el mundo sería un caos; la gente no puede manejar la verdad. Creen que pueden, pero no. Viven en negación de todo lo que no pueden comprender. Si todo lo que no comprenden es bueno, se lo atribuyen a la religión; pero si lo que no comprenden va en contra de sus creencias, o es malo, simplemente no debe existir."

"Yo me encargaré siempre de que se sepa la verdad," dijo Aletia.

"Búscala, encuéntrala, y si quieres, cuéntala; nadie te creerá," dijo Ward, con una amarga sonrisa. Cogió su teléfono e hizo una última llamada: "Preparen todo, ubíquenme dos puestos en mi carro." Cerró el teléfono y miró a Lise: "¿Vienes conmigo, verdad?"

Wilus levantó la mirada, y tomó la mano de Lise. Cuando ella lo miró, él negó con la cabeza. No le gustaba la idea de que fuera con Ward.

"Wilus, necesitamos saber más sobre tu hijo," le dijo Lise a Wilus. Luego miró a Ward, y le dijo: "Voy contigo."

Inmediatamente entraron cuatro personas de negro, con una bolsa para cadáveres y una camilla, y empezaron a colocar el cuerpo del Impostor de Eloy dentro de la bolsa.

"¿Qué pasó con Garwig y Adam?" les preguntó Ward. Ellos no respondieron. Ward los miró muy serio, y volvió a llamar a Ricker: "Cuando yo digo que necesito que suban Garwig y Adam, es porque necesito que suban."

"Tenemos un problema referente a eso," respondió Ricker.

Ward cerró los ojos, conteniéndose. "Ya hablaremos al respecto," y cortó la llamada.

Los hombres de Ward cerraron la bolsa con el cuerpo adentro, la colocaron sobre la camilla y se la llevaron.

Ward miró a Orin, extendió su mano hacia él y le dijo: "¿Mi pirámide?"

"Te la doy con una condición."

Ward suspiró. "Claro que tenía que ser así... Whiteman, Whiteman, definitivamente no nos entendemos. Sólo dame la maldita pirámide," pidió, en un tono más agresivo.

"Dásela," dijo Lise. Orin la miró, y sintió que no tenía más opción que obedecer. Así que le entregó la pirámide que le quedaba.

"Ricker te lo va a agradecer," dijo Ward. Miró a Eloy y le dijo: "Tranquilo, que no te va a pasar nada; pero créeme cuando te digo que tengas cuidado," y mirando a Orin, repitió: "Mucho cuidado."

Ward se dio media vuelta y tocó la espalda baja de Lise. "Vamos, preciosa; este no es mi día." Caminaron hacia la puerta, y cuando pasaron junto a Wilus, Ward sonrió y añadió: "Y creo que tampoco es el tuyo."

Eloy los vio salir, y pensó sobre lo incómodo que se había puesto Ward cuando Lise había expuesto su teoría sobre él, el hijo de Delmy y Jerriel. En eso, Eloy miró a los demás y preguntó:

"¿Dónde está Jerriel?"

CAPITULO 15

Noviembre 27 del 2025

La herida que Jerriel tenía en el brazo por haber defendido a Aletia del ataque de Floyd, sangraba profusamente. Jerriel arrancó la manga de su camisa, y se la amarró con fuerza en el brazo, a modo de torniquete. Una vez que logró detener el sangrado, se quedó acostado en el suelo unos minutos, respirando profundo, hasta que se sintió con suficiente fuerza para incorporarse. Necesitaba ir a pedir ayuda para salvar a Aletia. En cuanto empezó a levantarse del suelo, la puerta se abrió, y Aletia entró corriendo.

"¡Jerriel! ¿Jerriel, estás bien?"

Se acercó, y vio que se había vendado el brazo derecho. Lo abrazó con emoción, pero con cuidado. "¡Aletia, estás bien!" dijo Jerriel, aliviado. "¿Qué pasó? ¿Dónde está el sujeto que nos atacó? ¿Lo atrapó Lise?"

"Yo estoy bien. No, no lo atrapó. Él me estaba siguiendo, pero cuando me alcanzó no me hizo daño; solo dijo mi nombre, me pidió ayuda y cayó desmayado en la azotea."

"¿Está en la azotea?"

"Así es; voy a llevar unas vendas y medicamentos para ayudarlo, y ver de qué forma nos puede ayudar él."

"¿Y yo soy el loco? Aletia, casi nos matan."

"Sí, así es; pero no lo hizo. Jerriel escúchame bien, yo voy a subir. Tú anda directo donde Lise, para que use sus poderes curativos contigo."

"No, vamos los dos donde..."

"Escúchame Jerriel, necesito que hagas eso por mi. Cometí un error, y quiero que estés con Lise, te cure y venga a la azotea."

"Ok, ok."

Aletia cogió rápidamente unos analgésicos, y todas las vendas y pomadas que encontró en el departamento. Cuando se disponía a salir, se dio la vuelta, miró a Jerriel y le dijo:

"Por favor, anda rápido. ¿Seguro sí puedes llegar solo?"

"Sí; nos vemos en un rato."

Aletia se dio la vuelta y avanzó velozmente por el pasillo.

"¡Ten cuidado, Aletia!" Le gritó Jerriel.

Una vez más Jerriel intentó levantarse, pero estaba demasiado débil debido a la pérdida de sangre, y se desmayó. Minutos después recobró la consciencia, y escuchó a que alguien lo llamaba por su nombre, a lo lejos. Abrió los ojos lentamente, y se encontró con que Adam estaba asomando la cabeza por la puerta del departamento. Inmediatamente se acercó a Jerriel, para tomarle el pulso, y mientras observaba la herida, empezó a hacerle preguntas para evaluar su estado. Acto seguido, entró Garwig por la puerta. "¿Todo bien?"

"Está herido pero consciente; parece que hubiera perdido mucha sangre. Tenemos que llevarlo con Ward," respondió Adam.

"Pero ¿viste lo que esta pasando afuera? Ya lo encontramos, mejor esperemos órdenes de Ricker." Garwig se acercó a la ventana e hizo a un lado la cortina. Afuera, Orin y Ward estaban peleando.

“Ward debe tener todo bajo control, no hay de qué preocuparse.”

“Llévenme con Lise,” murmuró Jerriel.

“Garwig, tenemos que llevarlo. Esa fue la orden de Ricker,” dijo Adam.

“Esperemos que solucionen el problema de afuera antes de salir; podría ser muy peligroso para él, dada su condición.” A Garwig no le faltaba valentía, pero también sabía analizar una situación de peligro, y no quería correr riesgos innecesarios.

Pero ellos no imaginaron que el peligro estaba más cerca de lo que creían. Repentinamente, en medio de la sala, apareció el Ser Oscuro.

La primera reacción de Adam y Garwig fue dispararle. El Ser Oscuro levantó su mano, y con una fuerza invisible lanzó a Adam contra una mesa de vidrio, que se rompió bajo su peso, causándole múltiples cortaduras. A Garwig le disparó un rayo negro y rojo que le dio de lleno en el brazo derecho. Esto lo hizo soltar su arma, y le dejó una profunda y dolorosa quemadura.

Una vez neutralizados los dos guardias, el Ser Oscuro se dirigió hacia Jerriel. Garwig, al ver esto, intentó levantarse, y notó que su brazo derecho no respondía. Apoyado en su brazo izquierdo se incorporó, y se lanzó contra el Ser Oscuro, agarrándolo del cuello.

El Ser Oscuro sintió que lo estaban ahorcando, y se volvió etéreo, como un holograma, de tal forma que Garwig cayó al piso a través de él. Inmediatamente el Ser Oscuro volvió a su estado tangible, y siguió atacando. Tomó a Garwig del cuello y lo levantó en el aire.

Adam se incorporó muy adolorido. Tenía cortes y pedazos de vidrio incrustados en todo el cuerpo. Lo primero que vio fue a Garwig elevado en el aire, pataleando. Sacó dos pistolas automáticas de su equipo y las descargó contra el Ser Oscuro; pero las balas rebotaron contra el cuerpo de su adversario como si fueran de caucho, sin causarle daño alguno. Lanzó las armas a un lado y desvainó su cuchillo, mientras se acercaba a su oponente. Antes de que Adam pudiera apuñalarlo, éste lo agarró con la mano que tenía libre, y también lo elevó en el aire. Adam arremetió varias veces con su cuchillo contra el Ser Oscuro, pero el arma se chocaba contra él, sin lograr traspasar su piel.

Mientras sostenía a los dos por el cuello, el Ser Oscuro le dijo a Adam con una voz grave y fuerte: "Tu destino no es nada bueno." Al ver que Garwig estaba herido en el brazo derecho, lo soltó y éste cayó inconsciente en el piso.

Adam seguía suspendido en el aire, intentando inútilmente apuñalar a su captor. De repente, su piel empezó a palidecer, tomando un tono azulado, y sus dientes comenzaron a castañear. El Ser Oscuro lo sentía tiritar, y veía cómo al salir de sus labios, su aliento se volvía una pequeña nube de vapor. Cuando sintió que la vida estaba a punto de abandonarlo por completo, lo dejó caer al suelo.

De inmediato, el Ser Oscuro miró hacia donde estaba Jerriel, casi inconsciente, murmurando palabras. Se acercó a él y lo tocó. Un aura de energía blanca envolvió a Jerriel, y él sintió que recuperaba la fuerza y la salud instantáneamente. Jerriel miró su brazo, y vio que donde estaba su herida, ahora había una gran cicatriz.

"Entonces yo tenía razón sobre ti," dijo Jerriel.

El Ser Oscuro abrió un portal redondo y negro. Miró a Jerriel y le dijo: "Ven y verás."

"Floyd está en el techo; ¿no es a él a quien buscas?" preguntó Jerriel.

"No. Esta vez lo he entendido todo; te vengo a buscar a ti."

Jerriel comprendió que si quería encontrar respuestas a las preguntas que lo habían atormentado toda la vida, tenía que ir con él. "¿Y ellos?" preguntó mirando a Garwig, quien ya empezaba a moverse, y luego a Adam, quien agonizaba a causa de la hipotermia. "Necesito saber que van a estar bien."

Garwig se recuperaría, pero la vida de Adam corría grave peligro. El Ser Oscuro sabía que si lo ayudaba, Jerriel lo seguiría a través del portal; si lo dejaba morir, era muy probable que se negara a hacerlo. Así que extendió su mano sobre Adam. Inmediatamente él dejó de temblar, y recobró su color natural. Segundos después, abrió los ojos.

El Ser Oscuro miró a Jerriel. Jerriel lo miró a su vez, y asintió. Ambos cruzaron el portal.

El celular de Adam empezó a sonar. Garwig se arrastró hasta él, y sacó el teléfono de su bolsillo. En la pantalla aparecía el nombre de Ricker. Al ver que su compañero no estaba en condiciones de hablar, contestó.

"Adam, ¿Lo encontraron? ¿Encontraron a Jerriel?" dijo Ricker.

Garwig avanza arrastrándose con su mano izquierda hacia Adam para ver como estaba el. No sabia donde estaba su comunicador. Y decide usar el de Adam.

"Ricker... soy Garwig."

"Garwig, ¿estas con Adam? El no responde; ¿encontraron a Jerriel?"

"Aquí Garwig; está conmigo, pero está herido."

"¿Jerriel esta herido?" preguntó Ricker.

"No, Jerriel no; Adam."

"¿Está Jerriel con ustedes?"

"No, se ha ido." Vio que en el lugar donde estaba Jerriel había unas vendas, y las tomó para vendarse la herida del brazo. Mientras lo hacía, se dio cuenta de que no podía mover su mano derecha.

"¿Cómo que se ha ido?" preguntó Ricker.

Garwig, al ver que su mano no respondía, se llenó de ira y frustración, y lanzó el teléfono al piso.

Fin de la comunicación.

\--------------

Al cruzar el portal, Jerriel tuvo que cerrar los ojos por unos segundos. La luminosidad del lugar donde se encontraba, y la cantidad de colores, sonidos y olores con los que se topó lo dejaron anonadado. Poco a poco, sus ojos se fueron adaptando a su nuevo entorno. Estaban en medio de una selva tropical, un lugar vibrante, lleno de vida. Bajo el límpido cielo azul, los animales salvajes se paseaban tranquilos, en un hábitat lleno de frondosos árboles. Leones, cocodrilos, monos y muchos otros animales se movían a su alrededor libres. Esto asustó a Jerriel, hasta que se dio cuenta de los animales no parecían percibir su presencia. Habían llegado a un enorme Oasis, tan grande que sus límites no eran visibles. El clima era perfecto, y todo exhalaba paz.

"¿Dónde estamos?" preguntó Jerriel.

"Estamos en un lugar que nadie conoce. Es un oasis en medio del desierto, que separa lo que es de lo que no es; es la inspiración del mundo perfecto," replicó el Ser Oscuro.

El Ser Oscuro hizo unos movimientos con sus manos, y una delgada tabla redonda apareció, flotando a diez centímetros del pasto. "Sube a la Plataforma," le dijo a Jerriel, mientras él se elevaba unos metros. Éste obedeció, y la tabla comenzó a elevarse lentamente. Jerriel al elevarse salió de este frondoso bosque de arboles gigantes y se quedó impresionado al ver que en el centro del Oasis, había un árbol más grande que todos los demás. Era tan grande que hacia ver a los gigantes arboles conocidos por la humanidad como simples arbustos.

Mientras subían, Jerriel veía lo impresionante que era aquel lugar: según sus cálculos, podría tener kilómetros de vegetación. Era tan grande que no se distinguían sus límites. En el centro de este principal árbol , pudo ver un lago enorme, donde cientos de animales de todas las especies tomaban agua. Finalmente, luego de subir algunos kilometros, Jerriel comenzó a divisar el desierto que rodeaba al oasis.

"Parece un Paraíso," dijo Jerriel, mientras veía todo desde arriba.

En eso, Jerriel al subir los diez km divisó a lo lejos una bola de energía en movimiento, girando sobre el gran árbol. "¿Qué es eso?" preguntó, señalándola. "¿Qué es esa bola de energía que gira sobre todo el oasis?"

"*Eso* es lo que le da vida al Oasis," respondió el Ser Oscuro mientras levantaba los brazos para sentir la energía que provenía del orbe. "Se mueve en forma circular, porque este oasis funciona con electromagnetismo; es un lugar auto sustentable. Mientras exista la energía electromagnética del centro de ese árbol, toda la vida del oasis se auto recarga."

"Impresionante," dijo sinceramente Jerriel. "Pero aún no entiendo porqué me has traído aquí. Y ¿de dónde salió esto?"

El Ser Oscuro se quedó callado unos segundos. Luego dijo: "Te traje aquí porque no quería que Lise, con sus nuevos poderes, me volviera a atacar. No estoy preparado mentalmente para otra batalla con ella. Y este es un lugar de paz."

Un recuerdo repentino asaltó a Jerriel. Vio en su memoria claramente la pelea que había presenciado entre el Ser Oscuro y Lise, veinticinco años atrás. "Espera... Puedes decirme que estoy loco, pero... acabo de recordar cuando ustedes dos pelearon, hace años... Lise te atacaba, pero tú no la atacabas de vuelta. Tenías una extraña mancha negra que salía de la espalda, como un espíritu que intentaba controlarte, poseerte... y tú luchabas por librarte de él... ¿verdad?"

El Ser Oscuro se quedó callado.

"Y había una espada negra, que todos anhelaban, que desapareció en cuanto cayó al suelo. ¿Qué fue de ella?"

"Nada verdaderamente desaparece; fue robada."

"¿Robada? ¿Por quién?" preguntó Jerriel.

El Ser Oscuro volvió a quedarse callado.

"Eres demasiado misterioso para decirme las cosas. No entiendo para qué me trajiste, si no vas a responder a ninguna de mis preguntas."

"Tengo que ser muy cuidadoso; sólo te puedo decir lo que verdaderamente necesitas escuchar," replicó el Ser Oscuro. "Necesitas estar informado, y necesito que hagas lo que quieras con esa información."

"¿Qué quieres decir? o ¿qué crees que necesito escuchar? ¿Es sobre este lugar? ¿Sobre mi destino? ¿Sobre Eloy? ¿Sobre ese tipo Floyd?"

"Floyd es una Entidad de la que me voy a encargar yo."

"¿Una entidad? ¿De dónde proviene su poder? ¿Fue él quien tomó la bendita espada negra? Que por cierto, ¿Qué tiene de especial?"

"Esa espada es un arma celestial. Verás, existen las armas celestiales y los artefactos celestiales; hay cientos de estos artefactos, que tienen diferentes formas y funciones; pero las armas celestiales, por el momento, son pocas. Actualmente existen pirámides, cubos, y esferas," explicó el Ser Oscuro.

"¿Pirámides? ¿Como las pirámides de Ward?"

"Así es; además, hay tres armas celestiales más poderosas, y una predomina sobre las otras dos... Pero eso es para otra ocasión."

"¿La espada negra es una de ellas?"

"Así es. Aún mantiene el huésped en ella. Las armas celestiales son como entidades vivas. Cuando un arma tiene un huésped, tienes que sacarlo primero. Una vez libre, tienes que formar un vínculo con ella para poderla utilizar."

"¿Cómo puedo obtener una?" preguntó Jerriel.

"Ciertos celestiales las tienen, otros las crean. A ti te toca buscarlas."

"¿Qué hay de las dos pirámides de Ward, que al unirse forman una?"

"Hay algunas armas celestiales que pueden unirse para crear un arma celestial más fuerte. Las armas celestiales fueron creadas para que los humanos tengan una oportunidad de defenderse contra los celestiales. El problema esta cuando los celestiales tienen estas armas. Mientras más poderosa es la base, más impacto tiene su arma celestial, Así mismo, si las armas celestiales se unen, tienen más poder. Aún así la base es importante."

"¿A qué te refieres con la base?"

"Lo tendrás claro en su momento."

"Recuerdo que en el libro de Helen estaba escrito que Josune vio un montón de figuras geométricas en sus visiones... ¿eran estas las armas celestiales?"

"Josune vio mucho más que armas celestiales; para descifrarlo necesito decirte que nada es coincidencia, todo pasa porque tiene que pasar. Tú eres un hombre de fe, ¿verdad?"

"Claro que sí; de fe, pero ante todo, de paz. Y no me gustaría que se cumplan las visiones de Josune."

"Para encontrar la paz, tienes que acabar la guerra," dijo el Ser Oscuro. "Si logras exterminar una guerra, encontrarás la paz. Siempre ha sido así."

"Pero ¿quién puede hacer eso? ¿Lise? Acaso estás pidiéndome que le diga a Lise que ella resuelva el problema de la guerra?" preguntó Jerriel, sospechoso y algo irritado. "Esta es una guerra de religiones. Tengo entendido que Europa está algo afectada, pero no sabemos detalles. Lo que sí se es que la guerra comenzó desde el tercer día de oscuridad, y se ha ido intensificando con el transcurso de los años. Pero ella no quiere que nos involucremos."

"Claro; el problema es que estar en guerra es rentable para muchos. Por eso no buscan la paz. Hay un gran ejército musulmán preparándose para invadir Italia. Ya muchos de esos soldados están escondidos como civiles en toda Europa. Necesitas estar preparado; necesitas leer el libro de comienzo hasta el fin, sin dejarte influir por las distintas interpretaciones de la gente."

"¿Libro? ¿A qué libro te refieres? ¿El de Helen?"

"Jerriel, dile a la gente lo que quiere escuchar, pero investiga; abre tu mente, tú eres más inteligente que eso. Por cierto, no me subestimes; yo sé la verdad." El Ser Oscuro abrió un portal, y le dijo: "MABUS se acerca."

Jerriel cruzó el portal. Antes de que éste se cerrara, miró hacia atrás, y vio que la oscuridad se regaba por todo el lugar. Al disiparse, el Ser Oscuro había desaparecido.

Al cruzar el portal redondo y negro, se encontró en el cuarto de Lise. A su lado había un libro: una Biblia. "¿Coincidencia o destino?" murmuró Jerriel.

CAPITULO 16

JUNIO 18 del 2000

Deus acababa de reaparecer en la estratósfera, a más de cincuenta kilómetros de la Tierra. Estaba absorto observando los siete rayos azules que atravesaban los cielos del planeta Tierra y llegaban hasta el espacio, hasta perderse en el punto de fuga. Presenciar este extraño suceso era un privilegio reservado para pocos, entre ellos los celestiales y ciertos humanos escogidos. Estos rayos eran enormes, de cinco metros de diámetro, y de color azul eléctrico. Estaban en constante movimiento, y cuando alguien se acercaba, sentía una fuerte atracción hacia ellos.

De repente, se abrió junto a sus pies un portal negro redondo del que surgió Venus, flotando hacia arriba hasta ponerse a la altura de Deus. Ella se quedó impactada. Era la primera vez que veía los rayos, y no comprendía qué eran, ni de dónde provenían. "Deus, necesitaba hablar contigo," dijo mientras los observaba, como hipnotizada.

"Dime, ¿en qué te puedo ayudar?" respondió éste, quien tampoco podía despegar los ojos de los rayos.

"Bueno, ya han pasado siete meses desde nuestro último evento... ¿qué vamos a hacer ahora?"

"¿Quieres saberlo tú? ¿O quiere saberlo Raguel?"

Venus se quedó callada y bajó la mirada. "Estaba reportando a Raguel, y él me ha pedido que te pregunte," respondió con sinceridad.

Deus sonrió. "Recién estamos comenzando; esto sólo ha sido una etapa," dijo.

"¿Una etapa?"

"Así es; acabamos de sembrar una semilla. Esa semilla crecerá y dará frutos, y esos frutos se repartirán por todos lados."

"Perfecto, digamos que entiendo tu analogía; ¿Qué semillas? ¿Para qué? ¿Frutos de qué tipo? ¿Es que acaso ya no vamos a ayudar más?"

"Todo lo contrario. Vamos a ayudar más que nunca, pero necesitamos salvar a Sagar."

"¿Sagar? ¿Quién es Sagar?"

"Es quien creó esto. Al menos indirectamente," respondió Deus, mientras señalaba los siete rayos.

"Verdaderamente es impresionante la vista. Pero ¿qué son?"

"Son el resultado de una operación de Mabus."

"¿Mabus?"

Deus la miró sonriendo y le dijo: "Todo a su debido tiempo."

"¿Es peligroso si me acerco a los rayos?"

"No, para nada. Puedes acercarte."

En eso, Deus divisó a lo lejos a un ser que lo estaba mirando. A medida que se acercaba, Deus empezó a darse cuenta de quién era, pero optó por ignorarlo. Se trataba de alguien que estaba estudiando el tiempo en el pasado desde su punto lineal. Venus, en cambio, no notaba la presencia del intruso. Ella seguía viendo los rayos, y decidió acercarse a ellos.

Deus se dio cuenta de que este ser no percibía los siete rayos; el objeto de su curiosidad eran Venus y él, porque quería saber qué era lo que ellos estaban viendo.

El ser siguió acercándose, y cuando estuvo a corta distancia de los rayos, Deus decidió permitir que él también los pudiera ver, y al momento, el intruso se quedó estupefacto al ver aparecer frente a sus ojos los enormes rayos azules, que se extendían hasta el horizonte.

Mientras Venus se acercaba a uno de los rayos, sintió en él la presencia de Raguel. Extendió su mano despacio, lo tocó y vio a Raguel conversando con una celestial; la escena se veía borrosa, como en una visión. Acto seguido, vio a la misma celestial convirtiéndose en un caído.

"Veo a una celestial... Espera, esta celestial ahora es un caído, que está destruyendo todo. Entonces estos rayos son... ¿Son caminos? ¿A momentos en el tiempo? ¿A días específicos?"

Deus se quedó callado. No quería revelar demasiada información delante del viajero desconocido.

"Son los siete días de Eloy," dijo finalmente.

El intruso seguía acercándose a Deus.

"Son los siete truenos de Sagar," continuó Deus.

"¿Sagar? ¿Quién es Sagar?" dijo Venus.

"Es el que va a cambiar todo," respondió Deus, y se quedó callado. Venus lo miraba en silencio.

Luego de un buen rato, Deus la miró y dijo: "Tal vez no puedas cambiar el pasado... pero... TÚ puedes cambiar el futuro."

Era Febrero 14 del 2001. Primer día de Oscuridad.

Después de la batalla de Orin versus Ward, Orin se acercó a Helen y le dijo:

"Helen, hoy lo he protegido..."

"Pero, ¿qué pasó aquí?"

"... Y lo voy a seguir protegiendo."

"¿Qué dices?"

"Adiós, Helen."

Y, sin darle tiempo de reaccionar, Orin congeló el tiempo en el departamento. Luego, se dirigió al otro cuarto, tomó la pirámide dorada, sacó la plateada, y comenzó a conectarse con ellas, tal como le había enseñado Ward.

Las pirámides, al sentir esta conexión, se elevaron, y ante los ojos de Orin se fusionaron en una sola pirámide de color blanco.

Orin sonrió y dijo, en voz baja: "Whiteman," y desapareció.

Orin reapareció en Junio 18 del 2000, flotando en el espacio. A lo lejos, vio a un hombre y a una chica, que también se encontraban elevados en el espacio. Ambos parecían hipnotizados observando algo. Orin intentó ver de qué se trataba, pero no parecía haber nada frente a ellos. Empezó a acercarse, movido por la curiosidad de saber qué era lo que miraban. Pero aún estando muy cerca, no podía distinguir nada.

Orin vio que la mujer extendió su mano, como intentando tocar algo. Él decidió acercarse a ella, y de pronto aparecieron frente a él unos enormes rayos azules que atravesaban todo el cielo y el espacio, perdiéndose en el horizonte. Mientras miraba impactado este fenómeno, él sintió que estaba sucediendo el nacimiento de Eloy; fue casi como tener a Josune, Helen y Eloy al frente suyo. En eso, escuchó a la mujer que decía: "Veo a una celestial... Espera, esta celestial ahora es un caído, que está destruyendo todo. Entonces estos rayos son... ¿Son caminos? ¿A momentos en el tiempo? ¿A días específicos?"

Orin se mantenía atento a la conversación de los dos extraños.

"Son los siete días de Eloy," dijo el hombre.

Orin se le acercó y le dijo: "Eloy es aquel a quien yo protejo... ¿Qué está pasando aquí? ¿Quiénes son ustedes? Y ¿Qué demonios son esos rayos azules gigantes?"

Deus respondió en voz alta, mirando a Venus: "Son los siete truenos de Sagar."

"¿Sagar? ¿Quién es Sagar?" preguntaron Venus y Orin, al mismo tiempo.

"Es el que va a cambiar todo," respondió Deus, y se quedó callado.

Estas palabras hicieron pensar a Orin. Él sabía que Sagar iba a ser el responsable de un cambio, pero ¿qué tipo de cambio? ¿Qué efectos tendría este cambio? Y aunque él pensaba que el bien y el mal en realidad no existían, ¿el cambio sería para bien o para mal?

Orin intentó comunicarse con Deus: "¡Hola! ¿Puedes oírme?" Saludó con su mano frente a los ojos de Deus, sin obtener una reacción de él. "Si pudiera cambiar el pasado, te pediría que me hables más de Sagar. Y también que me dijeras, ¿qué sabes de Eloy?"

Deus miró a Venus y dijo: "Tal vez no puedas cambiar el pasado... pero... TÚ puedes cambiar el futuro."

Orin se quedó impresionado con la coincidencia de su respuesta. Se quedó mirando fijamente a Deus, pero éste no le devolvió la mirada. Orin decidió abrir un portal rectangular blanco para transportarse al pasado a aprender más de su vida.

Orin necesitaba saber de dónde había salido, quién era Sagar, y por qué lo único que recordaba es que él era el protector de Eloy. Y lo más importante de todo, necesitaba saber quién era él. Y una vez encontradas las respuestas a todas esas interrogantes, tomaría el camino para llegar a Eloy. Orin abrió otro portal, y desapareció a través de él.

"Quizás no pueda cambiar el pasado; Raguel me pidió ser su informante, antes de conocerte a ti, pero así mismo estoy cambiando mi futuro siendo leal a los dos," dijo Venus.

"Se ha ido," dijo Deus.

"¿Quién se ha ido?" preguntó Venus.

"Un intruso que viajaba en el tiempo buscando respuestas; estaba aquí, observándonos."

"Y ¿cómo sabías que había alguien ahí? ¿Cómo lo viste?"

"Yo lo sé todo."

En ese momento, se materializó junto a los dos una figura luminosa, de rasgos humanos, con alas de luz. Era Raguel.

Raguel miró a Venus y le dijo: "Déjanos solos."

Venus miró a Deus, esperando que dijera algo al respecto. Como éste no dijo nada, simplemente abrió un portal negro redondo sobre su cabeza, y se elevó hasta desaparecer dentro de él.

Raguel se dirigió a Deus: "Hace tiempo que vienes diciéndome que tenías que arreglar cosas, y que necesitabas de mi ayuda; yo te ayudé sólo porque una entidad me dijo que tenía que hacerlo; pero cada día me preocupo más por lo que esta pasando. ¿Quién eres realmente?"

Deus sonrió y le dijo: "Soy un amigo; puedes confiar en mi."

"Eso es fácil de decir, pero ¿cómo puedo confiar, si no se nada de ti?"

"Ya sabrás de mi," dijo Deus.

"¿Qué es esto?" preguntó Raguel, señalando los siete rayos.

"Cada uno de esos rayos azules es la vía de acceso a un día de suma importancia," explicó Deus. "¿Quisieras verlo por ti mismo?"

"No puedo descender así, sin más. No sin mis órdenes de la cúpula superior."

"No te preocupes por eso, sí puedes. Sólo tenemos que esconderte," dijo Deus. En ese momento extendió su mano izquierda, y sobre la palma apareció una esfera negra, que se elevó y comenzó a girar alrededor de su cuerpo.

"¿Otra esfera mas?"

"Sólo son tres. Ahora me queda una."

"¿Qué hacen estas esferas?" quiso saber Raguel.

"Bueno, estas esferas concentran energía negra. Controlan el espacio tridimensional. Con ellas puedes viajar a través del espacio a cualquier parte que quieras, en el presente o tu llamado punto lineal."

"Es decir que no puedes viajar a través del tiempo," observó Raguel.

"Sí puedo, y no necesito una esfera para hacerlo; pero con esta esfera puedo tener un mayor control del espacio tridimensional," dijo Deus.

"No sé de dónde salieron todas estas armas celestiales... ¿Qué tan poderosas son estas?" preguntó Raguel, refiriéndose a las esferas.

"Por separado, no lo son tanto; pero la fusión de las tres esferas crea una esfera negra lo suficientemente poderosa para crear un hoyo negro," replicó Deus, sonriendo.

"La fuerza suficiente para crear un hoyo negro... ¿Y sabiendo esto le has dado una esfera a Venus y otra a Risteard?"

"Sí, pero no hay de que preocuparse. Recuerda que yo todavía tengo una, y que Risteard es sólo un humano, y Venus, un caído. En manos de ellos, las esferas son algo poderosas. Pero conmigo…" Deus levantó su mano izquierda, y la esfera que giraba a su alrededor flotó hasta quedarse suspendida sobre ella. De la esfera, empezaron a salir tres gruesos rayos de energía negra. Éstos avanzaron lentamente hasta tocar tres de los siete rayos azules, y empezaron a viajar a través de ellos. Por un momento, los rayos azules se volvieron completamente negros; luego, poco a poco, comenzaron a regresar a su color original.

"Listo, ya puedes venir conmigo; podrás obtener muchas respuestas, y nadie sabrá que estás ahí: la oscuridad te protegerá," dijo Deus. Raguel se veía intrigado, pero no parecía totalmente convencido.

"Ven y verás," dijo Deus.

Estas palabras surtieron efecto, y Raguel decidió usar su libre albedrío para ir con Deus, sabiendo que esto no implicaría convertirse en un caído. Miró a Deus, y asintió.

Deus levantó su brazo, y una nube negra los envolvió a los dos. Cubiertos de este manto de oscuridad, se dirigieron hacia el primer rayo azul, a través del cual había viajado el primer rayo negro que salió de la esfera.

Y así como lo había profetizado ante sus seguidores…

Deus creó los tres días de oscuridad.

CAPITULO 17

Noviembre 27 del 2025

"Necesito reportes de Adam y de Garwig, el estado de ellos, y necesito saber qué ha pasado," dijo Ward mientras caminaba alrededor de su escritorio con un aparato apenas visible colocado en su oreja derecha. Lise lo observaba en silencio desde una de las sillas, mientras hojeaba el libro de Helen.

"Ok, ¿y qué hay de Garwig?" siguió Ward. "Listo. Avísenme en cuanto sepan algo más sobre ese cadáver." Ward se quitó el aparato de la oreja y lo dejó sobre el escritorio.

En la base subterránea de operaciones de Ward, el tiempo pasaba lentamente. Lise vio que su reloj marcaba las ocho y suspiró. Aquel había sido un día bastante largo e inusual, y al parecer no terminaría pronto. "¿Estás seguro de que todo lo que está escrito en este libro ha pasado?" preguntó con un dejo de apatía.

"Sigue leyendo, preciosa, y te darás cuenta de que en tu historia y en la mía no se equivocan; por eso asumo que lo que dice es verdad."

"Aquí dice que el primer día de oscuridad, el primer visitante se llevó al niño de Delmy," observó Lise.

"Así es; ese día yo llegué tarde, porque estaba atrás de ese primer visitante."

"He oído hablar tanto de él, pero no creo haberlo visto nunca..." Lise se quedó en silencio durante unos segundos. "Ahora que lo pienso, creo que lo vi la primera vez que vine a este lugar... mientras me trasladaban," dijo finalmente.

"¿Quizás estabas alucinando?"

"No lo creo." Lise empezó a hojear el libro, y cuando encontró la parte que estaba buscando, comenzó a leer en voz alta: *"Por el rabillo del ojo, alcanzó a ver a su derecha una sucesión de celdas transparentes. En una de ellas, creyó haber visto a una extraña criatura blanca de un solo ojo luchando con dos hombres con impecables batas, que intentaban someterla. "Estoy alucinando," pensó Lise."* Terminó de leer el párrafo, cerró el libro y miró a Ward a los ojos. "No, no estaba alucinando."

Ward se quedó callado, y no pudo reprimir una pequeña sonrisa. "Así es, preciosa; ese primer visitante lo capturé yo. Está en estas instalaciones. Lo hemos tenido aquí por veinticinco años."

"¿Lo capturaste tú? Entonces ¿qué pasó con el niño? Porque ahora lo tenemos hecho un cadáver caído del cielo."

"Preciosa, no lo quise decir delante de todos, pero yo sé que el cuerpo no era el de ese niño; el hijo de Delmy no sobrevivió la experiencia." Ward se levantó de la silla y le dijo: "Acompáñame."

Lise dejó el libro sobre el escritorio y se levantó. En lugar de caminar normalmente, se elevó a un palmo del suelo, se puso junto a Ward, y empezó a avanzar, flotando, a su lado.

Mientras pasaban por los corredores, se encontraron con algunos hombres del ejército de Ward, quienes miraban a Lise, intimidados por su presencia. Ella tenía la fama de ser despiadada, y no le interesaba desmentirla.

"¿Hacia dónde nos dirigimos?"

"Vamos a ver a los *"dos de impecables batas"*... Mejor dicho, al que sobrevivió la experiencia," respondió Ward, mientras sonreía.

Luego de pasar por varios pasillos, llegaron de repente a un área del tamaño de un gigantesco estadio. "Así que ésta es la zona de entrenamiento," dijo Lise, al ver decenas de naves, tanques, y camiones llenos de armamento distribuidos por todo el enorme espacio. Alrededor de ellos, se movían cientos de soldados de negro. Algunos de ellos estaban entrenando otros estaban haciendo pruebas de sus nuevas naves y vehículos de transporte y de ataque. En el momento en que la vieron, un murmullo recorrió el ambiente, seguido por un silencio sepulcral. Era como si Ward hubiera hecho funcionar una de sus pirámides para paralizar el tiempo. Todos los soldados se pusieron en posición defensiva, con sus armas al alcance de su mano, listos para reaccionar ante cualquier eventualidad.

"Mira, preciosa, te has ganado el respeto de mis hombres... o debería decir, el miedo," comentó Ward sonriendo, mientras seguían avanzando, al notar la tensión en el rostro de sus soldados.

"¿Y tú?"

"¿Yo qué, preciosa?"

"¿Tú... no me tienes miedo? Entiendo que antes no tenías razones para temerme... cuando tenías esto en tu poder," dijo Lise, mientras extendía su brazo hacia adelante. El hacha roja se materializó en su mano, lo que hizo que una vez más se elevara un murmullo nervioso entre los hombres de Ward.

Ward solo sonreía. "Preciosa, nunca te tuve miedo; ni tampoco te tendré miedo."

Lise lo miró fijamente.

"¿Quieres que te lo pruebe, preciosa? ¿Aquí?"

Lise sabía que en sus manos, el arma era mucho más poderosa que la pirámide que tenía Ward con él, sólo por el hecho de que él era un humano, y ella, un caído celestial. Así que ella se le acercó aún mas, sonriendo a su vez, desafiante.

"Mira, preciosa," dijo Ward, mientras le enseñaba la pirámide que levitaba sobre su mano.

Con la otra mano, Ward tomó el brazo de Lise y dijo: "Tiempo, para."

Y en ese momento el tiempo se paralizó, al igual que todos los que estaban en el lugar, a excepción de Ward y Lise. Al tomarla del brazo, Ward había permitido que ella también se mantuviera en movimiento.

Lise vio que a su alrededor nadie se movía. Todos parecían estatuas, con sus ojos congelados clavados en ella. En eso, sintió la mano de Ward sobre su cara, y dejó que sus dedos la inclinaran con un ligero movimiento, para darle un beso largo y apasionado.

Lise soltó el hacha, que cayó al suelo en forma de cubo, y sobre éste, prenda por prenda, toda la ropa de Ward y Lise.

Más de una hora después, Ward y Lise seguían acostados en el suelo encima de su ropa. Lise continuaba completamente desnuda, y Ward sólo tenía puestas sus extrañas gafas. A su alrededor, el ejército de Ward seguía petrificado.

"¿Ninguno de ellos recordará esto?" preguntó Lise.

"Así es, preciosa. Nadie."

Lise se quedó un rato en silencio. "Pobre Wilus," dijo finalmente. "Siento pena por él."

"Entiendo que pudieras sentirte así la primera vez que estuvimos juntos," dijo Ward. "Pero no fue la primera, y tampoco será la última."

"Sí," respondió Lise, aún pensativa, "pero todas las veces anteriores fueron encuentros... casuales. Sin trascendencia. Ahora es... diferente. Ahora quiero estar contigo," dijo Lise.

"Tú ya estás conmigo, preciosa," dijo Ward, sonriendo. "Desde hace mucho tiempo. Sólo que ahora ya lo sabes. Ahora sabes que eres mía." Le dio un beso en la frente, se levantó y comenzó a vestirse. Lise lo imitó. "Por eso no te tengo miedo; tú me amas," dijo Ward, mientras terminaba de abotonar su camisa.

"No digas eso. Sabes que no me gusta que digas eso."

Ward sólo la miró, sonriendo.

Una vez vestidos los dos, Ward reactivó el tiempo, y continuaron su camino. Luego de caminar aproximadamente diez minutos a través de la zona de entrenamiento, llegaron a otro pasillo, que los condujo a una serie de oficinas, con puertas de madera. Ward llamó a una de ellas, sobre la que había una placa dorada que decía: *Dr. Angelo Josef Daeth.*

"¿Josef, estás ahí? Necesitamos hablar sobre el cadáver que trajimos."

La puerta se abrió, y lo que había del otro lado hizo que Lise se sobresaltara un segundo. Frente a ellos había un hombre alto, de contextura fuerte y pelo entrecano. Normalmente, hubiera sido un sujeto bastante atractivo; pero el hombre llevaba sobre su rostro una tétrica máscara con forma de pico de ave. El doctor Daeth miró a Lise de pies a cabeza, y con su mano derecha tomó el pico de la máscara y la levantó, mostrando un rostro totalmente deformado. La mitad de su cara estaba totalmente destruida. Había perdido un ojo, y tenía una parte del hueso de la mandíbula medio expuesto.

Lise, incapaz de quedarse callada, le preguntó: "¿Qué te pasó en la cara?"

"El día en que te trajeron por primera vez, mi hermano y yo tuvimos un... accidente. Digamos que yo fui el *afortunado* que logró salir con vida," dijo el doctor, soltando una fuerte risotada irónica. Lise y Ward intercambiaron una mirada incómoda.

Retomando la seriedad, el doctor volvió a colocarse la máscara, y dijo: "En nuestras instalaciones vive una criatura blanca, de un solo ojo, que Ward capturó hace muchos años. Cuando llegaste en esa camilla, aquel ser se descontroló; mi hermano Rudolph perdió la vida intentando someterlo."

"Rudolph era su hermano gemelo," explicó Ward. "Apenas te vio pasar, el monstruo se volvió loco, y casi se escapa; Rudolph se abalanzó sobre él para controlarlo, pero el monstruo lo lanzó al suelo. Él se dio un fuerte golpe en la cabeza, que lo mató al instante. Josef logró volver a encerrarlo, y a duras penas salió de ahí con vida. El monstruo no ha vuelto a reaccionar desde ese día."

"¿Qué quieres decir con que no ha reaccionado?" preguntó Lise.

"Exactamente eso, preciosa. Después de ese suceso, él cambió de forma: su cuerpo se volvió muy similar al de un humano. Se sentó en su celda y cerró su ojo. Y desde ahí no ha vuelto a moverse."

"Bueno, suficiente historia. Vamos avanzando a ver el cadáver del impostor, como tú le dices," dijo Josef, mientras atravesaba la puerta de la oficina. Lise y Ward asintieron y lo siguieron en silencio. "Para mi," continuó el doctor, "es un cadáver más de estudio. En el camino pasaremos por la celda del visitante blanco."

Poco antes de llegar a dicha celda, Ward, Lise y Josef se encontraron a Ricker, quien iba escoltado por un pelotón de soldados.

"Ahí al frente es donde está el primer visitante," dijo Ward, señalando una celda, al final del pasillo. "Ricker esta aquí por si acaso. Como la última vez se alteró con tu presencia, hemos reforzado el lugar," explicó.

Lise avanzó hasta llegar frente a la cárcel de vidrio. Ahí se encontraba sentado el monstruo blanco, con su único ojo cerrado; sus dos brazos y dos piernas tenían forma humanoide. "¿No tenía un brazo y una pierna en forma de pinza de mantis?" preguntó en voz alta.

Al escuchar a Lise, por segunda vez en 25 años, siendo la primera vez a los 10 años de capturado, el monstruo levantó la cabeza, y abrió el ojo. Para sorpresa de todos, sus brazos se transformaron en dos enormes garras terminadas en afiladas puntas. La creatura se levantó de un salto, y empezó a golpear una y otra vez la pared transparente, con una fuerza inusitada. En el lugar donde el monstruo aporreaba el vidrio, que era a prueba de balas y tenía más de una pulgada de espesor, empezaron a aparecer finas rajaduras.

Lise miró a Ward. "Sí preciosa, es un cambia-formas," dijo éste. El monstruo seguía embistiendo el vidrio con sus garras, y con cada golpe, éste temblaba y se cuarteaba más. Los ojos de Lise se pusieron en blanco, y en sus manos empezaron a formarse brillantes bolas rojas de energía.

Finalmente, pasó lo inevitable: el vidrio 'indestructible' se rompió, y la criatura lo atravesó, saltando hacia Lise. Antes de que ésta pudiera contraatacar, Ricker usó su potente pistola, que anteriormente pertenecía a Ward, para dispararle al monstruo. El impacto lo empujó de regreso a su celda, e inmediatamente una gruesa pared de metal cayó en el lugar donde había estado la de vidrio, encerrando a la criatura. Durante unos minutos, escucharon los fuertes golpes que daba el prisionero a la gruesa e impenetrable pared metálica. De repente, se escuchó un leve ruido, y los golpes cesaron.

Ward mira a Ricker y mientras sonreía le dice: "Déjà vu."

Ricker le dice: "Solo que ahora fue al revés."

Ward miró a Lise y le dijo: "Aquí nadie nos puede sorprender preciosa. Todavía tenemos nuestros trucos. Pero suficiente de este tema; vamos a ver a nuestro impostor." Y Ward, Lise y Josef fueron hacia el lugar donde estaba el cadáver que se parecía a Eloy.

"Por cierto," dijo Ward, girándose para mirar a Ricker. "Ten esto. Te lo has ganado temporalmente." Y extendiendo la mano hacia él, le ofreció la pirámide dorada. Ricker, sorprendido, vaciló medio segundo antes de tomar la pirámide en sus manos. Se sentía profundamente honrado y agradecido, pero estaba tan emocionado que ni siquiera pudo articular palabra. Sólo miró a Ward con una sonrisa, y asintió. Mientras los veía alejarse, se fijó en Josef, y en la máscara que ocultaba su rostro, desfigurado por la desgracia. "A veces uno obtiene lo que se merece," dijo Ricker, en voz baja.

Finalmente Ward, Josef y Lise llegaron al lugar donde tenían al cadáver del impostor de Eloy. "De lo poco que has visto, Josef, ¿qué nos puedes decir al respecto?" preguntó Ward.

"Bueno, tendría que ver los resultados de ADN, y tantas otras pruebas que hemos enviado a hacer; y por supuesto, realizar una autopsia," dijo Josef. Al mencionar este último paso, le brilló su único ojo a través de la máscara.

"En fin; pero sí hay algo evidente por lo que puedo decir que definitivamente no se trata de Eloy."

"Aparte de esa cicatriz en su brazo derecho," mientras levantaba la sábana de su brazo derecho "me atrevo a decir que esta es la parte cuestionable: Eloy tenía un color de ojos muy peculiar; un azul eléctrico, que parecía brillar desde adentro," explicó Josef.

"Claro; un par de ojos azules únicos," corroboró Lise.

Mientras ella hablaba, Josef se había parado junto a la cabeza del cadáver, y le levantó uno de los párpados, para abrir su ojo.

"Bueno," continuó el doctor, "los de este *ser* son verdes."

"¿Verdes?" dijo Lise sorprendida.

Josef colocó un microscopio sobre el ojo del cadáver. "Ven, Lise. Ven a ver esto," dijo, invitando a Lise a mirar a través del aparato. Ella se acercó lentamente y se asomó con timidez al lente. Mientras ella miraba, él agregó: "Y no sólo que son verdes; sus ojos parecen emitir una energía, una luz desde el interior."

"Ok, no se hable más. Quiero tener a este impostor en un lugar de máxima seguridad, hasta que sepamos bien con qué estamos lidiando," dijo Ward. Acto seguido, tomó su teléfono. "Ricker," dijo, "prepara tú personalmente el cadáver y llévalo a una de nuestras prisiones de nivel Omega." Dicho esto, Ward se dirigió a los otros dos:

"Esto va a quedar entre nosotros cuatro; nadie puede saber que existe este cadáver aquí. Nadie."

CAPITULO 18

Febrero 14 de 2001: Primer día de Oscuridad.

Los transeúntes avanzaban de prisa por las oscuras calles de la ciudad de Nueva York, iluminados tan sólo por la tenue luz de los faroles a lo largo de la acera. Algunos miraban alternativamente sus relojes y el cielo, sorprendidos de que a pesar de ser más de las ocho de la mañana, aún no había amanecido. Entre dos edificios, a la altura del séptimo piso, Deus y Raguel flotaban uno al lado del otro, protegidos de las miradas de todos por la oscuridad.

"Mira," dijo Deus de repente, extendiendo su mano hacia la calle. Raguel obedeció, y vio a unos jóvenes esposos caminando por la vereda. Ella empujaba el cochecito donde su bebé, envuelto en abrigos y mantas, se movía con dificultad. Él llevaba gafas oscuras, y un bastón de ciego. Deus y Raguel siguieron a la pareja con la mirada, hasta que cruzaron la entrada del edificio que se encontraba a su derecha.

"¿Quiénes son?" preguntó Raguel.

"El bebé que va en el coche es uno de los supuestos tres elegidos."

"¿Elegidos para qué?"

"Tendrás que verlo con tus propios ojos."

"¿Y quiénes son los dos adultos?"

"La madre del niño, Eloy, es Helen," explicó Deus. "Y su esposo es Josune."

"¿Josune? Él es la voz que actualmente guía a Delmy," afirmó Raguel.

"Sí, ¿cómo lo sabes?"

"Porque hace un mes me contacté con esa Voz."

"Él te va a pedir ayuda hoy; depende de tu libre albedrío actuar o no."

"Y ¿por qué me va a pedir ayuda? ¿Cómo sabes todo esto?"

"Ven y verás." Dicho esto, ambos desaparecieron.

Deus y Raguel reaparecieron en el ascensor junto a Helen y Josune. Mientras éstos subían al piso 7, Josune comenzó a temblar. De repente, cayó al suelo, sacudido por fuertes convulsiones. En medio de su ataque, comenzó a gritar: "¡Helen! ¿Dónde estás? ¿Helen?"

"¿Él nos puede ver?" preguntó Raguel.

"Nos ha visto en forma de siluetas, pero no nos escucha."

Helen, muy asustada, tenía a su hijo en brazos, envuelto en su cobija azul. Se arrodilló y sujetó a Josune de la cabeza. Josune seguía agitándose, y en uno de esos violentos movimientos empujó a Helen con tanta fuerza que hizo que ésta soltara al niño de sus brazos por un segundo. Eloy estaba cayendo al piso cuando en un acto reflejo, su madre alcanzó a agarrar la sábana azul, salvando al pequeño Eloy de un fuerte golpe. En ese momento, un destello azul tan intenso como un rayo llenó el ascensor, dejándolos a todos ciegos por su luminosidad. Hasta Josune pudo percibir este resplandor azul.

"¿Qué fue ese rayo azul?"

"Ese fue un rayo de esos que viste extendiéndose a través de los cielos, hasta perderse en el punto de fuga," explicó Deus.

"¿El rayo cayó sobre el pequeño?"

"No, es creado por alguien más; pero viene de él."

Helen preguntó: "¿Estás bien? ¿Qué fue esa explosión? ¡Eloy! ¿estás bien? ¡mi pobre pequeño!" Helen estaba muy contrariada y confundida. Josune ya se había quedado quieto y empezaba a recobrar la consciencia.

Mientras Helen acariciaba la cabeza del bebé, se dio cuenta de que algo había cambiado en el pequeño.

"Josune, el bebé tiene ojos azules."

"Claro Helen, tiene tus ojos... eso lo vimos el mismo día en que nació. ¿Por qué lo mencionas ahora?"

"Sí, pero ahora los veo diferentes, no como cuando nació, no es el azul grisáceo de mis ojos... es un azul eléctrico, como el de ese rayo azul..."

Josune la interrumpió: "¿Tú también viste el rayo azul? ¿Y las imágenes blancas y negras en ese fondo rojo como lluvia de sangre?"

"¿Tuvo acceso a La Pared? Pero eso es imposible," dijo Raguel.

"La Profecía esta cumpliéndose," dijo Deus.

"Pero nadie de la Cúpula me ha informado acerca de esto."

"Del día y la hora nadie sabe, ni aun los ángeles de los cielos, ni el Hijo, sino solo el Padre."

"Pero eso sería catastrófico, no podemos llegar a eso. Sería una guerra civil," replicó Raguel, evidentemente alarmado.

"Aún no... Estamos a tiempo. Helena y yo estamos en eso."

"¿Helena? ¿O Helen?"

Deus sonrió mientras seguía observando lo que sucedía.

"No, no vi ninguna imagen... ¿de qué hablas? Sólo sé que empezaste a convulsionar como loco –y a mi casi se me cae el niño, y luego sentí la explosión de ese rayo azul. Y ahora los ojos de Eloy cambiaron de color, casualmente al mismo color del rayo azul. No entiendo qué pasa, pero definitivamente algo extraño está pasando. Vamos al departamento para que te acuestes y me cuentes sobre esas imágenes que viste," dijo Helen.

Una vez en el departamento, Helen acostó al bebé en su cuarto para que durmiera. Raguel y Deus la siguieron, y cuando ella regresó a la sala, decidieron quedarse escuchando desde el cuarto de Eloy lo que los padres de éste conversaban afuera. Helen y Josune comenzaron a analizar lo sucedido. Llegaron a la conclusión de que el pequeño Eloy era más especial de lo que ellos estaban dispuestos a admitir. Concluyeron también que los acontecimientos sucedidos en el ascensor eran un mensaje del universo de que algo nuevo estaba pasando, algo estaba cambiando. Deus y Raguel se aproximaron a la cuna para ver al pequeño Eloy.

"Pero hay un error, él no puede ser el elegido," dijo Raguel.

"¿Por qué lo dices?"

"Porque no es un celestial; no puedo ver su resplandor."

"O quizás es alguien de la más alta cúpula. Después de todo, Josune ve su resplandor."

"Más arriba que yo, no lo creo. Si fuera así yo lo sabría, yo estoy en un nivel muy elevado; pocos son los que están sobre mi."

"Y sin embargo, los hay. Sólo digo que no hay que descartar posibilidades."

Eran alrededor de las diez de la mañana y Josune tomó una caja que contenía juguetes de su hijo y se dirigió con ella al cuarto de Eloy. En cuanto entró, se dio cuenta de que el pequeño no estaba solo. A pesar de su ceguera, notó que había dos cuerpos luminosos a los lados del niño.

Raguel se volteó hacia Josune y caminó hacia él muy pausadamente. Josune vio sus alas de luz, y se quedó paralizado. Deus le dijo en voz alta:

"Nada es imposible. Todo se puede hacer."

Inmediatamente Josune recordó esas palabras, que él mismo había recitado en el día del nacimiento de Eloy. Se cuestionó si aquello era demasiada coincidencia y pensó: "¿Será posible que estos dos seres siempre estuvieron ahí y que estas palabras fueron una inspiración divina?"

Mirando a Raguel y Deus, Josune preguntó: "¿Quiénes son? ¿Qué hacen aquí?" Éstos no respondieron.

"¿QUIÉNES SON, Y QUÉ HACEN AQUÍ?" repitió, desesperado.

Helen al escuchar los gritos corrió hacia la habitación y encontró a Josune hablando en dirección a la cuna del pequeño.

"¿Qué pasa, Josune?" preguntó Helen, preocupada. Fue hasta la cuna y tomó en sus brazos al pequeño Eloy.

Josune, al escucharla llegar, le dijo: "Helen, dime ¿a quién ves? ¿Qué ves? ¿Qué pasa?"

Raguel se elevó ligeramente, y tocó los ojos de Josune. Él cayó nuevamente al suelo, convulsionando, ante los asustados gritos de Helen. Una vez más aparecieron ante los párpados cerrados de Josune las extrañas visiones, separadas entre sí por una pared negra, roja y blanca, como una lluvia de nieve y sangre en la noche. Josune tuvo siete visiones en total.

Raguel miró a Deus y le dijo: "Le di un breve acceso a La Pared. Ahí podrá entender más claramente las visiones de lo que se viene... Y ver quién es el responsable de todo esto." Dicho esto, ambos desaparecieron.

Deus y Raguel reaparecieron arriba del edificio. Pasaron varias horas observando desde ahí a Josune y a Helen. Vieron cuando Delmy y Wilus llegaron a visitarlos, y escucharon la larga conversación entre las dos parejas. Fueron testigos del sorpresivo parto de Delmy, y notaron la presencia de un monstruo blanco que los acechaba.

"¿No deberíamos intervenir?" se preguntó Raguel.

"Es tu libre albedrío; Josune -La Voz que habla con Delmy- está pidiendo ayuda. Se acaban de dar cuenta de que hay dos elegidos más, y necesitan protectores," dijo Deus.

A Raguel no le gustaba nada lo que estaba pasando: "Todo esto es muy raro, y no me gusta lo que estás haciendo... Pero voy a comunicarme con La Voz de Josune, para ver qué podemos hacer para que la Profecía no suceda," dijo Raguel, y desapareció.

Deus se quedó donde estaba, observando todo. Vio la pelea con el monstruo blanco, y vio cómo Josune y Eloy cayeron desde el séptimo piso, con la colcha azul. También vio cómo Floyd reapareció para estamparlos contra el piso.

Y en eso escuchó un fuerte ruido en el cielo, como una trompeta, y vio caer un meteorito en llamas. Supo enseguida que se trataba de un ángel caído. Era Lise.

Deus sabía que, de alguna forma, eso era obra de Raguel. Poco después, vio que Floyd y Lise, ambos vestidos de azul, empezaban una feroz batalla.

Raguel reapareció junto a Deus. "¿La oscuridad nos mantiene ocultos, verdad?" le preguntó.

"Sí. Es parte de... no el verdadero fin," replicó Deus.

"Y ¿cuál es ese fin?" insistió Raguel. Empezaba a dudar de la confianza que Deus le había dado inicialmente.

Deus ignoró su pregunta, y señaló cómo mientras ellos veían pelear a Lise y Floyd, el monstruo blanco había salido volando de la ventana con un bebé en brazos. "Ahí va otro de los supuestos elegidos," dijo.

Raguel decidió seguir al monstruo, y Deus decidió quedarse. En ese momento, Deus vio aparecer al Ser Oscuro encima de uno de los edificios. Floyd notó de inmediato su presencia. Asustado, tomó a Josune y escapó.

Deus desapareció de donde estaba, y un segundo después, reapareció junto al Ser Oscuro. Poniendo la mano sobre su hombro, le dijo: "Es hora de hablar, no de actuar."

El Ser Oscuro fue tomado por sorpresa, pero al instante ambos desaparecieron sin emitir ni una palabra.

Raguel, por su parte, después de ver la ubicación donde estaba el monstruo blanco con el bebé, decidió regresar por Deus, sólo para encontrarse con que él ya no estaba ahí. Pero a la que sí vio fue a Lise, quien en ese momento estaba conversando con Wilus. Repentinamente, Lise empuñó una señal de tránsito, y le cortó la cabeza a Wilus. Y Raguel vio cómo todo se volvió a escribir, quedando Wilus vivo nuevamente, con una cicatriz en el cuello.

"Eso sólo puede significar una cosa," pensó Raguel. "Este no es el punto lineal. Esto ya ha pasado antes. Y por alguna razón Deus lo sabe. ¿Habrá tenido acceso a La Pared?"

En eso volvió a ver a Lise y recordó el acuerdo al que había llegado momentos atrás con La Voz de Josune y con Lise.

"Lise quiere un hijo," analizó Raguel. "La última vez que pasó eso, el Creador de los creadores envió a Wrath, y todo el asunto terminó en un gran diluvio, petrificando a los Titanes. Pero si la profecía se cumple, vamos a necesitar un salvador... Y ese hijo de Lise podría ser nuestro salvador."

Raguel vio a Lise y Wilus entrando al ascensor para subir al piso siete. Conociendo las intenciones de Lise, extendió su mano, y el ascensor se quedó sin energía. Raguel dejó pasar el tiempo justo y necesario para que su salvador pudiera ser concebido. Después de ese dilatado momento, volvió la energía.

Alrededor de una hora más tarde, Raguel vio que cientos de soldados de Ward habían llegado a la calle. Observó cómo atrapaban a Wilus cuando éste salió del edificio, y lo vio intentando explicarse con señas mientras Ward le apuntaba. Deus reapareció a su lado. Ambos vieron cómo Ward le disparaba a Wilus sólo para después descubrir, muy tarde, que éste estaba desarmado. "Este día ha sido muy extraño," le dijo Raguel.

Deus miró a Raguel y sonrió. "Sí, lo fue."

"En la Primera Visión de Josune, él vio una gran cruz en el cielo y cientos de aviones de guerra sobrevolando la tierra, y miles de personas peleando y matándose."

Deus se quedó callado.

"Eso es lo que buscas, ¿verdad?"

"Raguel, busco lo mejor para todos. Busco evitar que eso suceda."

"Pero ¿qué es lo mejor para todos? Porque si se cumple esa profecía, será peor que la caída de los Titanes."

"Ten fe. Yo aún la tengo, y mi hermana también."

"¿Tu hermana?"

Deus solo sonrió.

Deus y Raguel vieron que el día estaba llegando a su fin, y decidieron regresar a los siete rayos.

"Esto ha sido demasiado intenso, pero estoy cada vez más claro," dijo Raguel.

"Ahora nos toca viajar al 31 de octubre de 2001," dijo Deus.

"Y ¿qué sucede ahí?"

"Es el segundo día de oscuridad."

CAPITULO 19

Mayo 10 de 2026

Lise miró su reloj y apresuró el paso. Ya eran las siete de la noche, y las calles de New York empezaban a oscurecer. Pensó que ya habían pasado seis meses desde el último trueno. En eso, escuchó el timbre familiar de su teléfono en el bolsillo de su abrigo. Vio el nombre de Laina en la pantalla y respondió de inmediato.

"¡Feliz día, Lise!" dijo Laina, "¿Sí te acordaste de nuestra cena de hoy, verdad?" en su voz había mucho entusiasmo. Se notaba que había puesto gran empeño en preparar algo especial para su madre.

"Gracias, Laina; sí claro, ya estoy llegando... ¿Podrías adelantarme algo sobre la noticia que me tienes que dar?"

Laina suspiró. "Bueno, sí... Se trata de Eloy."

"¿Qué pasa con Eloy?" preguntó Lise. Se notaba en su tono una angustia mal disimulada.

"Es largo de contar... Cuando llegues te cuento con detalles, pero no es una mala noticia, por si acaso; no te estreses."

En ese momento, Lise se detuvo en seco en medio de la calle. Había sentido que Jerriel estaba en peligro. Inmediatamente, abrió un portal para dirigirse a donde éste se encontraba y se introdujo en él.

"En todo caso, ¿qué prefieres tomar hoy, Pinot Grigio o Chardonnay? Quiero ponerlo a helar para que esté listo cuando llegues..." dijo Laina. Del otro lado se escuchaba un silencio absoluto. Entonces insistió: "¿Madre? ¿Estás ahí? ¿Hola? ¿Lise? ¡Lise!" Pero no obtuvo respuesta. Lise ya no estaba ahí. Laina cerró el teléfono, y lo lanzó contra el suelo.

Jerriel caminaba por la calle al otro extremo de la ciudad, con su Biblia en una mano. Durante los últimos seis meses, se había dedicado a estudiarla y analizarla al detalle, y había sacado sus propias conclusiones acerca de la religión. En la otra mano, Jerriel sostenía su teléfono, donde iba leyendo las noticias más recientes: el ejército musulmán continuaba ganando terreno en Europa, dejando a su paso un rastro de destrucción; seguían ocurriendo actos terroristas contra templos e iglesias alrededor del mundo, desde el tercer día de oscuridad; aumentaban las tensiones políticas entre Estados Unidos y los demás países... Los medios ya no podían ocultar la gravedad de la guerra.

Estaba distraído cuando de repente, sintió que le cerraban el paso. Al levantar la mirada, se vio rodeado por cuatro tipos con actitud hostil, quienes lo metieron a empujones en un callejón cercano. En medio del forcejeo, Jerriel soltó la Biblia, y ésta cayó al suelo.

"Por favor, no quiero problemas; no tengo dinero," dijo Jerriel, intentando conservar la calma.

"Este se cree que somos ladrones," dijo uno de los atacantes, con una risotada, "Claro, ustedes los cristianos se creen mejores que todos los demás, ¿verdad? Creen que son los únicos que tienen la razón..."

En ese momento, Jerriel se dio cuenta del error que había sido caminar con la Biblia en la mano en público. El ambiente en la ciudad –y el mundo en general, estaba demasiado tenso, y había muchos fanáticos religiosos que reaccionaban con violencia a la mínima provocación.

"Ustedes los extremistas tienen la culpa," decía otro de ellos, mientras lo empujaba contra la pared del callejón.

"Esta guerra estúpida es en vano; nada ha cambiado," dijo el tercero, al tiempo que le daba un fuerte golpe a Jerriel en el estómago, que lo dejó sin aliento. Luego lo agarró del cuello y comenzó a ahorcarlo.

Jerriel, intentaba apaciguarlos. "Calma, calma, hermanos; ¿podríamos conversar como personas civilizadas?"

Pero ellos no estaban con ganas de dialogar; sólo buscaban desfogar su rabia y su frustración contra quienes ellos creían eran los culpables de la guerra, una guerra que había causado demasiado sufrimiento en nombre de Dios.

El más alto de los cuatro le propinó una patada llena de odio a la Biblia, y repentinamente, sobre ésta, se abrió un portal.

Del portal salió Lise, encendida al rojo vivo, con un hacha en la mano. Cuando vio que estaban ahorcando a Jerriel, su reacción inmediata fue lanzar el hacha hacia el agresor con tal fuerza que le cortó el brazo. El hombre empezó a dar de gritos por la impresión de verse mutilado, porque su cerebro no receptaba aún las señales de dolor. Los otros tres al ver esto, intentaron escapar corriendo.

"Lise, no," susurró Jerriel, aunque sabía que sus palabras no tendrían efecto alguno en la decisión de Lise.

"Sin testigos," replicó ésta, sin mirarlo.

En un instante, Lise voló hacia dos de los que estaban huyendo. Los agarró del pelo, se elevó en el aire y los estrelló contra el suelo. Las dos cabezas se rompieron como dos globos de agua en el pavimento. Luego miró al tercer hombre, que había corrido hacia el otro lado del callejón, y de sus ojos salió un fino rayo de energía que lo partió por la mitad de arriba abajo. Cada mitad cayó para su lado.

El cuarto atacante miraba la escena aterrado, incapaz de moverse, mientras chorros de sangre manaban de su hombro. "¿Qué eres? ¡Déjame en paz!" le gritó.

Lise con un aspecto terrorífico, se le acercó elevada a cincuenta centímetros del suelo y le dijo: "Polvo al polvo, cenizas a las cenizas." Y de sus ojos llenos de fuego salió un rayo de energía roja de casi un metro de diámetro, que lo pulverizó en un segundo, dejándolo reducido a una pila de cenizas.

"Lise, ¿qué has hecho?" dijo Jerriel, mientras se agachaba para recoger su Biblia, "¿no te parece un poco extremo esto?"

"Jerriel, deja de pensar como un humano."

"Es que *soy* un ser humano. No puedo pensar de otra forma."

"Ellos han muerto aquí, pero verdaderamente no han muerto; he matado su cuerpo, mas no su alma. Eso no depende de mi."

"Es fácil para ti decirlo; tú eres un ángel caído del cielo."

"Sabes que no me gusta que me estereotipes con eso de ángel. ¿Ahora sí podrías explicarme lo que pasó aquí, Jerriel? ¿Por qué te estaban atacando?"

"Creo que eran unos fanáticos extremistas; me vieron con la Biblia, y decidieron atacarme sin razón alguna."

"Es impresionante cuántos mueren últimamente *sin razón alguna...*" dijo Lise, reflexiva.

"Sí, pero esto se terminó convirtiendo en un problema de fronteras, de políticos defendiendo sus intereses, su país. A veces desearía que no existieran."

"¿Qué quieres decir con eso?"

"Bueno, de acuerdo a esto," respondió Jerriel, señalando la Biblia, "a nosotros nos dieron este lugar, la Tierra, en su totalidad. Deberíamos ser libres de trasladarnos a donde queramos; sin embargo, desde sus inicios, los hombres se han empeñado en dividirla y levantar fronteras... Esto es algo que considero no debería existir."

"Estoy de acuerdo; pero en este mundo las cosas son como son, y no nos corresponde intentar cambiarlas."

"Debería existir un movimiento para buscar un mundo unido, un solo país; un nuevo orden mundial."

"No eres el primero en pensar así, y no serás el último. Al final, todo está escrito. Sólo hay que cumplir con la misión que se nos ha encomendado, seguir el camino que Dios nos ha dado... claro, con tu libre albedrío."

"Es más fácil para ti; me refiero a confiar en los caminos de Dios, ya que vienes de allá arriba."

Lise sonrió. "Vamos," dijo, mientras empezaba a caminar hacia la salida del callejón. "Laina me está esperando; me tiene que contar algo de Eloy." Jerriel la siguió.

"Espera," dijo Jerriel. Se dio la vuelta, y mirando hacia lo que quedaba de los cuatro atacantes, pronunció con solemnidad: "Él es la resurrección y la vida, el que cree en Él, aunque esté muerto, vivirá. Y todo aquel que vive y cree en él no morirá jamás." Y se persignó.

"Te estas tomando muy en serio esto de la Biblia," dijo Lise.

"Así es; hoy creo en la voluntad de Él más que nunca. ¿Qué opinas tú?"

"Bueno, a veces pierdo la fe en Él, pero yo también creo. A veces nos pone el camino difícil."

"Eso es algo que nunca entenderé. Pierdes la fe en Él... pero tú eres un ángel."

Lise frunció el ceño al escuchar la palabra ángel nuevamente.

"Disculpa, quise decir un *celestial,* pero no entiendo cómo puedes perder la fe, si tú prácticamente has estado en su Reino."

"Bueno, igual que tú; tú también estás en su Reino, y sin embargo puedes decidir tener o no tener fe en Él."

"Entonces... perdona que insista, pero... ¿Tú sí crees en Dios?"

"Claro que sí."

Jerriel se quedó callado.

"Sólo que es un acto de fe; porque nunca lo he visto," explicó Lise. Y al ver la cara de sorprendido de Jerriel, continuó: "O sea, sólo los celestiales de más alto rango tienen acceso directo a Él, nadie más. Lo que tú vulgarmente llamarías Arcángeles."

"Pero y si nunca lo has visto, ¿cómo sabes que sí existe, y no es sólo un invento de la cúpula mayor? O sea ¿cómo sabes que es verdad, y no vives en el reino de unos cuantos que te dicen que hay un sólo Dios para controlarte a ti?"

"De la misma forma que tú. Todo se trata de decidir creer. Mira, así como los seres humanos, hay celestiales de todo tipo; hay celestiales que creen, y hay otros que no creen."

"¿O sea que ahora resulta que existen ángeles ateos? Quién se lo hubiera imaginado..."

Jerriel y Lise caminaron en silencio durante unos minutos, cada uno sumido en sus propios pensamientos. De pronto, pasaron junto a un anciano mendigo, encorvado, con la cabeza calva y una larga barba blanca. Llevaba unas gafas oscuras, parecidas a los lentes de aviador. Su ropa estaba sucia y raída, y sostenía en sus ajadas manos un cartel donde estaba escrito:

"Dios está contigo siempre."

Mientras miraba el cartel, Jerriel comentó: "Así es; yo decido creer. Es más, estoy convencido de que la Biblia hay que interpretarla de forma literal."

"¿Qué quieres decir con eso?"

"Bueno, al comienzo el libro me sonaba como una explicación metafórica o fantástica de la creación del universo, de sus historias, de sus milagros, de sus hechos... como por ejemplo, en el libro del Éxodo, cuando Moisés abrió el Mar Rojo en dos, yo decidí aplicar la ciencia para entenderlo: asumí que la marea había bajado, permitiéndole a los israelitas cruzar el mar. Pero después de ver los poderes de los celestiales en la tierra, empecé a pensar que podría ser algo más literal. Lo que me deja preocupado con el último libro: El libro del Apocalipsis."

Lise sonrió. "Y eso que ahí sólo tienes una versión incompleta;" dijo, señalando la Biblia. "Deberías leer el libro de Enoch."

"¿El libro de Enoch?"

"Ahí hablan un poco más de la historia perdida de los hijos de los caídos. Ellos vinieron a la tierra, se mezclaron y todo salió mal; por eso, ese libro es prohibido, y no lo incluyeron ahí. Además de otras cosas... Por eso ahora hay reglas. Es un libro para olvidar, pero es parte de la historia. Así mismo, es literal, como dices."

"¿Reglas? ¿Qué tipo de reglas?"

Lise dejó de avanzar. Jerriel se detuvo a su lado para escucharla.

"Cuando yo llegué, vine a cuidarte; pero siempre respetando las reglas. Aceptadas por mi libre albedrío," explicó Lise. "Nunca les había dicho esto, pero en el primer día de oscuridad, a mi me buscaron Raguel y Josune. En ese momento yo no sabía quién era Josune, pero venía con Raguel. Parece que Raguel vio algo o estaba con alguien que no le traía mucha confianza, y me preguntó si quería ser un celestial caído. Por supuesto me negué. Pero él y Josune, me convencieron, y me pidieron que te cuide a ti... Que me convirtiera en tu protector."

"¿Cómo te convencieron?"

"En realidad, fui yo quien los manipuló; me aproveché de su insistencia, y les pedí que me dejaran tener un hijo, sabiendo que eso va en contra de las reglas. Ellos accedieron, y a cambio yo me comprometí a mantenerte protegido. Ellos querían evitar las profecías de Josune."

"Tú querías *un* hijo... pero tuviste dos," razonó Jerriel. "Por eso nunca viste a Laina como tu hija."

"Es que ella no lo es, aunque igual la quiero mucho."

Jerriel prefirió evitar ese tema, porque tenían dos formas de pensar completamente diferentes. "Bueno, pero asumo que tu libre albedrío te llevó a preocuparte más de Eloy... O sino ¿por qué proteges a Eloy, y no a mi?"

Lise resopló. "¿Y entonces qué fue lo que hice hoy?"

"Quiero decir... Tú sabes lo que quiero decir."

"Eloy es el elegido," continuó Lise, "o al menos eso he decidido creer. Y me preocupa mucho saber que hay un impostor de Eloy donde Ward."

"¿Impostor de Eloy? ¿Pero no habíamos descubierto ya que se trataba de mi hermano?"

"No. Eso fue lo que se asumió, pero este sujeto que trabaja con Ward lo ha estado estudiando, y dice que sin lugar a dudas es él. Sólo que no es *el mismo* él."

"Pero no entiendo; Eloy esta vivo con nosotros. ¿Es acaso este impostor un clon? ¿O quizás es el Eloy de una dimensión paralela, o de otro tiempo?"

"No lo sabemos aún. Lo que sí se es que, por su cuerpo impenetrable; no se ha podido hacer la autopsia. Ningún instrumento -cuchilla, láser, etc.- ha logrado abrir su piel... pero este a diferencia de Eloy, tiene una gran cicatriz en su brazo derecho. Y bueno, ese extraño color de ojos verdes, que no es el color azul de los ojos de Eloy."

Mientras Lise decía esto, Jerriel tocó su propio brazo derecho, donde también había una cicatriz. "Y si no pueden penetrar su piel," dijo, "¿cómo saben que es Eloy, y no mi hermano?"

"Por la muestra de cabello, que comprobó que era el mismo ADN."

"Qué coincidencia..."

"¿A qué te refieres?"

"Y pensar que ahora Laina está con Eloy gracias a ese impostor."

"¿Laina está con Eloy?"

"O sea juntos; como pareja."

"¿Desde cuándo?"

"Comenzó aquel día, en secreto; hoy ya es oficial."

Lise se detuvo. "Quizás era eso lo que me quería decir Laina," dijo con seriedad. Se dio media vuelta, y le dijo: "Bueno, aquí nos separamos; yo me regreso por aquí," y señaló el camino por donde ellos venían.

"¿No ibas a donde Laina?"

"No. Ya no necesito ir."

"Por cierto..." dijo Jerriel, mientras la veía alejarse,

"Feliz día de las Madres."

CAPITULO 20

Octubre 31 del 2001: Segundo día de Oscuridad

En el hospital del doctor Elmrys, poco antes de que se oscurecieran los cielos, Wilus estaba discutiendo con Lise, delante de Helen, quien tenía en brazos a Eloy. Apenas empezaron los insultos, Helen salió rápidamente del cuarto con su hijo, para encontrarse afuera con el doctor Elmrys y Leire. Se quedaron todos parados junto a la puerta cerrada, intentando en vano no escuchar los gritos de Lise, que continuaba su colérico monólogo: "Si otra persona no entiende lo que realmente pasó, no es su culpa; pero que tú me salgas con esa estupidez? Cuando SABES perfectamente que sólo fuiste una herramienta, SABES que sólo la niña lleva tu ADN, y que Mikael es y siempre será sólo mío, imagen y semejanza mía... ¿qué tan complicado puede ser eso de entender? Ojalá la niña no saque tu nivel de inteligencia, porque ahí sí pobrecita..." Obviamente a Wilus no le hacía gracia soportar esta retahíla de insultos, así que salió de la habitación histérico, dando un portazo, y prácticamente tumbando a Helen, el doctor y Leire en su camino.

En ese momento, el pasillo donde estaban oscureció de repente. El doctor y Leire se dieron cuenta de que las personas a su alrededor empezaban a acercarse a las ventanas. En el cielo comenzaron a aparecer manchas oscuras, que iban expandiéndose cada vez más.

El doctor se asomó a una ventana, y vio cómo cada parte del cielo donde hace poco había luz, se iba apagando. Ocultos dentro de esta oscuridad, llegaron dos seres de luz. Se trataba de Deus y Raguel, quienes habían viajado a través de uno de los siete rayos. Eran las once de la mañana del día que sería declarado el segundo día de oscuridad.

"Hoy nacen las tres Lainas," dijo Deus.

"Sé que nace la hija de Wilus," dijo Raguel.

"Y la hija de Durango también," continuó Deus.

"¿Quién es Durango?" quiso saber Raguel.

Deus se quedó callado.

"Sólo me has mencionado, dos de las Lainas," insistió Raguel. "¿Quién es la tercera?"

Deus tampoco respondió, y empezó a caminar hacia el hospital, para presenciar el nacimiento de dos de las tres Lainas. Raguel lo miró, y en lugar de seguir preguntando, se limitó a seguirlo.

Al llegar al hospital, Raguel decidió que no quería continuar siguiendo a Deus; quería tomar su propio camino, para ir en busca de la tercera Laina, ya que él creía saber quién era. Dio media vuelta y empezó a alejarse en la dirección contraria. Inmediatamente escuchó la voz de Deus a sus espaldas: "Raguel, ¿a dónde piensas ir?"

Raguel se detuvo, lo miró por encima de su hombro y respondió: "Cuando todo es oscuridad, una luz es la única esperanza." Dicho esto, Raguel siguió caminando, hasta que Deus lo perdió de vista.

Deus llegó a la habitación de Lise, donde ella y Aletia, esposa de Durango, estaban en labor de parto. Deus estuvo presente durante el nacimiento de los tres bebés –los mellizos de Lise y la hija de Aletia. Poco después, el doctor que las atendió fue llamado de urgencia, porque un incendio había empezado en el cuarto de los recién nacidos, donde siete bebés habían sufrido serias quemaduras. Tuvieron que trasladar a las víctimas a una nueva habitación, que casualmente estaba junto a la de Lise.

En ese momento, Lise se dio cuenta de que su hija Laina no estaba respondiendo, y tuvo que utilizar sus poderes curativos en ella para salvarla; pero como lo hizo delante de Aletia, recordó su política de *sin testigos*, y decidió quitarle la vida a ésta.

Deus observaba a Lise mientras esto sucedía. En eso, escuchó una gran agitación proveniente de la habitación de al lado, y decidió atravesar la pared para ver qué sucedía. Deus vio que en este cuarto tenían a siete niños recién nacidos con quemaduras graves, y a Mikael, quien no estaba quemado, pero también se encontraba en estado crítico. Atendiéndolos a todos, un grupo de paramédicos se movía rápidamente de un lado a otro. Deus sonrió al ver que por la puerta ingresaban a Aletia recién nacida en su cunita.

Deus se acercó a Mikael, y le dijo: "Un ejército levantarás, doscientos millones de soldados tendrás, y aquí estás luchando entre la vida y la muerte, porque Lise decidió salvar a Laina en lugar de a ti."

Mikael se debilitaba cada vez más, tanto así que la enfermera Leire corrió a pedir ayuda al doctor Elmrys. Al salir ella, entró Helen a la habitación. Se quedó de pie en silencio, viendo como los paramédicos intentaban salvarle la vida a Mikael. De repente, Helen percibió una sensación familiar en el ambiente, y dándole la espalda a los paramédicos, empezó a acercarse a Deus, sin saber que el estaba ahí. Deus sonrió, levantó su mano derecha, se acercó levitando hasta Helen, y puso su mano derecha sobre el hombro de ella. Inmediatamente, el alma de Helen se elevó a la altura de Deus, mientras su cuerpo caía de rodillas. Al notar esto, Helen se asustó.

"No te asustes, eso ocasionaría que vuelvas a tu cuerpo," le dijo Deus en su cuerpo de luz. Helen notó que ella también estaba hecha de luz, y escuchaba la voz de Deus en ondas sonoras distorsionadas.

"Tranquila; ahora escuchas mi voz diferente porque estás oyendo con tus verdaderos oídos, y estás viendo con tus verdaderos ojos."

"¿Estoy muerta?" preguntó Helen.

"No, no lo estas."

"Deus, ¿realmente eres tú?"

"Así es, Helen; no tenemos mucho tiempo, necesito regresarte a tu cuerpo, antes de que sea tarde... pero es hora de que sepas la verdad." Deus levantó nuevamente su brazo derecho. Una luz blanca salió de la mano de Deus, atravesando el rostro astral de Helen. Unos segundos después, bajó su brazo y le dijo: "Ahora sabes la verdad. Toda la verdad."

"No puede ser," musitó Helen, sorprendida y asustada por el conocimiento que le había transmitido Deus.

"Todo esta escrito," dijo Deus.

"La siguiente vez que me veas, será tu final. No estarás sola en ese momento, yo estaré contigo. Disfruta tu vida en este plano con tu familia, olvídate de las preocupaciones. Haz lo que tienes que hacer, pero no cuentes nada de lo que sabes. Ama como te enseñé a amar."

Súbitamente, entró en la habitación el doctor Elmrys. Al ver el cuerpo de Helen de rodillas cerca de donde estaba Mikael se sorprendió. "¿Qué hace ella ahí?" preguntó el doctor a uno de los médicos residentes. "Está paralizada, como en shock," dijo éste. "Parecería que está rezando... Hemos intentado moverla, pero no responde... Además, todos están concentrados en ayudar a salvar al pequeño." El doctor Elmrys se abrió pasó entre los doctores, para intentar salvar a Mikael. Al momento, Leire llegó con la cuna de Laina, y la dejó a un lado, junto a la de Aletia, para ayudar. De repente, la línea de la pantalla del monitor cardíaco de Mikael dejó de mostrar picos, y se volvió plana. Los médicos siguieron intentando desesperadamente revivirlo, pero luego de varios minutos, tuvieron que desistir.

El pequeño Mikael había fallecido. Uno de los doctores cubrió su cuerpecito con su manta azul.

Helen reaccionó. Se levantó del suelo, y salió llorando de la habitación. Leire la abrazó, y se llevó al final del corredor, en busca de un vaso de agua. Después de todo, ella ya sabía la verdad.

Los doctores salieron uno a uno de la habitación, cabizbajos y derrotados, sin notar que el pequeño Eloy, de un año y cuatro meses de edad, se escabullía entre sus piernas y entraba a la sala. La puerta de la habitación se cerró sola, muy despacio.

Pero Deus sí vio al pequeño, y le dijo sonriente: "Tú no deberías estar aquí." Estiró su mano señalando a Eloy y la levantó, haciendo que los pies del niño se despegaron del suelo, y éste empezó a flotar entre los demás niños, que estaban en sus cunas.

Eloy al ver a los siete bebés quemados, se impresionó; cuando vio el cuerpo sin vida de Mikael, aún rodeado de tubos y máquinas, sintió curiosidad; luego miró hacia donde estaban Laina y Aletia, y fue en ese momento que vio a Deus y lo hizo sonreír. Deus sonreía también. Eloy siguió mirando en la misma dirección, y acercándose más hacia Deus, sonriendo y estirando los brazos. Su sonrisa pronto se torno en alegres risas. Eran la imagen perfecta de un padre con su hijo, desde un punto de vista diferente.

Unos segundos después hubo una fuerte explosión en el cuarto, y un intenso resplandor azul cubrió a todos los que se encontraban dentro de él. Los doctores al entrar, vieron que nada estaba destruido; pero el pequeño Eloy estaba en el suelo. El doctor Elmrys se acercó a él de inmediato para revisarlo; Eloy estaba inconciente.

Los demás doctores se acercaron a revisar al resto de los niños, y encontraron que las quemaduras de los siete bebés estaban completamente cicatrizadas. Laina y Aletia estaban muy bien.

Y de repente, la manta azul de Mikael empezó a moverse, y éste empezó a llorar.

Todos los doctores estaban estupefactos. No podían creer lo que estaba sucediendo. Después de haber presenciado todos la muerte de Mikael, el niño lloraba a gritos desde su cuna. Uno de los doctores se acercó para examinarlo.

Eloy abrió los ojos, y el doctor Elmrys, que lo tenía en sus brazos, dio un suspiro de alivio. Alzó la mirada, y vio que Helen venía corriendo hacia ellos, y se apresuró a entregárselo a su madre.

Momentos después, Deus vio a través de la pared cómo se materializaba un monstruo de aspecto cadavérico rodeado de un aura verdosa, en medio del pasillo del hospital. Los guardias intentaron luchar contra el espectro en vano, y terminaron muriendo de una forma lenta y dolorosa; Lise se lanzó a atacarlo usando todos sus poderes, pero éstos no eran suficientes para detenerlo, y si no hubiera sido por Wilus, hubiera corrido igual suerte que los guardias... pero Deus no estaba preocupado. Él sabía que el espectro jamás llegaría a los niños, éstos estarían a salvo. Y cuando menos lo esperaban, apareció ante ellos Floyd, y con un gesto de su mano derecha, hizo desaparecer a la horrible criatura.

Floyd envió a todos los presentes a refugiarse en dos cuartos: el de los niños, donde también se encontraban Deus, Lise, Wilus, Eloy, el doctor y Leire, y al cuarto de al frente, a donde fueron Helen y Durango. Cuando éstos estaban por entrar, Floyd llamó en voz alta: "¡Helen!" Ella se detuvo. Floyd dijo en voz muy baja: "Perdón, Helen."

Helen, dándole la espalda, le respondió: "Sé lo que has hecho; y te perdono." Después de todo, ella ahora sabía la verdad.

Floyd se quedó callado. Helen entró al cuarto y cerró la puerta.

A través de la pared, Floyd notó que estaba siendo observado por Deus. Sus miradas se cruzaron, y Floyd, solo en el pasillo del hospital se elevó en el aire, levantó las dos manos, y empezó a romper a la distancia todos los objetos del corredor -muebles, sillas, cuadros, y fue dirigiendo los escombros hacia las puertas de las habitaciones, los accesos del pasillo y el techo, recubriéndolo todo como una muralla compacta, dejando todas las salidas totalmente selladas. Pero la verdadera razón para su acción era evitar la intervención del celestial, bloqueándolo de escuchar, ver o participar en la batalla que estaba por librar contra el Ser Oscuro, quien no tardaría en aparecer.

Y Deus se quedó sin acceso a ver qué pasaba adentro de lo que había creado Floyd.

Dentro del cuarto, Leire respiró profundo. "Bueno, como hemos estado tan ocupados desde el incendio, no pude mencionarlo antes... Pero me han informado que los padres de todos estos niños han fallecido."

Inmediatamente, Deus pensó que esto podía significar la presencia de una entidad. "Wrath está aquí," dijo mirando a Leire.

En eso el pequeño Eloy vio a Deus en una esquina, y otra vez empezó a caminar en su dirección riendo y levantando los brazos. Todos lo vieron, y miraron también hacia ese punto, pero al no ver nada, pensaron que era sólo una coincidencia.

De repente, se escuchó un estruendo que venía del pasillo, al otro lado del muro de escombros que bloqueaba la puerta. Los sonidos parecían generados por una brutal batalla: ruidos de espadas chocando, golpes secos y fuertes explosiones.

El doctor Elmrys se alarmó. "Parecería que hay una batalla ahí afuera. Leire, ayúdame a alejar a los niños de la puerta lo más posible; llevémoslos allá," dijo, señalando la esquina donde estaban Eloy y Deus. Wilus avanzó hasta donde estaba Lise para llevarla donde el doctor había indicado. Pero Lise negó con la cabeza.

"¿Qué esperan? Vengan para acá," insistió el doctor.

"No me escondí en ningún momento, ni siquiera cuando vino aquel monstruo; no me voy a esconder ahora," respondió Lise.

"Wilus, ven acá," le dijo Leire. Wilus miró primero a Lise, y luego al resto del grupo, miró a Leire y también negó con la cabeza; él no se movería de ahí.

"Wilus, yo soy la que los protege a todos ustedes," dijo Lise.

Wilus escribió en su libreta: "Y yo a ti."

Lise sonrió, y le respondió: "Tú no puedes protegerme a mi, no tienes la fuerza para..."

Lise fue interrumpida por una fuerte explosión; la puerta de la habitación, y el muro que la protegía, volaron en pedazos. Comenzaron a caer escombros por todos lados. Deus se encargó de proteger de éstos a los niños y a la gente que estaba a su alrededor. Después de todo, esta explosión lo había tomado por sorpresa también. Algunos de los escombros lastimaron a Wilus, quien cayó al piso. Enseguida, él escuchó algo metálico cayendo cerca suyo, clavándose en el suelo.

Lise se mantenía de pie. La poca energía que le quedaba la protegía de cualquier escombro.

Sorprendida de que en la esquina donde estaban ellos con los niños no habían caído escombros, Leire le preguntó al doctor: "¿Esto es otra coincidencia?"

"No. No lo es," respondió éste.

Wilus abrió los ojos y vio clavada en el suelo, muy cerca suyo, una enorme lanza negra. Se puso de pie inmediatamente, empuñó la lanza, y ésta cambió de forma y de color: se transformó en una lanza dorada de dos puntas, con el centro de madera. En ese momento, todas sus heridas desaparecieron, incluso la cicatriz de su cuello.

Lise, al ver esto, le hizo un gesto con la mano, para que le pasara el arma. Wilus, sin pensarlo dos veces, se la lanzó a Lise, quien la atrapó en el aire.

Al recibirla Lise, la lanza se tornó de un brillante color plateado, con una afilada cuchilla en cada esquina. Mientras la empuñaba, Lise cerró los ojos, y sonrió suavemente. Por unos segundos, un aura de energía blanca la envolvió: estaba recargando su fuerza y sus poderes. Cuando la luz se apagó, Lise dejó a un lado la lanza. Sus ojos estaban completamente en blanco, y un halo de energía blanca recubría sus manos. Ahora estaba lista para defenderse.

Deus vio el error que Lise había cometido. Ella no sabía identificar las armas celestiales, y pensó que la lanza era sólo un artefacto celestial, cuyo único poder era regenerar su energía... pero estaba equivocada, y su ignorancia la llevó a dejar en el suelo un arma celestial antes de la épica batalla que casi le cuesta la vida.

Lise levantó su mano izquierda, y la manta azul que tenía Mikael, voló hasta ella, y se estiró hasta envolver todo su cuerpo, dejando sólo su cabeza descubierta. Caminó entre los escombros, y salió por el hueco donde solía estar la puerta.

El doctor Elmrys le dijo a Wilus: "Anda a buscar a Helen, mira que esté bien; nosotros nos quedaremos aquí hasta que todo haya pasado. Ojalá que todo esto se acabe pronto."

Wilus asintió. "Ojalá," dijo. Empezó a caminar entre los escombros, dirigiéndose a la salida, y de repente se dio cuenta de que le había respondido al doctor en voz alta.

"¿Puedo... hablar? ¡Puedo hablar!" dijo Wilus, emocionado.

"¡Así es, puedes hablar!" El doctor se le acercó para examinarlo, y notó que la cicatriz que tenía en el cuello había desaparecido. "Tu cicatriz ya no está... después te revisaré bien, pero creo que esa lanza tuvo mucho que ver," dijo. "Ahora anda busca a Helen, y tráela a salvo." Wilus obedeció.

"Yo no sé nada de magia... pero al parecer existe," murmuró el doctor, viendo la lanza botada en el suelo. Se acercó y la recogió del piso. La lanza cambió de forma, esta vez volviéndose una lanza de madera, con una sola punta de metal. El doctor no sintió nada especial. Solo sostenía una lanza común y corriente, aunque muy afilada. Con un movimiento impulsivo, pasó su mano por la punta, y se cortó. En ese momento, un aura de luz cubrió todo su cuerpo por unos segundos.

"Esto sí es nuevo," dijo el doctor Elmrys.

"¿Qué es nuevo?" preguntó Leire.

El doctor se quedó callado por unos segundos. Luego dijo: "Todo, Leire. Todo."

Deus estaba muy pensativo, tratando de entender lo que decía el doctor. Le llamó la atención la luz que lo había rodeado. "¿Será que el Doctor ahora sabe toda la verdad, así como yo se la enseñé a Helen?"

Por otro lado, en el pasillo, durante la batalla entre Floyd y el Ser Oscuro, Floyd se dio cuenta de que él solo no iba a poder contra su oponente; necesitaba conseguir todas las armas épicas celestiales que había en el hospital, y rápido. Floyd se desvaneció, y apareció en el cuarto donde estaba la lanza. Ésta se encontraba en manos del doctor Elmrys. Floyd extendió la mano con la palma arriba, pidiéndole la lanza al doctor, y él se la entregó de inmediato.

Floyd vio que en una esquina de ese cuarto estaban los niños recién nacidos, y el pequeño Eloy, con Leire. Pero no estaban solos; junto a ellos, también estaba Deus. Floyd se acercó al ser de luz, y lo miró a los ojos. "El final está cerca," le dijo, y desapareció. Un segundo después, volvió a aparecer en el cuarto en llamas, durante la segunda parte de su batalla con el Ser Oscuro. El fuego había empezado a propagarse a otras habitaciones.

El Ser Oscuro, al ver que Floyd estaba de regreso con la lanza, decidió levantarse. Lo miró y le dijo: "Déjà vu," y desapareció.

"¡Nooo!" gritó Floyd. En eso, sintió una presencia a sus espaldas. Sin voltearse, dijo: "El final está cerca."

"¿Lo crees así?" preguntó Deus.

"Veo que me has seguido," dijo Floyd.

"Quería estar presente en el final," dijo Deus.

"El final está cerca... Sólo que no estoy seguro para quién," dijo Floyd, y volvió a esfumarse.

Deus se elevó en el centro del cuarto en llamas. En eso, apareció Raguel a su lado. "¿Dónde has estado? Hoy ha sido un día lleno de sorpresas para mi," dijo Deus.

"No te encontraba en ningún lado, pero sentí que hubo un pequeño viaje de horas en el pasado, y aquí estas. ¿Por qué fue posible esto?" preguntó Raguel.

"Es sencillo, siempre existió. Después de todo, es una dicotomía divina."

“Yo no creo en las dicotomías divinas, alguien lo ha permitido,” dijo Raguel. “Deus ¿tú crees que estamos haciendo lo correcto?”

“Es lo que hay que hacer. Vamos al tercer día de oscuridad.”

Los dos desaparecieron, y desde las paredes salió un ser envuelto en llamas, con un sombrero de copa, y un bastón... con un gesto de su mano, apagó el fuego de ese cuarto mientras desaparecía junto con las llamas. Esto facilitó a la gente del hospital el poder controlar el incendio de las habitaciones contiguas.

Mientras apagaba el incendio, sólo dijo una palabra:

“Déjà vu.”

CAPITULO 21

Diciembre 24 de 2010: Tercer día de oscuridad.

Deus y Raguel aparecieron en casa de Lise en el momento preciso en que Durango llegaba a dejar a Aletia con ellos. Ese sería el último día en que él vería a su hija. Sin ser percibidos, los dos seres de luz escucharon atentamente mientras Durango les advertía a los demás que aquel sería el tercer día de oscuridad. Lise, Wilus y Durango empezaron a discutir, pero fueron interrumpidos por la llegada de Helen y Delmy.

Después de saludarlas, Durango se volvió hacia Helen. "¡Helen! Es un gusto verte de nuevo," le dijo.

Helen sonrió tímidamente. "Igualmente." Luego se acercó a su oído y le dijo despacio: "Yo no tan feliz de verte aquí."

"Lo sé, lo sé..." dijo Durango, con una sonrisa empática.

"O sea que ella ya sabe lo que le va a suceder en este día," dijo Raguel.

"Así es," replicó Deus. "Ella sabe toda la verdad... bueno, lo que necesita saber."

"¿Lo que necesita saber? ¿Acaso le has ocultado información?"

"No; simplemente sabe lo que necesita saber, eso y nada más. Omitir detalles no es lo mismo que ocultar información."

Raguel recibió con un silencio escéptico las palabras de Deus.

Deus se elevó hacia el techo de la sala. Raguel lo siguió, y juntos traspasaron el tumbado, entrando al cuarto donde estaban los niños por el piso, de abajo hacia arriba. Al llegar, escucharon a Aletia diciendo: "A veces la verdad duele; pero siempre hay que buscar la verdad. No debemos dejarnos engañar."

"Qué coincidencia," comentó Deus.

"Dios lidera nuestro camino, SIEMPRE," dijo a su vez Raguel, e inmediatamente desapareció. Él necesitaba buscar respuestas a sus preguntas. Deus movió en silencio su cabeza de un lado a otro en negación. Laina caminó frente a él, sacándolo de sus pensamientos. Se le acercó a Eloy y le dijo "Yo creo en lo que tú me convenzas de creer; después de todo, como siempre me dices: nada es imposible, todo se puede hacer."

"Nada es imposible, todo se puede hacer," repitió Eloy con una ligera sonrisa. Laina puso su mano sobre el hombro a Eloy, como queriendo transmitirle que todo iba a estar bien; pero en ese momento, pasó todo lo contrario.

Mikael cayó al suelo, convulsionando; Jerriel se lanzó al suelo de rodillas, agarrándose la cabeza, con un fuertísimo dolor de cabeza; Eloy comenzó a gritar, como si en todo su cuerpo estuviera pasando algo que no podía controlar; Aletia sintió un agudo dolor en los oídos, y se llevó las manos a las orejas; Laina se acostó en el suelo en posición fetal, abrazando sus rodillas, con un dolor en el pecho, y cerró los ojos. Deus, por su parte, se limitó a ver calmadamente todo lo que sucedía, sin ser percibido.

En medio del caos una explosión, como un gran trueno azul, iluminó toda la habitación, lanzando a todos los niños por los aires, hacia distintos lugares del cuarto.

La luz azul provenía de Eloy.

Cuando volvió la calma, ninguno de los niños se movía; parecían estar dormidos.

No respondían.

No se movían.

Estaban inconscientes.

Helen fue la primera en entrar a la habitación, y se dirigió hacia Eloy instintivamente. Así mismo, cada uno de los adultos corrió hasta su hijo: Durango fue hacia Aletia, Delmy fue donde Jerriel, Wilus donde Laina, y Lise hacia donde estaba Mikael. Cada uno de ellos repetía el nombre de su hijo, en un intento desesperado por lograr que reaccionara. Pasaron algunos segundos, que se les hicieron eternos, y los adultos se dieron cuenta de que los niños sí estaban respirando. Pero seguían inconscientes.

"Por favor, alguien llame a la ambulancia!" dijo Delmy, angustiada.

"¡Claro, eso es exactamente lo que tenemos que hacer!" replicó Lise, sarcásticamente. "Y luego tú te encargas de explicarle a la policía qué hacen un montón de paramédicos muertos en mi departamento... No pienso dejar testigos. Los niños estarán bien," el tono de Lise no daba pie a discusión.

Deus se acercó a Helen. Levantó su mano derecha sobre la cabeza de Helen, y los ojos de ella se tornaron blancos. Deus le susurró: "Ya es la hora." Helen parpadeó varias veces y sus ojos regresaron a la normalidad. Luego, ella miró a Durango y le dijo: "Es ahora."

El rostro de Durango se ensombreció: "Ha comenzado."

Todos los demás notaron este peculiar intercambio de palabras entre Helen y Durango. No entendían qué pasaba, sólo Durango y Helen sabían que Deus estaba con ellos, y que ese era el día en que se tenían que despedir de sus hijos.

“Arrimemos la cama a la esquina de la habitación y acostemos ahí a los niños,” sugirió Helen. Durango levantó la cama sin mucho esfuerzo y la arrimó a la esquina. Todos ayudaron a acomodar ahí a los niños, que seguían inconscientes. Helen se paseaba por el cuarto muy pensativa.

Delmy estaba viendo la forma de ayudar a los niños. “Helen, ¿podrías por favor ir a la cocina y traer agua para los chicos?” le pidió.

Helen ya sabía lo que le iba a pasar, así que ignoró a Delmy esperando a que Eloy reaccionara, para poder despedirse de él. Todos empezaron a discutir acerca de quién podía ser el responsable de los rayos azules. Unos opinaban que era Floyd, otros decían que el Ser Oscuro... pero solamente Helen sabía la verdad completa, y dio por terminada la discusión diciendo: “Y aun así, todos pueden estar equivocados.”

En eso, Eloy abrió los ojos. Helen corrió hacia la cama, y se arrodilló frente a él, para abrazarlo; lo sintió frágil e indefenso entre sus brazos. “Mi hijito, ya ha llegado el momento; todo está destinado a ser; ahora lo veo todo con claridad,” dijo Helen, acariciando su cabeza con ternura.

“Mami, no entiendo... ¿qué pasó?” preguntó Eloy, asustado.

“Sólo quiero que sepas que muchas veces es necesario hacer ciertas cosas por el bien de los demás... aunque esto signifique sacrificarse...” Helen se esforzaba por mantener la compostura; el hecho de tener claro lo que debía hacer no significaba que le costara menos.

“No entiendo lo que dices, mami,” dijo Eloy, con los ojos llenos de lágrimas. En realidad entendía más de lo que hubiera querido; pero no quería aceptar lo que su madre decía.

“Lo vas a entender; el verdadero amor es el que uno da, sin esperar nada a cambio.”

Eloy abrazó a su madre, sollozando en silencio.

“Te amo,” dijo Helen.

"Por favor Helen, anda a traer el agua," repitió Delmy, con un dejo de impaciencia en su voz. Ella no sabía que ese era el último abrazo que Helen le daría a su hijo. Helen se desprendió de los brazos de Eloy, y mientras abría la puerta, los miró a todos, uno por uno, y sonrió. Había en su sonrisa algo de amargura, pero mucha paz. Salió del cuarto y cerró la puerta tras ella. Deus iba a su lado.

Helen empezó a descender por la escalera con lágrimas en su rostro. Vio pasar toda su vida ante sus ojos en el corto trayecto hasta el piso de abajo. Pero al bajar el último escalón, Helen sintió un resplandor alrededor de su cuerpo, y vio al Ser Oscuro que la llamaba. Sintió que su cuerpo empezaba a avanzar hacia él, mientras ella se quedaba atrás, mirándolo.

"No entiendo... ¿qué esta pasando?" preguntó Helen.

"Es la hora de tu muerte."

Helen se volteó y miró a Deus.

"¿Ya estoy muerta?"

"No, aún no, pero lo vas a estar pronto."

"¿Y el dolor? ¿La agonía?" preguntó Helen angustiada.

"Olvídate de eso. Fuiste una buena persona, no vas a sufrir. Sufrirán los que merecen sufrir; y aquellos que llorarán tu partida."

"¿Y cómo avanza mi cuerpo?"

"Es como un piloto automático; tu muerte ya estaba programada."

"Esto sí no me lo veía venir."

Deus sonrió. "Nuestras almas son eternas," explicó. "Bueno, en la mayoría de los casos; tú seguirás viviendo aún después de morir."

Mientras tanto, en la habitación, Wilus decidió asomar la cabeza afuera de la habitación, para ver lo que estaba pasando. Al mirar hacia abajo, se dio cuenta de que Helen no estaba sola. La vio en el centro de la sala arrodillada, mirando hacia el balcón, y atrás de ella, de pie, estaba el Ser Oscuro; su mano derecha estaba posada sobre la cabeza de Helen.

Wilus sacó la pluma de su bolsillo, y con la mano temblorosa escribió en la pared, para que todos pudieran leer: "EL SER OSCURO ESTA AQUÍ."

Lise miró a Delmy "No te separes de los niños; quédate aquí, y cuando salgamos, cierra la puerta," le dijo con firmeza.

Wilus, Durango y Lise salieron de la habitación lentamente; el Ser Oscuro no parecía haberse percatado de su presencia; no se movía.

Delmy cerró la puerta, y al dirigirse a la cama para quedarse cerca de los niños, cayó desmayada en medio del cuarto. Estaba desdoblándose de nuevo. Escuchó a la voz, que ya le era familiar, que le advertía: "Delmy, hay un monstruo que quiere matar a todos; tienes que sacarlos del departamento... Huir de aquí."

"Pero no me puedo mover," respondió ella, en su mente.

"Todavía no es el momento, Delmy."

"¿Y cómo voy a saber cuándo sí es el momento?" preguntó desesperada.

"Apenas recobres el movimiento; esa será mi señal. Salva a los pequeños."

Jerriel, que en ese momento recobró la consciencia, vio a su madre en el suelo, y tambaleante, corrió hacia ella. "¿Mami? ¡Maaamiiii!" gritó Jerriel. Al ver que ella no respondía, buscó a Eloy para que lo ayudara. Eloy, aún débil, se levantó de la cama y juntos intentaron comunicarse con Delmy, sin lograrlo. Ella estaba en trance, con la boca y los ojos abiertos, sin moverse.

Los dos niños decidieron abrir la puerta del cuarto, y al hacerlo y mirar hacia la sala, se quedaron paralizados; no entendían lo que veían.

Helen seguía fuera de su cuerpo con Deus, viendo todo.

"Se aproxima tu muerte física," le dijo Deus.

La cabeza del Ser Oscuro comenzó a moverse de lado a lado, en breves pero violentos espasmos, y levantó su mano derecha, que estaba sobre la cabeza de Helen. Lentamente, Helen comenzó a elevarse, hasta levitar en el centro de la sala.

Mientras veía como levitaba su cuerpo, instintivamente Helen se elevó junto a él, y puso su mano dentro de su cabeza física. El alma de Helen cerró los ojos, y el cuerpo de Helen los abrió. Con el rostro congestionado, miró a Jerriel y Eloy, y les dedicó una última sonrisa:

"Los amo," dijo. Inmediatamente retiró su mano, y un gesto de dolor atravesó su cara; empezaron a salir de ella finos rayos de luz, y de repente, como una bomba insonora, su cuerpo voló en mil pedazos. Helen miró a Deus. "Mi muerte fue un poco traumática," dijo.

"Pasó lo que tenía que pasar."

"Ojalá la muerte en general sea así."

"Lo es."

En eso empezó a brillar una intensa luz sobre Helen, desde el cielo.

Deus la miró y le dijo: "No tengas miedo Helen, ellos estarán bien." Helen sonrió y dijo: "Lo sé," mientras se desvanecía.

"Adiós, Helen."

Lise, al salir del cuarto y ver lo sucedido, se abalanzó furiosa sobre el Ser Oscuro, y atravesando la pared, se lanzó con él a la calle.

Todos los demás bajaron con Delmy al lobby del edificio: Durango cargaba a su hija Aletia, Delmy llevaba en brazos a Mikael, Wilus a Laina, y Jerriel ayudaba a caminar a Eloy.

"Sigan caminando, no se detengan," dijo Delmy.

Pero Jerriel y Eloy empezaron a quedarse rezagados. Jerriel pudo ver parte de la batalla entre Lise y el Ser Oscuro, y se dio cuenta de que había un humo negro que se turnaba entrando en el uno y en el otro; también notó que Lise siempre atacaba, pero el Ser Oscuro sólo lo hacía cuando estaba poseído por la mancha negra, y aún así, luchaba por controlarse. Eloy miraba con odio al asesino de su madre, y veía como Lise estaba tratando de vengar su muerte.

Pero el Ser Oscuro sólo seguía defendiéndose de los impactos de Lise.

Después de una larga batalla, el Ser Oscuro señaló a Lise con su mano izquierda, de la que empezaron a salir primero chispas, y luego una pequeña llama, que fue creciendo hasta formar un huracán de fuego. En ese momento, el humo negro abandonó a Lise, y se materializó como un monstruo negro, con una enorme espada.

Lise quedó tendida en el suelo, herida y agotada.

Jerriel corrió hacia Lise, y la abrazó. Eloy se quedó petrificado viendo al hombre de negro.

La mancha personificada, se dirigió a atacar al Ser Oscuro.

Él le dijo: "Esta vez no." Y con su mano izquierda, le lanzó una llamarada fulminante que lo elevó, mientras lo quemaba, hasta una altura de siete pisos. El monstruo, en medio de horripilantes chillidos, volvió a transformarse en lo que era: una mancha negra. Se fusionó con su espada negra, y empezó a caer hacia la calle.

Mientras caía, se hizo un silencio absoluto.

Todos veían caer la espada.

Por un segundo, todos los que habían sido poseídos por el monstruo, y habían empuñado la espada negra, sintieron una extraña atracción hacia ella. Durango, Lise, Wilus... hasta el pequeño Jerriel, todos sintieron el deseo de tener ese poder.

Pero no el Ser Oscuro; él sabía que era más poderoso que la misma espada.

Cuando la espada finalmente tocó el pavimento, hubo una fuerte explosión que terminó de destruir lo que quedaba de la calle, después del titánico enfrentamiento entre Lise y el Ser Oscuro; todas las ventanas de los edificios cercanos estallaron en pedazos.

Una luz potentísima obligó a todos, menos a Deus, a cerrar los ojos por unos segundos. Cuando volvieron a abrirlos, la espada había desaparecido; pero en realidad había sido robada, y sólo Deus pudo ver quién había sido.

Momentos después, Lise tuvo un nuevo enfrentamiento, esta vez con la gente de Ward, que terminó cuando éste utilizó un arma celestial para derrotarla.

Mientras esto sucedía, Delmy, Durango, Wilus y los cinco pequeños: Eloy, Jerriel, Laina, Aletia y Mikael, huyeron a refugiarse en una iglesia cercana. Deus los siguió.

Todos se acomodaron en las bancas menos Mikael, quien caminó por el pasillo central hasta el altar. Miró hacia arriba, y dijo con voz temblorosa: "Salva a mi madre."

Deus miró hacia arriba y vio aparecer un orbe de luz en lo alto de la iglesia, que descendía hacia el altar. La esfera comenzó a tomar la forma de una silueta humana luminosa, con alas de luz.

Era Raguel.

Todos los presentes se quedaron impresionados. La gente empezó a alborotarse; unos se arrodillaron, persignándose, y otros salieron corriendo.

"¿Qué haces Raguel?" preguntó Deus.

Raguel no respondía.

Mikael levantó la mirada y vio a este ser luminoso, volando entre el techo y el altar de la iglesia. Raguel alzó los brazos, y la iglesia comenzó a temblar. Pedazos del techo comenzaron a caer sobre el altar y las bancas. Wilus, asustado, mojó sus dedos en la pila de agua bendita y se persignó.

Raguel se acercó a Mikael. Del centro de su pecho, salió una caja de luz en forma de cubo, que descendió hasta las manos del niño.

"¿Con esto salvaré a mi madre?" preguntó Mikael, al recibir la caja.

Una voz fuerte retumbó en toda la iglesia:

"¡Sagar!" exclamó Raguel, y desapareció.

Los pocos feligreses que seguían ahí, al ver que el edificio se desmoronaba, salieron corriendo. Delmy y los niños también evacuaron el lugar.

Raguel volvió a aparecer junto a Deus, pero esta vez invisible a los ojos humanos.

Deus lo miró sonriendo y le preguntó: "¿Sagar?"

"Veo que tú querías que te mantenga informado de todo, pero tú no me cuentas lo que tramas," dijo Deus mientras sonreía.

Raguel no decía nada.

Deus seguía sonriendo. "¿Esto es obra tuya?" preguntó, al ver como se iba desbaratando la iglesia.

"No; pero está pasando en bastante iglesias."

"Eso solo podría significar que es el comienzo del final."

"Me esforcé por mantener esta iglesia en pie el mayor tiempo posible, pero creo que no va a resistir mucho más."

En eso, el edificio dejó de temblar, y los escombros pararon de caer del techo. Raguel y Deus se sorprendieron. Ricker, Durango y Wilus, quienes eran los últimos que quedaban dentro de la iglesia, se sintieron aliviados. Pero el alivio sólo les duró un par de segundos, pues casi enseguida, toda la iglesia, empezando por el techo, empezó a derretirse; el altar, las bancas, los cuadros, las imágenes, hasta la pila bautismal, parecían hechas de lava.

Esto forzó a Ricker a agarrar a Wilus y sacarlo de ahí lo más rápido posible. Una vez afuera, vieron como todo el edificio terminaba de derretirse, con Durango todavía en el interior.

Deus miró a Raguel y le dijo: “Esto fue causado por una entidad.”

“Lo sé; ya todo depende de Sagar.”

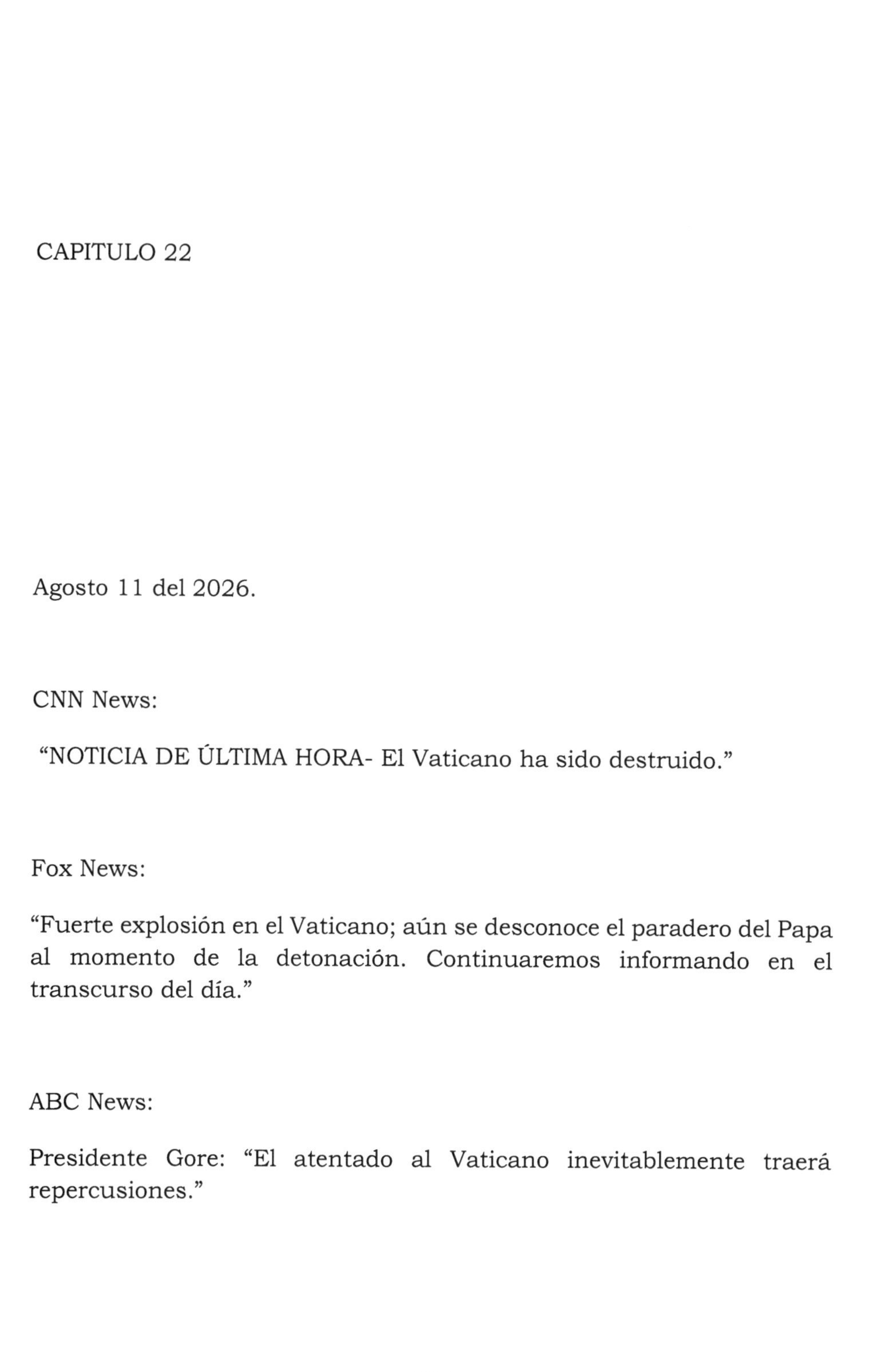

CAPITULO 22

Agosto 11 del 2026.

CNN News:

"NOTICIA DE ÚLTIMA HORA- El Vaticano ha sido destruido."

Fox News:

"Fuerte explosión en el Vaticano; aún se desconoce el paradero del Papa al momento de la detonación. Continuaremos informando en el transcurso del día."

ABC News:

Presidente Gore: "El atentado al Vaticano inevitablemente traerá repercusiones."

CNN News:

“La guerra que comenzó hace quince años, con la desaparición de iglesias y templos en todo el mundo, se siente hoy más que nunca en occidente,”

“Los gobiernos, los líderes religiosos y los feligreses siguen buscando a quién culpar, pero nadie admite ser el causante de lo que está pasando…

Los incidentes han sido catalogados como actos terroristas de alguna célula desconocida.”

CBS:

“¡Noticia de última hora! Confirmado, el Papa sí se encontraba en el Vaticano al momento de la explosión. Los detalles en www.cbs.com”

FOX News:

“Deus dice desde Francia: “La destrucción de una iglesia no es el fin de una religión. Estos son actos de gente que no concibe la tolerancia hacia otras religiones.”

CNN News:

“El ejército que resguardaba al Vaticano desde el inicio de la invasión de los musulmanes a Europa ha sido burlado. En CNN.com les mostramos, directo desde el Vaticano, los resultados de la explosión.”

Telemundo:

“Explosión en el Vaticano: Las desoladoras imágenes de los escombros de lo que un día fue sede de la religión católica. www.telemundo.com”

ABC News:

“El Presidente Gore declara: “Hemos decidido exterminar todas las células terroristas.” ¿Es prudente esta decisión, sabiendo que si los EEUU se involucran, los gobiernos atacados defenderán su nación?

BBC News:

“Declaraciones del Primer Ministro de Inglaterra: “La guerra debe ser parada a toda costa. Más en www.bbc.co.uk”

CBS:

“No sabemos si el gran ejército musulmán unificado fue responsable del atentado, o si fue un caso de terrorismo. Esta guerra debe acabar...

“Todos podemos coexistir. Pido en nombre de la paz cesar los actos violentos que nos trajeron hasta aquí.” Deus, líder espiritual.

FOX News:

“Líder espiritual Deus ha instado a miles de seguidores a pedir por la paz. Para muchos, el líder espiritual representa la unión entre los pueblos.”

CNN News:

“Última hora: El Presidente Gore autoriza ataque aéreo contra células terroristas. “Debemos poner fin a esta guerra que comenzó hace quince años, y ha cobrado miles de vidas”

FOX News:

"Los lugares de ataque estarán protegidos por las fuerzas armadas de los respectivos países, y éstos podrían tomar acciones contra EEUU en retaliación. ¿Inicia la Tercera Guerra Mundial?"

"Laina, ¿puedo pasar? Quiero conversar contigo," dijo Aletia desde la puerta de la habitación de su amiga.

Laina estaba sentada en su cama, mirando su teléfono. "Claro, pasa... tú y tu incesante búsqueda de la verdad," replicó con una sonrisa, y le indicó que se sentara a su lado. "Dime, ¿qué quieres saber?"

Aletia entró y se sentó junto a Laina. "Sé que tú estás tranquila," dijo muy seria, "pero este es un día preocupante para la humanidad."

"Lo sé, lo sé... todos están pegados a sus celulares viendo lo que pasa en el mundo; yo siento mucha pena por los que están viviendo esta guerra. No puedo creer que hayan destruido el Vaticano."

"Mientras nosotros actuamos como si no pasara nada," dijo Aletia.

"¿Lo dices por Eloy?"

"Laina, desde que ustedes están juntos, Eloy ha perdido el interés de todo. Sabemos que con sus poderes, él pudiera detener la guerra, la destrucción de las iglesias... hasta pudo haber salvado el Vaticano, al Papa... pero no hace nada."

"Sabes que eso no depende de mi. Ni de él. Lise no lo permite," replicó Laina.

"Pero sí depende de él," insistió Aletia. "Todos tenemos libre albedrío. De hecho, Lise ejecuta a gente por su libre albedrío."

"Para poder seguir ocultos."

"Quizás ya es hora de no estar ocultos."

"Quizás... pero no depende de nosotros, depende de Eloy," dijo Laina.

"Sí, pero tú sí puedes hacer algo: puedes motivarlo a ver la verdad."

"¿Motivarlo o manipularlo, como tú haces con Jerriel?" acusó Laina. "La última vez que lo *motivaste* a hacer algo casi le cuesta la vida."

"Jamás hubiera querido que le pase algo malo, y lo sabes," dijo Aletia.

"Lo se, lo se..."

Las dos se quedaron calladas. Durante unos momentos, cada una se dedicó a revisar las últimas noticias en su teléfono.

De repente, Laina suspiró y bajó su teléfono. "Siempre hubo una conexión especial entre nosotros cuatro, ¿no lo crees?"

"Así es; me pregunto si hubiera sido igual con la tercera Laina y el hermano de Jerriel... el que se parece a Eloy."

"Con la tercera Laina asumo que te refieres a Eve."

"¿La conoces?"

"Sí, la detesto."

Las dos se miraron, y se echaron a reír.

"Dime algo, Aletia... Ahora que Eloy y yo estamos juntos, ¿por qué no te decides a salir con Jerriel?"

"Sabes que siempre he querido estar con ella, Eloy; pero casi no hemos tenido oportunidades," Jerriel estaba muy elegante, con una fina camisa blanca, un pantalón de pinzas, un saco sport y sus zapatos Bally más elegantes. En la muñeca llevaba un reloj Panerai de oro blanco con luna azul marino.

"Yo sé, hermano; sólo digo que sería increíble que tú y Aletia se decidieran a tener una relación. Podríamos salir juntos los cuatro," dijo Eloy, quien vestía una sencilla camiseta blanca y unos jeans azul claro. Llevaba sus zapatos deportivos azules.

"Es raro."

"¿Qué es raro?"

"La conexión que tenemos todos. Me pregunto si es una coincidencia, o es algo que tenía que pasar."

"¿Qué quieres decir, Jerriel?"

"Mira: supuestamente éramos tres los elegidos, y había tres Lainas... Bueno, el destino llevó a que sólo seamos dos y tres . Por un momento pensé que tú ibas a terminar junto a Aletia," explicó Jerriel.

"Por un momento yo pensé lo mismo; pero el destino decidió que Laina fuera quien estaría a mi lado el resto de mi vida," dijo Eloy

"¿El destino eligió? ¿O tú elegiste?"

"Tú sabes a lo que me refiero."

"Yo quisiera intentar salir con Aletia, pero ella tiene su cabeza dedicada únicamente a buscar la verdad. Además de que por alguna razón ellas sólo tienen ojos para ti."

"¿Qué hay de Eve?

"Bueno ella también tiene ojos para ti."

Eloy y Jerriel se rieron juntos.

"Debe ser por los poderes," dijo Eloy. Y los dos volvieron a reírse.

"Oye, y hablando de los tres elegidos, ¿qué has sabido del tercer elegido?" preguntó Eloy.

"¿Te refieres a mi supuesto hermano?"

"¿Supuesto?"

"Así es; Lise cree que es una versión tuya, o algo así."

"Una versión mía... muerta."

"*Técnicamente* muerta."

"¿Cómo técnicamente?"

"No tiene signos vitales, su cuerpo es impenetrable, pero tiene una gran cicatriz en su brazo derecho."

"¿Crees que podría ser una versión mía futura?"

"No creo; Orin dice que no se puede viajar al futuro. Además, él tiene los ojos verdes y no azules."

En eso, Jerriel se quitó la chaqueta, y remangó su camisa mostrando su brazo derecho. "Esto es lo más raro... Yo tengo esa misma cicatriz."

Eloy se quedó mirándola como hipnotizado. "¿Cómo te pasó esto?"

"Fue el día del último rayo; me lastimé, pero lo mantuve en secreto."

"¿Por qué?"

"Porque todos tenemos nuestros secretos," respondió Jerriel sonriendo.

En ese momento, Eloy puso sus manos sobre la cicatriz, y de ellas empezó a salir energía curativa blanca. Se quedó así varios minutos, pero la cicatriz no se borró. "¿Lise sabe esto?" preguntó.

"Sí," replicó Jerriel.

"Veo que últimamente están más comunicados, Lise y tú."

"Creo que ella se siente más segura de que tu protector esté con nosotros. Además, tu fuerza es ilimitada... es raro que últimamente no hayan tenido entrenamientos de combate, con sus nuevos poderes."

"¿Qué es de Orin?" preguntó Eloy.

"Orin últimamente está atrás de Deus, vigilándolo constantemente; dice que él es un celestial escondido, y quiere saber por qué."

"Eso es fácil responder. A Deus sólo le interesa el bien de la humanidad; a diferencia de Lise," dijo Eloy. "Peor ahora que ella ha ganado demasiada seguridad con esos poderes. Me preocupa que pueda estar perdiendo su lado humano."

"Es irónico," dijo Jerriel

"¿Qué?"

"Mi padre mantuvo el lado humano de Lise mientras estuvieron juntos... pero ahora que no, ella está mucho más agresiva."

"¿Tú crees que Delmy y Wilus vuelvan a estar juntos algún día?" preguntó Eloy.

"No lo sé. Los dos están solos... pero igual se tienen el uno al otro."

"¿Qué haces aquí Wilus?" preguntó Delmy con cara de fastidio, mientras le abría la puerta de su casa.

Wilus le mostró su tableta, donde ya tenía escrito: "Quería ver cómo estabas."

"¿De cuando acá te interesa cómo estoy?"

"Desde que te golpeaste la cabeza, has estado actuando rara."

"¿A qué te refieres, Wilus?"

"Sé que has estado conversando con el reflejo de tu espejo; por eso vine a ver si estabas bien."

“No he estado conversando con nadie,” dijo Delmy.

“¿Qué hay de Josune? ¿De tus comunicaciones con él?”

“Las conversaciones pararon desde ese día en que cayó Eloy del cielo.”

“¿Eloy?”

“Si; Eloy.”

De repente, Delmy se dirigió al espejo de su sala, y mientras se veía en él, dijo: “Yo sólo quiero saber cuándo va a pasar.”

Wilus, al ver que Delmy se había quedado como hipnotizada, se acercó y la abrazó por atrás. Ella cerró sus ojos por unos segundos, dejándose abrazar, y se dio cuenta de que, a pesar de vivir rodeada de su familia, nunca antes se había sentido tan sola. Pero sólo duro unos segundos.

Enseguida, Delmy lo empujó y le dijo: “Tú no tienes nada que hacer aquí... ¿Crees que no sé que te han dejado por otro? Dime, miserable, ¿qué se siente? Yo no pienso ser tu plato de segunda mesa. Tuviste tu oportunidad, y la dejaste pasar.”

Wilus fue hacia la cocina, sacó una cerveza del refrigerador, la destapó con los dientes, y fue a sentarse en el sillón, mientras miraba a Delmy. Ella lo miró y sonrió. “Sé que eres una buena persona... sólo que no conmigo. Además, yo ya no te necesito; ya estoy acompañada,” dijo, y se volvió otra vez hacia el espejo.

Wilus terminó su cerveza.

Delmy, de espaldas a él, pero mirándolo a través del espejo, le dijo: “¿Qué esperas para ir a rogarle a Lise que vuelva contigo? Quizás ella lo haga.” Al oír esto, Wilus se levantó encolerizado. Lanzó la botella vacía contra el espejo, y éste se cuarteó. Lo que vio después lo dejó con la boca abierta.

\-------------

En el otro extremo de la ciudad, Ward se encontraba en la cocina de su departamento, en sus pantalones de pijama. Ya había encendido la cafetera, y estaba deslizando cuatro huevos fritos del sartén de cerámica William Sonoma a su plato, cuando escuchó la voz de Lise proveniente de la habitación principal: "Ward, ¿podrías venir un momento, por favor?"

"En camino, preciosa," respondió. Cuando estaba por salir de la cocina, se detuvo. Se dio la vuelta, sacó del refrigerador una Stella Artois helada, y se dirigió al cuarto con el plato con los cuatro huevos en una mano, y la cerveza en la otra.

Lise lo esperaba acostada en la cama en un baby doll rojo, con interiores rojos con negro. El televisor de la habitación estaba prendido en algún canal de noticias, en silencio. "¿Estás desayunando sin mi?" preguntó ella.

"Preciosa, el desayuno es para ti..."

"¿Y la cerveza?"

Sin dejar de mirarla, Ward destapó la cerveza, y se la bebió entera. "Preciosa, para ti tengo el café que te había prometido..." Y se acercó a besarla. En ese momento, vio las imágenes en el televisor, y activó el sonido. Cambió de canal un par de veces, y vio que en todos los programas de noticias, la guerra era el tema principal.

"¿Cómo? ¿Ya no tienen a quién culpar?" preguntó Lise.

"No; la guerra es inevitable, y demasiado grande para cubrir con una mentira."

"Pero los días de oscuridad también fueron muy notorios..."

"Eso lo cubrimos con ciencia a través de los medios de comunicación; pero aquí han destruido el Vaticano, y han convertido a Europa en un campo de batalla. Nada de lo que digamos cambiará lo que piensa la gente. La guerra es necesaria para controlar a la gente, los gobiernos se alimentan del miedo: mientras ellos sientan que necesitan ser protegidos por su gobierno, éstos seguirán teniendo el control."

Lise se puso de pie frente al televisor. "Que pase lo que tenga que pasar," dijo, y salió del cuarto.

Ward la siguió. "Entonces, ¿qué prefieres, preciosa? ¿Un café o una cerveza?"

Lise se detuvo frente al espejo de la sala, y vio a Ward acercándose a sus espaldas. Él la abrazó y le besó con ternura el cuello.

Y en eso, el espejo se cuarteó. Lise no entendió lo que había pasado, y Ward sí. Sin embargo, Ward no sabía lo que estaba por venir.

TOC TOC TOC

Llamaron a la puerta, y Lise fue a buscar una bata ligera para ponerse sobre la pijama. Ward se dirigió a la puerta principal, y al abrirla, se llevó una sorpresa.

"Ward. Tenemos que hablar. Necesitamos parar esta guerra."

"Venus… ¿qué haces aquí?"

Lise llegó inmediatamente y los interrumpió.

"¿Y quién *demonios* es ésta?"

Ward vio a las dos, sonriendo. Miró a Lise y le dijo:

"Ella es Venus, preciosa… mi ex."

CAPITULO 23

Agosto 11 del 2026.

"Así que ella es tu ex... el celestial caído."

"Lise, no he venido a socializar, ni a quitarte nada de lo que te pertenece; sólo vine a hablar con Ward," dijo Venus mirando a Lise.

A Lise no le gustaron para nada las palabras de Venus. Ni su tono. Ni su esbelta figura, ni su largo pelo negro, ni sus ojazos verdes. Se cruzó de brazos y continuó mirándola fijamente.

Venus la ignoró, miró a Ward, y repitió: "Necesitamos parar esta guerra. YA."

En lugar de responder, Ward le preguntó: "¿Cómo están los pequeños?"

"Creciendo," respondió Venus.

Ward sonrió.

Lise interrumpió: "¿Los pequeños?"

Ward se dio media vuelta, entró a la cocina y sacó otra cerveza del refrigerador. Después de abrirla y darle un sorbo, volvió a dirigirse a Venus: "No entiendo para qué me necesitan. El Presidente Gore está programando un ataque masivo. Eso debería bastar para acabar con la guerra de una vez por todas."

"No sabes lo que dices. Eso sólo sería el comienzo de algo mucho peor... Necesitamos que te contactes con él," dijo Venus.

"¿Necesitamos? ¿A quién más te refieres?" preguntó Lise.

Venus la ignoró, y siguió mirando fijamente a Ward.

"Lo que no entiendo es para qué me necesitas a mi," dijo Ward. "Tú muy bien puedes contactarlo directamente."

"Necesito que vengas conmigo, sólo los dos juntos lo podemos hacer. Ahora ya lo sé todo. Sólo puedo ser leal a uno." Venus extendió su mano, y le enseñó a Ward un cubo blanco. "Tómala. Es tuya."

"¿De dónde sacaste eso? ¿Cómo la obtuviste?"

"¿Qué es eso?" preguntó Lise.

"Esto, Lise, es otra arma celestial," respondió Ward.

Lise se quedó paralizada. Inmediatamente pensó que esa arma podía constituir una amenaza para ella.

"¿Por qué no la usas, Venus? ¿Por qué me la entregas a mi?"

"Como dije, yo sólo sigo ordenes. Además, no la necesito."

"¿Por qué no la necesitas?" quiso saber Lise

Venus siguió ignorándola sistemáticamente.

En ese momento, Ward tomó un portafolio que estaba junto a la puerta de entrada. "Por favor, depositala aquí," le dijo a Venus. Ella obedeció.

En eso, se escuchó el timbre del teléfono de Ward desde el dormitorio principal. Él dejó su portafolio en la sala, y fue a contestar la llamada.

"¿Por qué no respondes a mis preguntas?" increpó Lise, aprovechando que Ward no estaba ahí.

"¿Por qué debería de hacerlo?" dijo Venus, sin mirarla.

Ward volvió al instante y las interrumpió. "El Presidente Gore ha ordenado el ataque en este momento," dijo, mientras apuntaba al aparador de la sala con su celular. Éste se abrió, revelando una enorme y delgadísima pantalla, que se encendió al instante. "Estamos viendo Historia."

"...El Presidente Gore ha autorizado un ataque masivo a las células terroristas responsables de la destrucción del Vaticano," comunicó desde la pantalla una periodista con traje azul real. "Los gobiernos de China y Rusia han reaccionado diciendo que ellos intervendrán en un contraataque, en defensa de la gente inocente..."

Lise, Ward y Venus miraban paralizados. La posibilidad de una tercera guerra mundial era cada vez más inminente.

"Necesitamos parar esto, Ward."

Ward miró nuevamente a Venus con desconcierto.

"No puedo seguir hablando mientras ella este aquí," dijo Venus, claramente irritada.

"¿Yo?" preguntó Lise.

"Lo siento; no es nada personal," dijo Venus, mientras abría un portal negro detrás de Lise, sin que ella lo notara. Usando su energía, empujó a Lise a través del portal y, acto seguido, lo cerró.

"¿Por qué hiciste eso? A ella no le va a gustar nada..."

"Es Deus; él quiere parar esta guerra," dijo Venus.

"¿Y por qué no va directamente donde el Presidente Gore?"

"Tú sabes que él busca sus propios métodos."

A 20.000 metros sobre del océano Atlántico, se abrió un portal negro horizontal redondo. De este agujero salió un cuerpo, que empezó a caer hacia el mar.

Mientras caía, Lise miró el portal, y pensó que era exactamente igual al agujero negro de donde había salido "Eloy" muerto. Se detuvo en el aire, furiosa con Venus, y en eso, cientos de aviones pasaron a su lado. Uno de los aviones la golpeó, y fue destruido con el impacto. Lise cayó al agua, inconsciente, hundiéndose en el mar. Pocos segundos después, la superficie del océano empezó a burbujear, y a volverse de un extraño color púrpura. Al momento, Lise surgió del mar. Su piel había tomado un color rojo que se fue intensificando, hasta llegar al rojo vivo. Lise abrió los ojos, y en ese momento se envolvió en llamas. A su alrededor, comenzó a girar su cubo rojo, que llegó a su mano en forma de hacha. La paciencia de Lise había llegado a su límite.

"No entiendo. Explícame por qué Deus no evita la guerra."

"Él no debe."

"¿Cómo no debe?"

"Dice que no depende de él," dijo Venus.

"Mira, linda, antes que nada quiero decirte dos cosas... El presidente Gore, no está atacando para erradicar las células terroristas. Se está aprovechando del problema del Vaticano para tener una excusa y atacar Paris..."

"Pero ¿por qué quisiera hacer eso?"

"Linda, así lo han hecho toda la vida… a veces es mejor no preguntar y seguir con la programación."

Ward fue un momento a su vestidor y volvió con una camiseta. Mientras se la ponía, miró a Venus y le dijo: "Quizás el presidente Gore se le esta saliendo de las manos a Deus." Sonrió y se puso sus gafas.

"No. Él siempre está claro con lo que quiere hacer. Desde el día en que Deus lo conoció, él cree en el presidente Gore… así como cree en ti."

"Lo se, linda. Y bueno, dime… ¿qué debo hacer con esta arma celestial?"

"Él me dijo que tú sabrías lo que tienes que hacer; que después de todo es tu libre albedrío… por cierto, me dijiste que eran dos cosas que me querías decir, ¿cuál era la segunda?"

En eso una explosión destruyó parte de la pared. Lise entró enfurecida y prendida en fuego, con su hacha en la mano.

"Lo segundo era que no debiste hacerle eso a Lise… su sentido del humor es, digamos, escaso."

Venus la miró, y mientras se elevaba, sonriendo, abrió un portal a sus espaldas, y retrocedió hasta desaparecer en él. El portal se cerró de inmediato. Acto seguido, Venus resurgió por otro portal atrás de Lise, la agarró por la espalda, y la envió a través del portal nuevamente.

Venus miró a Ward, sonriendo: "Es cerebro versus fuerza… Además ¿qué cree ella, que podrá vencerme?"

"No debiste hacer eso…" respondió Ward. "¿A dónde la has enviado?"

Lise volvió a aparecer frente a otro de los cientos de jets que cruzaban el atlántico. Pero esta vez estaba preparada, y empuñando su hacha destruyó un segundo avión antes de que éste la impactara, y se dispuso a volver a buscar a Venus. Esto ya se había vuelto personal.

"No creo que debas estar aquí a su regreso," le dijo Ward a Venus. Se dirigió al espejo, y mirándose en él, dijo: "Sácame de aquí." Pero nada sucedió.

"¿Quieres que yo te saque de aquí?" preguntó Venus.

"No, linda." dijo Ward mientras veía que uno de los lados del espejo estaba cuarteado.

Venus abrió un nuevo portal, miró a Ward y dijo: "Siempre hemos sido un equipo sin reglas; haz lo que tengas que hacer." Cuando estaba a punto de cruzar el portal, destruyendo a toda velocidad la pared, Lise agarró con violencia a Venus desde su espalda cruzando hacia el otro lado. Y el portal se cerró.

Todo quedó en completo silencio. Con calma, Ward tomó su portafolio, y fue a sentarse en el sofá. Colocó el portafolio sobre la mesa de la sala y lo abrió. Se quedó unos momentos observando el arma celestial blanca. "No sé si es cuestión de gustos," se dijo en voz alta, "pero esto no es lo mío." Y empezó a hacer la conexión con el arma celestial.

En ese momento, escuchó una voz que decía: "Ward, tenemos que hablar." Ward levantó su mirada.

Era Orin.

En el oasis creado por Deus dentro de un desierto protegido, se abrió un portal a 5,000 metros de altura. De éste salieron Venus y Lise envueltas en fuego, cayendo a gran velocidad. La intención de Lise era no soltar a Venus, para que no volviera a suceder lo que ya había pasado dos veces.

Lise sabía que Venus tenía un arma celestial que le daba la habilidad de abrir portales, la que protegía del fuego, y le permitía seguir peleando contra Lise.

Venus y Lise caían como un meteorito. Venus agarraba su pelo y trataba de quitar las manos de Lise envueltas en su cabello, al mismo tiempo Venus intentaba abrir otro portal para poder escapar, pero Lise conocía esa estrategia por sus peleas contra Orin, así que la agarró con más fuerza del pelo, y aceleró su caída para estrellarla contra el piso.

Finalmente después de un buen rato, cayeron al piso, abriendo en éste un cráter del tamaño de un estadio. Aún así, Lise no soltaba a Venus, y no paraba de golpear su cabeza contra el piso. Venus agarró a Lise del pelo, a su vez, y empezó a golpearla para defenderse.

Ambas eran seres muy fuertes, y a pesar de dar y recibir cabezazos, patadas y rodillazos, ninguna parecía debilitarse; ninguna cedía. Esta era probablemente la batalla más dura que cualquiera de los dos hubiera tenido.

Lise abrió su mano derecha, y a su alrededor empezó a girar el cubo rojo, hasta transformarse en el hacha. De los ojos de Venus, salió un rayo de energía negra, que obligó a Lise a soltar el arma. Una esfera negra apareció girando alrededor de Venus, y ésta comenzó a dispararle a Lise.

Venus soltó una de sus manos, y a lo largo de todo el enorme cráter comenzaron a abrirse decenas de portales negros por todos lados. Venus abrazó a Lise, y comenzó a viajar a través de los portales; entraba en uno, salía en otro, solo para entrar de inmediato a otro, y reaparecer por otro más, aumentando cada vez más la velocidad, logrando desorientar a Lise.

Para Venus, era sólo un viaje en línea recta. Pero la impresión de Lise era que estaban dando vueltas alrededor del cráter.

Una vez que Venus alcanzó una velocidad óptima, acomodó los portales estratégicamente atrás de pedazos gigantes de rocas, que habían quedado a lo largo de todo el cráter como consecuencia de su choque contra el suelo, y puso el cuerpo de Lise frente a ella, como escudo, de espaldas a las rocas. Venus formó un aura de energía negra a su alrededor, que le serviría de protección.

Y una por una, a gran velocidad, fue estrellando a Lise con cada roca. Lise prácticamente no sintió los primeros veinte impactos, pero poco a poco, éstos comenzaron a afectarle. Sabía que la única opción para que los golpes se detuvieran era soltarse de Venus, pero eso implicaría dejarla escapar. Y eso no era una opción, no sólo por un tema de venganza personal, sino también porque Lise quería saber quién era ella, y cuál había sido su razón para convertirse en un caído.

Lise cerró los ojos e intentó invocar al cubo, pero éste no lograba llegar hasta ella, porque se encontraba constantemente cambiando de ubicación, pasando a través de distintos portales. Así que Lise decidió ubicar al cubo estratégicamente en un punto fijo; si el cubo no llegaba a ella, ella llegaría al cubo.

Unos momentos después, ella pasó junto al cubo, y éste se pegó a ella como un imán, e inmediatamente empezó a girar a su alrededor. Una vez que lo tomó en su mano, el cubo se transformó en hacha. Lise, ya bastante debilitada, intentó darle a Venus un hachazo en el estómago; pero ésta estaba protegida por el campo de energía negra. Haciendo acopio de todas sus fuerzas, Lise empezó a asestarle hachazos como un leñador a un árbol; y con cada hachazo, sentía que el campo negro alrededor de Venus se debilitaba.

Finalmente, Lise consiguió atravesar la protección de Venus, y le hundió el hacha en el estómago. Ella dio un grito, y ambas cayeron al piso, muy golpeadas. Lise no la soltaba.

Había sangre por todos lados, casi toda de Venus. Ella estaba gravemente herida, con la hoja del hacha clavada en su estómago. Lise, aún sin soltarla, le sacó el hacha de un tirón. La sangre empezó a brotar más rápidamente de su estómago. Venus estaba completamente pálida y con los ojos entrecerrados.

Lise sin soltarla, comienza a golpear su cara angelical, destrozándole la mandíbula... Venus estaba llena de sangre.

"Necesito saber la verdad de ese cuerpo muerto que lanzaste por tu portal... ¿Es Eloy? ¡Explícame!" gritaba Lise, como desquiciada. Venus abrió la boca para decir algo, pero en lugar de palabras, de ella sólo salió un chorro de sangre.

Venus estaba agonizando en brazos de Lise. Ésta se dio cuenta del crítico estado en que se encontraba Venus, y decidió usar sus poderes para curarla de su herida mortal; no podía dejarla morir sin saber la verdad. Clavó el hacha en el piso junto a la cabeza de Venus, y levantó su mano derecha, generando una esfera de energía blanca. Puso calmadamente su mano sobre el estómago de Venus, y emitió suficiente energía para evitar que falleciera, pero no la necesaria para curarla completamente.

Venus abrió lentamente los ojos. Respiraba con dificultad. Vio a Lise encima de ella, aún roja y con el rostro lleno de ira, pero sintió cómo su energía blanca estaba salvándola de la muerte.

Lise acercó su cara a la de Venus y le preguntó: "¿Por qué quieres parar la guerra? ¿Por qué buscaste a Ward, si con tus poderes te bastaría para hacerlo? ¿Qué tiene que ver Eloy en todo esto?"

Venus la miraba en silencio. Mientras se llevaba lentamente una mano hacia cara para limpiar los restos de sangre de alrededor de su boca, alzó los ojos al cielo y dijo en un susurro: "Deus, ayúdame."

"¿Deus?"

Inmediatamente, todo a su alrededor oscureció. Lise miraba a todos lados, sin lograr ver nada, y volvió a tomar su hacha preocupada de lo que podría pasar... pero no soltó el pelo de Venus. En un segundo, la oscuridad se disipó, y Lise se dio cuenta de que ya no estaban dentro del cráter. Se habían teletransportado. Miró a su alrededor, y se encontró en una amplia avenida desierta, rodeada de edificios. En un extremo, pudo ver el Arco del Triunfo. Sobre éste vio parado a un ser que la miraba. A pesar de la distancia, Lise reconoció su rostro.

Era Deus.

Y no estaba nada contento.

CAPITULO 24

Agosto 11 del 2026.

Las calles de Nueva York estaban vacías. Uno que otro vehículo circulaba por la ciudad, y las pocas personas que caminaban por las veredas, lo hacían a paso acelerado, para llegar rápido a sus destinos.

El país entero estaba viendo las recientes decisiones del Presidente Gore. La gente estaba asustada, y pendiente de las noticias, pegada a sus televisores, celulares y computadoras... Todos estaban concentrados en lo que pasaba en el mundo actualmente.

Entre tanto, Deus había estado haciendo todo lo posible para detener la guerra por medio de palabras. Orin, por su parte, tenía días siguiéndolo, tratando de comprender hasta dónde llegaban sus poderes, y por qué a pesar de tanta insistencia en buscar la paz, no tomaba acción alguna para detener la guerra. En esos momentos, Orin estaba instalado sobre un edificio en su forma espectral, imperceptible al ojo humano, esperando a que Deus saliera. Deus no tardó en hacerlo, y apenas salió, alzó la mirada. Orin notó una expresión seria en su rostro, y se preguntó si lo estaba mirando, o era una coincidencia. Pero al momento, Deus sonrió y se desvaneció. Y Orin perdió rastro de él.

"¿A dónde te fuiste?" Orin miró a su alrededor, en todas direcciones, pero Deus había desaparecido. Y Orin decidió desaparecer también.

Orin reapareció en el cuarto de Lise, donde se encontraban Aletia, Jerriel, Eloy y Laina.

Los cuatro estaban viendo en las noticias lo que estaba pasando en Europa. Aletia tenía los ojos enrojecidos, y sostenía la mano de Jerriel. Eloy tenía su brazo alrededor de Laina, quien se veía muy asustada.

Según las noticias que estaban viendo, Europa era un campo de batalla. Las células terroristas estaban concentradas en cuatro países: España, Francia, Italia y Alemania. En estos países, los gobiernos habían decretado un toque de queda, y toda la gente estaba resguardada en sus casas. En las calles, soldados ingleses disparaban a discreción a quien pensaban podía ser parte –o cómplice- de alguna célula terrorista. El Ejército Musulmán comenzaba su movilización hacia Francia. Los ejércitos ruso y chino también estaban presentes en ciertas calles Europa, defendiendo a los ciudadanos de los mismos soldados ingleses. Nadie tenía claro cómo o quién había originado la guerra, pero los gobiernos de los distintos países estaban peleando entre sí... y los terroristas religiosos pasaron a segundo plano.

En Estados Unidos no se sentía tanto este conflicto... hasta que el Vaticano fue destruido, y el Papa fue asesinado. En ese momento, Estados Unidos empezó a movilizar su arsenal hacia Europa, por aire y por tierra, desde las bases militares que tenía en todo el mundo.

"Necesito hablar con Lise," dijo Orin.

Todos se sobresaltaron al escucharlo, porque al estar tan concentrados en el desarrollo de los eventos actuales, ni siquiera habían notado su presencia ahí.

"¡Orin! ¿Dónde habías estado?" preguntó Eloy.

"He estado siguiendo a Deus."

"¿A Deus? ¿Por qué?" quiso saber Jerriel.

En eso, interrumpieron las noticias con un anuncio de última hora: "Al parecer, hubo un ataque aéreo en medio del Atlántico; un avión de las Fuerzas Aéreas de los Estados Unidos ha sido derribado. Aún no ha sido identificado el agresor, pero pronto tendremos más información sobre este ataque."

Orin continuó: "Bueno, él vive hablando de que es necesario detener la guerra, pero no hace nada al respecto."

"Es verdad. No ha hecho nada más que hablar," dijo Jerriel. "Y aún así, es el que más ha hecho. No sabemos con seguridad si él tiene poderes o no; sólo sabemos lo que alguna vez escuchamos de comentarios de Helen. Pero lo que sí sabemos es que si hay alguien que no ha hecho absolutamente nada, a pesar de tener poderes, somos nosotros. ¿Qué hemos hecho para detener la guerra? Nada."

"Deus tiene poderes," dijo Orin. "Yo mismo lo he visto anteriormente contemplando los siete rayos, y también lo he visto hoy."

Laina tomó la mano de Eloy. Éste dijo: "Jerriel, tú sabes que yo estoy contigo, pero nosotros no debemos actuar."

"Entiendo eso; hemos vivido toda una vida escondiéndonos por eso," dijo Jerriel. "Pero al menos, respetemos a las personas que sí están haciendo algo por parar la guerra. Es más, no sabemos si Deus está en una situación similar a la nuestra. ¿Qué pasa si él tampoco *puede* actuar?"

Luego de pensar en silencio unos segundos, Orin admitió: "Tienes razón, es una posibilidad; pero no es la única. Es por eso que sigo observándolo."

Jerriel se quedó callado.

En eso, volvieron a interrumpir el programa: "Tenemos noticia de otro avión derribado en circunstancias similares al primero, pero los pilotos informan que no se trata de misiles, o aviones enemigos; ha sido algo muy extraño. Aquí mostramos unas imágenes captadas en el momento desde otro avión."

Todos se quedaron mirando atónitos. En las imágenes, se veía la silueta de una mujer con ligeras llamas a su alrededor, como un demonio, elevada en el aire frente de la flota de aviones, destruyendo uno de ellos. Cuando los demás aviones intentaron seguirla, desapareció volando a gran velocidad. "Podemos dar fe de la autenticidad de estos videos, ya que provienen de una fuente segura. Analizando su última trayectoria, parecería que este extraño ser se dirige a Nueva York. Todavía no comprendemos bien lo que está sucediendo, pero los mantendremos informados."

"Orin, creo que acabas de encontrar a Lise," dijo Eloy.

"Esto no es nada bueno," dijo Laina.

"Orin, si eso está en las noticias es porque ya se salió del control de Ward. Si no actúan rápido, dentro de poco todo saldrá a la luz," dijo Aletia.

"Las noticias dice que quizás Lise venía hacia Nueva York; quizás esta camino a su apartamento," dijo Eloy.

"Estoy de acuerdo con Laina; esto no es nada bueno. Debo encontrar a Lise," dijo Orin.

"Vamos a buscar a Lise para solucionar esto," dijo Eloy, levantándose.

"No se te ocurra salir de este cuarto, tú no tienes nada que hacer al respecto. Déjame buscar a Lise y ver qué está pasando," dijo Orin.

"En vez de investigar a Deus, deberías ir a pedirle ayuda," dijo Jerriel.

"No confío en él," dijo Orin, "y ahora, tampoco en Lise."

Jerriel, al escuchar que nadie tenía intenciones de hacer nada, se levantó indignado. Encendió su ipad, para seguir viendo en él las noticias, y se dirigió a la puerta de entrada del departamento. Mientras salía, le dijo a Eloy: "Ya deberías estar haciendo algo." Y cerró la puerta tras de sí.

Orin miró a Eloy y le dijo: "Por nada del mundo vayas a actuar; yo me encargo de esto." Y desapareció.

Orin apareció en el departamento de Delmy, y encontró a Wilus y Delmy parados frente al espejo, mirándolo hipnotizados. Orin se acercó y vio en el espejo a Ward con Venus.

"¿Qué está pasando aquí?"

"No sabemos," replicó Delmy. "Sin querer Wilus golpeó el espejo, éste se cuarteó, e inmediatamente empezamos a ver en él la casa de Ward. Sin lógica alguna."

"Todo tiene su lógica," dijo Orin.

Wilus observaba a Ward callado y taciturno. Verlo sólo le recordaba que él era un hombre cada vez más viejo, y que poco a poco iba perdiendo relevancia.

"¿Saben algo de Lise?" preguntó Orin.

"Creo que estás buscando en el lado equivocado del espejo," respondió Delmy, sonriendo. "Lise esta con Ward." Mientras lo decía, miraba a Wilus, quien bajaba la cabeza, desolado.

"Pero yo no veo a Lise ahí," dijo Orin.

"Ahora no; es que hace un rato Venus, la que ves ahí, abrió un portal negro y empujó a Lise al otro lado. Luego se quedaron discutiendo Ward y Venus un rato, y hace un momento volvió a aparecer Lise, y Venus la volvió a enviar por un portal. Creo que esto no va a terminar nada bien," dijo Delmy. Era evidente que disfrutaba narrar la historia.

"Necesito que vayan al frente y se queden con Eloy, Laina y Aletia," pidió Orin.

"Ok," dijo Delmy. "¿Y Jerriel?"

"También debería volver por ahí pronto... Se fue porque tuvimos una discusión acerca de Deus."

"Mmmm tú sabes que ese es un tema sensible para él," dijo Delmy.

Mientras conversaban, vieron a través del espejo cómo Lise agarraba a Venus, y las dos desaparecieron dentro del portal. Wilus se viró y miró a Orin.

"Sí, Lise esta descontrolada, y ya hasta salió en las noticias," dijo Orin. "Vayan al otro departamento, y esperen a que vuelva a contactarlos. No salgan. Permanezcan unidos."

Wilus y Delmy salieron del departamento. Ella le dijo a Orin: "¿Y tú?"

Orin miró en el espejo, y vio a Ward sentándose en el sofá y colocando el portafolio sobre la mesa de enfrente. "Necesito hablar con Lise," dijo, y desapareció.

El departamento de Ward había quedado en completo silencio. Con calma, Ward tomó su portafolio, y fue a sentarse en el sofá. Colocó el portafolio sobre la mesa de la sala y lo abrió. Se quedó unos momentos observando el arma celestial blanca. "No sé si es cuestión de gustos," se dijo en voz alta, "pero esto no es lo mío." Y empezó a hacer la conexión con el arma celestial.

En ese momento, escuchó una voz que decía: "Ward, tenemos que hablar." Ward levantó su mirada.

Era Orin.

Ward sonrió. "¿Qué haces aquí Whiteman?¿En qué te puedo ayudar?"

"¿A dónde se fue Lise? Necesito hablar con ella."

"No sé a dónde habrán ido a parar ese par con sus armas celestiales."

"¿Venus también tiene un arma celestial?"

"¿Cómo sabes que Lise estaba con Venus?" Ward levantó su mirada del arma celestial blanca, y se concentró en ver a los ojos a Orin.

"Últimamente he estado siguiendo los pasos de Deus, especialmente desde que estalló la guerra en Europa. Y de repente un día él me vio. Estaba muy serio. Luego sonrió y desapareció."

"Y eso ¿qué tiene que ver con Venus?" preguntó Ward.

"No he terminado; Deus ha trabajado tanto por eliminar la guerra, cuando él mismo podría detenerla en un abrir y cerrar de ojos..."

"Whiteman, sé cuál es tu punto, así que déjame interrumpirte por un momento. Yo conozco a ese sujeto... él lo que quiere es que la humanidad tome sus propias decisiones, y ejerza su libre albedrío."

"¿Entonces sí sabes que es un celestial? Y uno bien poderoso..."

"Claro, Whiteman. Yo sé quién es Celestial y quién no," dijo Ward, tocando con un dedo sus gafas. "Y aún no me respondes lo de Venus."

"Bueno, como estoy buscando a Lise, fui al departamento de Delmy..."

"Un momento... ¿Para qué fuiste al departamento de Delmy a buscar a Lise, si sabes que ellas dos se odian?"

"Tuve mis razones," replicó Orin, evasivo. "Razones que, por cierto, no tienen nada que ver con Venus."

"Ok, ok, continúa."

"Al llegar al departamento de Delmy, los encontré, a ella y a Wilus, mirando a través de un espejo cuarteado..."

Ward se levantó, tomó el cubo blanco del portafolio y fue a pararse frente a su propio espejo cuarteado. Pero sólo pudo ver su reflejo. "Me vas a tener que dar explicaciones de esto," dijo, sonriendo.

“Me da pena desilusionarte, pero ellos ya no están ahí,” dijo Orin.

Ward continuó sonriendo mientras veía el espejo con sus gafas puestas. De un momento a otro dejó de sonreír, y con su mirada fija en el espejo, levantó la mano derecha y le dio un fuerte golpe con el cubo, rompiendo el vidrio en cientos de pedazos.

“OK Whiteman; tienes que ir a detener a Lise y a Venus. Yo, incluso con esta arma celestial no puedo hacerlo, porque sólo soy un humano, mientras que ellas son dos caídos, cada una con un arma celestial.”

“¿Qué te hace pensar que yo puedo detenerlas?”

“No creo que puedas solo, porque aunque no eres humano, tampoco eres un celestial; pero ya has peleado con Lise antes, así que te quiero proponer un trato,” dijo Ward, y se viró hacia Orin sonriendo. “Te voy a dar esta arma celestial,” siguió, mirando el cubo blanco.

“Es obvio que quieres algo a cambio,” dijo Orin.

“Así es, Whiteman; veo que eres muy inteligente,” dijo Ward, irónicamente. “Yo necesito *mi* arma celestial de vuelta.”

“Te refieres al hacha roja.”

“Así es; Lise es muy explosiva, y no tiene control como para portar un arma tan poderosa.”

Orin se acercó a Ward, estirando su mano hacia el cubo. Pero Ward lo alejó de Orin. “No he terminado,” dijo. “Mi otra condición... es que tienes que llevar a Eloy contigo.”

“¿A Eloy?”

“Sólo ustedes dos juntos podrían parar a las dos.”

Orin se quedó analizando el tema, y se dio cuenta de que Ward tenía razón; él solo no tendría oportunidad de vencerlas.

“Si acepto este trato, eventualmente me darías la pirámide blanca...”

Ward se llevó la mano a la cabeza. "Siempre lo mismo, Whiteman... por eso no nos llevamos bien."

"Aun así, espero tu respuesta."

"Está bien; pero tenemos que conseguirle algo más a Ricker para poder darte la pirámide."

"OK, entonces es un trato."

"Es un trato, Whiteman."

Orin y Ward se dieron la mano... Y Orin desapareció.

CAPÍTULO 25

Agosto 11 del 2026.

Luego de que Orin desapareciera del departamento de Lise, Laina, Aletia y Eloy se quedaron muy preocupados.

Laina notó que Eloy estaba absorto en sus pensamientos. "¿Qué piensas, Eloy?" preguntó, mientras se acercaba a abrazarlo.

"Estaba pensando en lo que me dijo Orin, que por nada del mundo se me ocurriera actuar... Pero me preocupa mucho que Lise este así de descontrolada; creo que podría morir mucha gente inocente, como la primera vez que se descontroló. Además, aunque aquella vez Ward logró minimizar el daño, hoy Lise está en la mira del mundo. Ya no hay cómo esconder eso."

"En realidad lo más importante no es si nos escondemos o no," dijo Aletia. "Pero cualesquiera que sean tus motivos, estoy de acuerdo en que no deberías involucrarte."

"Pero ¿y si nadie puede pararla?" preguntó Eloy "¿Qué debo hacer? Jerriel tiene razón; Deus al menos esta intentando hacer algo; en cambio nosotros, aunque podríamos hacer mucho, no hacemos nada."

"Jerriel podrá tener razón, pero tú eres el elegido, no él," dijo Aletia, acercándose a Eloy. "Así que debes tomar tu propia decisión. Y nosotros te apoyaremos en lo que decidas."

Laina, al ver que Aletia se estaba acercando mucho a Eloy, puso su brazo alrededor de sus hombros, y le dijo: "Yo, más que nadie, sé que tomarás la decisión correcta."

"Bueno, por ahora mi decisión es clara: yo no debo actuar, aunque sienta que debería hacer algo. Lo que pasa es que tengo todos estos poderes, no creo que vine al mundo para no hacer nada," dijo Eloy.

"No porque tengas algo significa que debes usarlo," dijo Aletia. "Tú decides qué hacer con tu vida y qué no."

"Tiene sentido lo que dices... creo," dijo Eloy.

"A ver, me explico mejor: digamos que un hombre necesita alimentar a su familia, y no tiene dinero; si de repente se encuentra un arma cargada en media calle, ¿significa que *tiene que* ir a robar?" preguntó Aletia. Como los otros dos sólo la miraron en silencio, Aletia continuó: "No, no es así; él toma una decisión en base a sus valores. Este hombre necesitado no tiene que ir a usar su arma sólo porque la tiene... más bien, su prueba es tener el arma, no usarla y buscar otra solución al problema," concluyó.

"Tienes razón Aletia. Siempre tienes la razón," dijo Eloy.

"Es verdad," dijo Laina. "Sin embargo, el arma apareció en las manos de ese hombre por alguna razón; no necesariamente *tiene* que ir a robar, pero puede defenderse, o ayudar a alguien a defenderse, contra alguien que quiera hacerle daño."

Eloy miró a Laina y sonrió. "Eso me encanta de ti; siempre buscas el lado positivo de las cosas, a pesar de las circunstancias," dijo, y la abrazó.

Aletia miró como se abrazaban y reprimió un suspiro. A pesar de tener claros sus sentimientos hacia Eloy, ella no había sabido actuar en el momento indicado; y ahora, era impensable interponerse entre su mejor amiga y Eloy. Ella solo era una mujer necesitada, con un arma en sus manos, escogiendo no actuar.

En eso, Delmy y Wilus aparecieron en la puerta del departamento.

"¿Sí están viendo lo que está pasando en el mundo?" preguntó Delmy.

"Sí, claro que sabemos lo que está... ocasionando Lise," dijo Laina. "Justo ahora estábamos hablando del tema."

Wilus escribió en su iPad: "¿Dónde esta Jerriel?"

"Salió de aquí un poco disgustado, asumimos que se había ido al frente," respondió Aletia.

"No, nosotros no lo hemos visto. Eloy, por favor ayúdanos a encontrarlo," dijo Delmy.

"Por supuesto; vamos," dijo Eloy.

Cuando estaban dispuestos a salir, apareció Orin ante ellos. Orin miró a Eloy y sin más preámbulos le dijo: "Tenemos que ir a solucionar esto." Todos se quedaron confundidos con el repentino cambio de opinión de Orin.

"¿Qué pasó con lo de *no debemos actuar por nada del mundo*?" preguntó Eloy.

"No quiero que actúes;" aclaró Orin. "Quiero que me ayudes a buscar una solución con Lise. Tú tienes el poder para detenerla... Nadie más podría."

"¿Y qué te hace pensar que yo puedo? La última vez que entrenamos, ella no tenía esa arma celestial, y yo no tenía estos poderes adicionales," dijo Eloy.

"Porque yo he peleado con los dos y conozco las fortalezas y debilidades de cada uno," explicó Orin. "Sé que ella es muy fuerte, pero no hemos probado tus nuevos poderes... y yo también sumaría algo. Juntos podríamos detenerla, en el peor de los casos. Pero yo sólo quisiera que me ayudes a tranquilizarla, sin necesidad de involucrarte directamente en la pelea."

"En ese caso, creo que Jerriel sería la persona más indicada. El vínculo de ellos dos es mayor que el mío con ella. Después de todo, ella es la protectora de Jerriel," dijo Eloy.

"Aletia, vamos a buscar a Jerriel; sé que él estará dispuesto a ayudar," dijo Delmy, poniendo la mano en su hombro.

"Yo también voy," dijo Laina.

Wilus miró a Laina, y movió su dedo índice de un lado al otro.

"Wilus tiene razón," apoyó Delmy. "Tú mejor quédate aquí, por si regresa Jerriel."

"Espera un momento, Eloy..." dijo Orin. "Jerriel puede tener más cercanía con Lise; pero si no logra hacerla entrar en razón, no hay nada que pueda hacer para ayudarme a detenerla. Y estaríamos poniéndolo en peligro sin razón."

Eloy se quedó pensando en silencio por unos segundos. Vio la preocupación en los rostros de Aletia y de Laina; pero inmediatamente miró a Orin y le dijo con firmeza: "Vamos."

"Espera," dijo Aletia. Se acercó a Eloy y lo abrazó. "Ten mucho cuidado," dijo. Eloy se dejó abrazar con los ojos cerrados. Inmediatamente, Laina se acercó y le besó los labios. Luego, mirándolo a los ojos, le dijo: "Haz lo que tengas que hacer. Te amo." Eloy sonrió.

Y Eloy y Orin desaparecieron. Inmediatamente, Aletia miró a Delmy y le dijo: "De todas formas, vamos a buscar a Jerriel. En estos momentos deberíamos estar todos juntos." Delmy y Wilus asintieron, y salieron los tres del departamento.

Laina los vio salir, y fue a sentarse en el sofá de la sala para continuar viendo las noticias. En la pantalla, vio a Lise de pie, de color rojo fuego, con una mujer sumamente golpeada, casi inconsciente, a sus pies. Lise estaba en el centro de Paris, y todo el mundo la estaba viendo.

Laina subió el volumen de las noticias: "...aún no tenemos claro quién es esta mujer, pero la hemos identificado como la responsable de derribar dos de los aviones... Es posible que ella sea la causante de todo esto..."

En ese momento, en vivo y en directo, Lise se elevó en el aire con su aspecto endemoniado. En su mano izquierda traía un hacha, y en la derecha tenía agarrada a Venus del pelo. Venus colgaba inerte, como un cadáver. La imagen era impactante.

"...Se ha elevado, está volando, no sabemos qué tipo de ser es exactamente, pero parece estar observando algo..."

"Oh, no" dijo Laina, llevándose las manos a la boca.

"....Las cámaras muestran que ella no le quita la mirada a un punto específico... parece ser el Arco del Triunfo. ¡Un momento! Nos llegan reportes de que hay *otra persona* sobre el Arco del Triunfo..."

"Lise, ¿qué demonios estás haciendo?"

"... nuestros periodistas, que están reportando desde el lugar de los hechos, nos informan que se trata del líder espiritual Deus. Esto es un poco extraño, ya que Deus se encontraba en Nueva York hoy por la mañana, en una reunión en la ONU, pero en efecto es así."

"¿Deus?" comentó Laina sorprendida "¿Qué hace Deus ahí?"

"...Hay nuevas declaraciones del Presidente Gore. Ha ordenado atacar de inmediato a esta nueva amenaza."

"Madre, sólo hay una," dijo Laina, mientras se llevaba las mano a la cabeza. "Por suerte."

Lise miró a su alrededor, y se encontró en una amplia avenida desierta, rodeada de edificios. En un extremo, pudo ver el Arco del Triunfo. Sobre éste vio sentado a un ser que la miraba. A pesar de la distancia, Lise reconoció su rostro.

Era Deus. Y no estaba nada contento.

"¿Deus?" dijo Lise furiosa. Empezó a elevarse en el aire, hasta llegar a la altura de Deus, a menos de un kilómetro de distancia de él. En su mano izquierda mantenía su hacha, y con la derecha apretaba con fuerza el pelo de Venus, llevándola consigo hacia arriba, colgada como una muñeca de trapo.

Varios helicópteros de las agencias de noticias internacionales volaban sobre Lise y a su alrededor, reportando los hechos. En las intersecciones de la avenida vacía, había soldados sitiando el centro, dispuestos a pelear. Pero en ese momento, toda la gente de París -y la del mundo entero- estaba paralizada mirándola a ella. Nadie podía creer lo que estaba sucediendo.

Lise, mientras tanto, parecía no darse cuenta. Estaba muy concentrada analizando la situación, tratando de dilucidar qué tenía que ver Deus en todo esto. "¿Qué haces aquí?" le gritó Lise desde donde estaba, a casi un kilómetro de distancia.

Deus siguió mirándola muy serio, sin mover un dedo.

Venus, quien se encontraba muy malherida, susurró de nuevo: "Deus, ayúdame."

Lise escuchó la débil súplica de Venus, e inmediatamente miró a Deus, cuestionándose cómo podría él ayudarla. Después de todo, parecía que nadie podía detenerla. Pero Deus no hizo nada.

En eso, junto a Lise aparecieron Orin y Eloy de forma incorpórea.

Ella se sobresaltó. "¿Qué hacen aquí? No puede haber testigos, ¡nadie debe verte, Eloy!" dijo.

"Tranquila Lise; sólo tú nos puedes ver. Venimos a ver cómo solucionamos este problema en que nos tienes metido a todos."

Lise miró a su alrededor, y se dio cuenta de que estaba rodeada de helicópteros con cámaras. Entró en pánico, y empezó a dispararles finos rayos rojos desde sus ojos, destruyéndolos en el momento.

"Lise, por favor para," le dijo Eloy, muy preocupado.

"Ellos no son los culpables; son gente inocente," dijo Orin. Luego, dándose cuenta de que ese argumento sería inútil, añadió: "Y recuerda que ese es el trabajo de Ward; él puede hacerse cargo de esto por medio de las noticias; el puede arreglarlo-"

"Eso es lo que estoy haciendo yo; arreglando esto," dijo Lise, mientras seguía aniquilando a la gente que veía. "Además," continuó, "es muy tarde para que Ward pueda encubrir la verdad. Ya estoy expuesta."

"Pero son demasiados," insistió Eloy. "Si tú quieres que yo me mantenga al margen, detente ahora, y deja las cosas como están."

"Lo siento, Eloy," replicó Lise, "no puedo hacer eso."

En ese momento, Deus chasqueó los dedos. Una nube negra envolvió a Venus, y ésta desapareció, y reapareció en los brazos de Deus.

Lise, sorprendida y furiosa de ver que se la habían arrebatado, se dispuso a volar hasta donde estaba Deus. Pero fue interceptada por Orin. "Lise, Deus es un celestial bastante poderoso. Creo que es hasta más poderoso que tú. Incluso, pienso que él sería capaz de detener la guerra sin ayuda de nadie..."

"Si es así, ¿por qué no lo ha hecho?"

"Está respetando el libre albedrío de las personas."

"Ya verá él cuál es *mi* libre albedrío."

Lise se encendió toda de fuego. Su piel ahora parecía ser negra con rayas de lava roja y amarilla, y sus ojos estaban prendidos al rojo vivo. "Pues primero tendré respuestas de él."

"Lise, para, por favor," pidió Eloy, cada vez más preocupado. "Tú sabes que él no es el culpable. Y si tú vas tras él..." Eloy hizo una breve pausa. "Voy a tener que detenerte," dijo finalmente.

Mientras hablaban, Lise seguía eliminando helicópteros y soldados a su alrededor. "Creo que nunca te conté las palabras de tu padre," le dijo a Eloy. "Josune y Raguel me buscaron para ser protector de Jerriel... Pero también tenía otra misión especifica: bajo ningún concepto debía dejarte actuar en el mundo. Y si algo salía mal, yo tenía la potestad de aniquilar a todos los testigos."

Orin y Eloy escuchaban atentos a lo que decía Lise. Sabían que lo peor estaba por venir. En eso, los tres divisaron una flota de aviones que llegaban desde el este, y otra procedente del oeste.

Cuando Lise finalmente decidió ir tras Deus, un misil disparado por uno de los aviones del ejército de los Estados Unidos cayó muy cerca de ella. Esto la enfureció aún más, y Lise comenzó a disparar sus rayos a los aviones, indiscriminadamente, sin darse cuenta de que había empezado a derribar aviones de la flota de China y de Rusia. La flota de estos países, al verse atacados, empezaron a su vez, a atacar a los aviones americanos... y también a Lise.

Se había iniciado una guerra en los aires. Lise era el blanco principal de los aviones de ambos países, y ella seguía atacando sin parar.

Eloy miraba con impotencia mientras insistía: "Lise, por favor para!" al ver que Lise se había involucrado en una guerra que no le correspondía. Pero Lise no iba a escuchar a nadie. Mientras peleaba, sólo decía: "Aléjate de aquí, Eloy... si te quedas, sólo causarás más problemas. No hay forma de que pare esta guerra, hasta no encontrar al culpable."

"Según el mundo, actualmente tú eres la única culpable," dijo Orin.

"¿Qué?" dijo Lise, deteniéndose unos segundos.

"Así es; de acuerdo a lo que ve el mundo en las noticias."

"Entonces Ward me ha traicionado," dijo Lise. En su cabeza, Lise empezó a atar cabos. "...Ward, Venus... Deus, Helen... y... oh, no. Todos sabían. Todos están involucrados. Eloy, ¡ÁNDATE DE AQUÍ!"

Mientras pensaba distraída en esto, Lise fue impactada por algunos misiles. Pero éstos no le hacían daño alguno. Orin escuchó lo que Lise decía, señaló a Deus y dijo: "Él es el culpable."

Eloy estaba impresionado por toda la destrucción que estaba causando Lise. "Orin, por favor detenla; yo no debo."

"¿Yo?" dijo Orin, "eso es imposible."

Eloy replicó: "Las palabras más importantes que aprendí de mi padre son: *Nada es imposible, todo se puede hacer.*"

En ese momento, Eloy dio un fuerte alarido. Un rayo azul lo golpeó desde adentro, y por un segundo, un resplandor azul lo envolvió, y lo sacó de su estado incorporal. Eloy comenzó a caer como un ser inerte.

Deus miró a Lise, y abrió un portal horizontal negro algunos metros por debajo de Eloy. Lise lo notó y gritó: "¡Orin! ¿Recuerdas la última vez que estábamos peleando, y vimos a Eloy caer desde un portal?"

Orin, al oír esto, voló inmediatamente hacia Eloy y lo atrapó, evitando que cruce el portal. Con Eloy en sus brazos, descendió hasta la calle, y lo depositó suavemente en el suelo. "¿Eloy?" Con sus dedos, separó sus párpados cerrados, y constató que sus pupilas aún eran azules. Le remangó la camisa, y vio que en sus brazos no había cicatriz alguna. "No entiendo lo que está pasando aquí... Eloy, ¿estás bien?"

Eloy abrió ligeramente los ojos. "No, no lo estoy," musitó. Sentía un fuerte dolor invadiendo todo su cuerpo por dentro. "¿Recuerdas la última vez que me sucedió esto? Sentía una energía incontenible dentro de mi cuerpo, y por eso decidí alejarme de mi familia, para protegerla, e ir a investigar mi pasado," dijo Eloy. "Ahora me siento así, pero mucho peor. Siento la energía más fuerte que nunca... y necesita salir."

Orin recordaba su trato con Ward, pero su prioridad siempre había sido la seguridad de Eloy... Y volvió a recordar que en su viaje al pasado, Deus era quien estaba viendo los siete truenos. Orin miró a Deus y sacó el arma celestial que había obtenido de Ward: una espada blanca. Deus miró a Orin con una ligera sonrisa.

“¡Eloy, tienes que irte de aquí!” seguía gritando Lise. Y en eso, se dio cuenta de que Orin tenía un arma celestial.

Eloy sabía que tenía que salir de ahí lo más rápido posible, porque la energía que fluía en su interior iba a causar una explosión tan fuerte que podría destruir todo París; así que se levantó del suelo, y tomando impulso, empezó a volar hacia arriba, pasando a Lise, Deus, los helicópteros y los aviones, hasta superar los cincuenta kilometros de altura... ahí, el cielo estaba en un ambiente de absoluta paz. No había aviones, ni armas ni explosiones...Solo él y su dolor.

Las cámaras captaron la salida de Eloy. A pesar de toda la atención que acaparaba Lise con su guerra aérea, otro ser humano volando a toda velocidad hacia arriba no podía pasar desapercibido. Los medios tradicionales seguían transmitiendo información que parecía inventada por la más delirante prensa amarillista, sorprendidos de que nadie hacia nada por ocultar los hechos que normalmente se escondían por seguridad nacional, para evitar el pánico masivo.

Eloy, flotando sobre todo, se sintió invadido por una inmensa paz. Extendió sus brazos hacia los costados. Y cerró sus ojos.

En ese momento, hubo en el cielo una enorme explosión, que dejó una marca de cientos de kilómetros; todo el mundo podía verla.

Deus levantó la mirada, y sonrió. Lise la vio, y una lágrima rodó por su mejilla encendida. Orin alzó los ojos, y al igual que el resto del mundo, no entendió lo que estaba pasando.

Laina, viendo al televisor a través de las lágrimas, dijo: “Yo confío en tí... no le hagas daño.”

Y la enorme cruz blanca siguió expandiéndose en el cielo.

CAPITULO 26

Agosto 11 del 2026.

El combate aéreo continuaba, y la enorme cruz blanca que manchaba el cielo azul seguía expandiéndose en el cielo. En ese momento, una figura humana se materializó del aire. Se trataba de Floyd. Estaba completamente envuelto de vendas blancas, y encima, llevaba un abrigo azul.

Floyd levantó la mirada, y vio la cruz en el cielo. En ese momento, escuchó una voz que decía:

"La Visión comienza a tomar forma. El pacto debe ser ejecutado."

Floyd no se sorprendió al oír estas palabras. Solamente replicó: "Hemos llegado demasiado tarde. No debí haberte escuchado."

Al no obtener respuesta alguna, Floyd añadió: "Debemos llegar a él, para solucionar esto de una vez por todas." Acto seguido, desapareció.

Jerriel salió del edificio, indignado por su conversación con Orin, y se dirigió al antiguo departamento de Lise. Pero no era a Lise a quien buscaba. Mientras cruzaba un callejón algo oscuro, notó que el ambiente se oscureció completamente.

Jerriel se sorprendió, y entrecerró los ojos hasta distinguir una silueta en medio de la oscuridad. "¿Eres tú?" preguntó. La figura avanzó hacia él, y se acercó hasta que a Jerriel no le quedó duda alguna: era el Ser Oscuro.

"Veo que hoy es uno de esos días... no me extraña para nada," dijo Jerriel. "Estamos presenciando la Tercera Guerra Mundial, y Lise está involucrada directamente. Y en este mismo momento, la hermosa ciudad de París está siendo destruida."

Sin prestar atención a las palabras de Jerriel, el Ser Oscuro abrió un portal a su lado y le dijo: "Ven y verás."

Jerriel no vaciló ni un segundo; él no iba a quedarse sin hacer nada mientras el mundo se caía en pedazos. Caminó hacia el portal decidido a cruzarlo, pero en ese momento apareció Floyd a pocos metros de ellos.

En cuanto lo vio, el Ser Oscuro le disparó un rayo de energía negra. Floyd reaccionó de inmediato, creando a su alrededor un campo de fuerza azul, que recibió el impacto, protegiéndolo del rayo. Floyd estaba asustado, pero decidió abrir el campo para poder atacar al Ser Oscuro. Éste tomó del brazo a Jerriel, y se dirigió a cruzar el portal con él. No volvió a disparar, porque no quería lastimar a Jerriel.

Floyd, al ver que el Ser Oscuro estaba escapando de él, pensó: "Me tiene miedo... ¿Qué esta pasando?" Este pensamiento le dio confianza; elevándose en el aire, se dirigió rápidamente hacia el Ser Oscuro, y lo agarró del brazo. En su otra mano, Floyd empezó a acumular energía, iluminando la oscuridad del callejón con su destello blanco.

El Ser Oscuro soltó a Jerriel y le dijo: "Corre." De inmediato, dio un ligero golpe con dos dedos de su mano derecha en el centro del pecho de Floyd, y éste salió disparado por los aires, hasta estrellarse contra el basurero del edificio contiguo. El impacto lo dejó desorientado durante unos segundos. Mientras tanto, Jerriel y el Ser Oscuro cruzaron el portal, y éste se cerró.

Cuando Floyd se dio cuenta de que habían escapado, ya no podía hacer nada. "Corre, corre... ¿por qué tanta prisa en huir?" se decía, aún aturdido por el golpe. "No puedo creerlo; esta vez, ¿era *él* quien tenía miedo?"

De inmediato, escuchó la respuesta en su cabeza:

"No de ti."

Delmy, Aletia y Wilus, acababan de salir del edificio donde habían dejado sola a Laina, para ir en busca de Jerriel. Wilus continuaba pendiente de lo que estaba pasando en el mundo a través de su tableta. Aletia sintió que Jerriel estaba cerca. "No debería estar lejos; siento que está aquí a la vuelta."

"¿Sientes?" preguntó Delmy.

"Es como una intuición que tengo desde hace algún tiempo," respondió Aletia.

"¿Y por qué no lo habías mencionado antes?" quiso saber Delmy.

"Bueno, la verdad nunca me lo preguntaron. Además es *intuición*; todos la tenemos, sólo que ahora siento que tengo más control sobre ella."

Aletia no quiso seguir dando explicaciones, y aceleró ligeramente la marcha, separándose de Wilus y Delmy por un par de metros.

"Me lo dices a mí" masculló Delmy, mirando a Wilus de reojo. Él solía pensar que la intuición de Delmy era síntoma de locura.

Siguieron avanzando, y en eso, Wilus vio en su tableta la noticia de la cruz blanca en los cielos, y se la enseñó de inmediato a Delmy. La noticia los dejó muy sorprendidos. Aletia, quien iba adelante, se detuvo al llegar junto a un pequeño callejón oscuro, donde percibió que había alguien escondido.

"¿Jerriel?¿Jerriel, eres tú?"

Al escuchar eso, el ser comenzó a avanzar hacia Aletia. Mientras se acercaba a la salida del callejón, la luz de la tarde empezó a revelar de quién se trataba.

"Aletia."

En ese momento, Delmy levantó la mirada. "¿Floyd?" dijo, asustada.

Wilus se apresuró a ponerse en frente de ellas, en modo de defensa.

Floyd sonrió debajo de sus vendajes. "Wilus, yo no haría eso si fuera tú," dijo, con un dejo de ironía en su voz. "Ya no estás en edad para defenderlas; además, no pienso hacerles daño."

Dentro del callejón, junto a Floyd, Aletia y Delmy vieron surgir un destello intenso. Ellas se llevaron las manos a la cara para protegerse de la luz. Wilus las miró, sin entender lo que sucedía.

La luz empezó a tomar la forma de una silueta humana, un cuerpo espectral transparente, con un aura amarilla brillante.

Delmy, entrecerrando los ojos, intentaba ver de quién se trataba. "¿Josune? ¿Eres tú?"

Wilus miró hacia el lugar donde estaba viendo Delmy, pero no veía nada. Sólo a Floyd parado en la entrada del callejón.

Josune sonrió. Se elevó a un palmo del suelo, y puso su mano sobre el hombro de Floyd. “No tienen nada que temer.”

Delmy se tranquilizó, y se acercó a Josune. “¡No puedo creer que eres tú! ¿Dónde has estado?”

“He estado con Floyd, desde el día en que te conocí.”

“¿Te refieres a la primera vez que me hablaste, como una misteriosa voz dentro de mi cabeza?”

Josune no dijo nada más.

Wilus estaba extrañado por la actitud de Delmy. Buscó la mirada de Aletia, pero ella también estaba como hipnotizada viendo un punto fijo, junto a Floyd.

Floyd se acercó a Wilus.“No lo ves, ¿verdad?” preguntó.

Wilus negó con la cabeza, y lo miró confundido.

“La verdad esta frente a ti, y aún así decides no creer. Típico de los humanos.”

“Yo sí lo veo,” dijo Aletia.

“Todo es cuestión de creer.”

Aletia se dirigió a Josune y le preguntó: “¿Dónde esta Jerriel?”

Floyd le respondió “Él estaba aquí; pero se lo llevaron.”

“¿Quién se lo llevó?” preguntó Delmy.

“El Ser Oscuro.”

“Entonces definitivamente hoy es uno de esos días,” dijo Delmy.

“¿La cruz en el cielo no fue suficiente prueba para ti?” cuestionó Floyd. Pero al ver la cara de angustia de Delmy, añadió: “No tienes nada de qué preocuparte, él se fue por decisión propia. Y ahora nosotros tenemos que seguir nuestro camino.”

En eso, Josune levantó la mano derecha, y se acercó a Delmy. Ella retrocedió instintivamente, pero Josune la tranquilizó diciendo: "No hay nada que temer," y puso la mano sobre su frente.

Delmy cerró los ojos. Una intensa luz llenó el ambiente, y Josune desapareció. Delmy abrió sus ojos, y sus pupilas estaban en blanco. Wilus alcanzó a agarrarla antes de que cayera al suelo. Wilus miró a Floyd, asustado.

"No te preocupes," dijo Floyd. "Ella está bien."

"¿A dónde se fue Josune?" preguntó Aletia.

Floyd no le respondió. Puso su mano sobre Wilus, y lo miró a los ojos. "Ustedes deben permanecer unidos siempre," dijo Floyd, "por el bien de todos. Tienes que comenzar a creer en ella… y a creer en ti."

Wilus depositó a Delmy con cuidado en el suelo, y escribió: "Nosotros estamos demasiado viejos."

"No más excusas, Wilus. Para todo hay una solución. ¿Acaso ustedes, después de tantos años, y de todo lo que han visto, no han aprendido que *nada es imposible,* y que *todo se puede hacer*? ¿Cuántos años más necesitas para comenzar a creer? ¿O estás esperando a que llegue el momento de tu muerte para lamentarte de que nunca hiciste nada?"

Wilus miró a Delmy acostada a su lado. Floyd insistió: "Ustedes deben permanecer unidos…" y añadió: "Hasta que la muerte los separe."

Wilus se quedó pensando unos segundos, y decidió que Floyd tenía razón. Tomó a Delmy en sus brazos, y empezó a caminar hacia su departamento.

Floyd agarró a Aletia del brazo. "Hablando de la muerte, tengo todavía un tema pendiente contigo," le dijo. Y ambos desaparecieron.

Aletia y Floyd reaparecieron en el tejado, donde Aletia había curado a Floyd. "Quería agradecerte, Aletia, por haberme ayudado. Y antes de irme de aquí, quería decirte algo sobre tu padre."

"Tú me dijiste que no estaba muerto, y te fuiste," dijo Aletia, con un temblor en su voz. "Y justo después cayó de los cielos ese impostor, que es un misterio que aún no entendemos..."

"Así es, tienes que buscar a tu padre;" interrumpió Floyd, volviendo al tema original. "Y para eso necesitas buscar a alguien que te ayude."

"¿Pero por qué no me ayudas tú?"

"Yo no puedo ayudarte; algún día lo entenderás," respondió Floyd. "Además, debo buscar al Ser Oscuro y terminar esto de una vez por todas." Floyd se elevó, dispuesto a desaparecer.

"¡Espera!" gritó Aletia "¿Qué hay de Eloy?"

"Eloy ha decidido actuar."

"Eso es bueno... ¿verdad?"

"Desde que llegué aquí, sólo he querido matarlo. Él no es el elegido. Pero Josune quiere encontrar otras formas de manejar la situación."

"¿*Piensas* que no es el elegido, o *sabes*?"

Floyd pensó durante unos segundos y respondió: "Decido creer eso."

"Entonces no estás seguro; ¿quién crees tú que es el elegido?"

Floyd la ignoró. “Dile a Delmy que su otro hijo está vivo,” dijo mirándola fijamente a los ojos.

“Pero… si yo misma lo vi caer del cielo.”

Floyd se sorprendió y murmuró: “Quizás Josune tenía razón… No lo sé, es todo tan confuso. Aún es un misterio. Quizás Lise logre detener a Eloy.”

“¿Y por qué detendría *Lise* a *Eloy*?”

“Por el pacto,” dijo Floyd. Y desapareció.

“¿Pacto? ¿Qué pacto?” dijo Aletia. Y en ese momento, vio una inmensa cruz blanca en el cielo.

CAPITULO 27

Agosto 11 del 2026.

En el cielo de París, pocos metros por debajo del combate aéreo, apareció una sombra difusa. De ésta, fue materializándose una figura humana. El Ser Oscuro vestía todo de negro, y tenía los brazos cruzados, su capa se movía lentamente, mientras miraba a su alrededor. Sobre el Arco del Triunfo divisó a un ser que lo veía de lejos. Pronto se dio cuenta de que este ser era Deus, y se quedó mirándolo fijamente.

Deus desvió su mirada hacia Eloy. El Ser Oscuro levantó los ojos y vio a Eloy elevándose por los cielos. Antes de que ocurriera la gran explosión que dejó una cruz en los cielos, el Ser Oscuro desapareció.

El Ser Oscuro reapareció en un callejón, en la esquina del edificio de Delmy, en medio de una profunda oscuridad que se apoderó del lugar.

Desde la esquina de la calle, escuchó que alguien preguntaba: "¿Eres tú?" Inmediatamente, el Ser Oscuro se dio cuenta de que se trataba de Jerriel, y se acercó.

"Veo que hoy es uno de esos días... no me extraña para nada," dijo Jerriel. "Estamos presenciando la Tercera Guerra Mundial, y Lise está involucrada directamente. Y en este mismo momento, la hermosa ciudad de París está siendo destruida."

Sin prestar atención a las palabras de Jerriel, el Ser Oscuro abrió un portal a su lado y le dijo: "Ven y verás." Jerriel caminó hacia el portal, y en ese momento, apareció Floyd a pocos metros de ellos.

Al verlo, miles de interrogantes invadieron la cabeza del Ser Oscuro: "¿Habrá descubierto la verdad? ¿Será que viene tras Jerriel? ¿O viene por mí, con algún otro secreto escondido? No me puedo arriesgar; no ahora." El Ser Oscuro disparó hacia Floyd un rayo energía negra. Floyd reaccionó de inmediato, y formó a su alrededor un campo de fuerza azul, que recibió el impacto, protegiéndolo del rayo.

El Ser Oscuro ya había sido casi vencido por Floyd, así que decidió cambiar de estrategia, y tomó a Jerriel del brazo, para escapar junto con él por el portal. Pero cuando estaban por cruzarlo, sintió que lo agarraban del otro brazo. Al voltearse, vio a Floyd; en su mano empezaba a surgir un destello blanco. Al levantarla, abrió su sobretodo azul, y el impactante destello iluminó la oscuridad del callejón.

El Ser Oscuro soltó a Jerriel y le dijo: "Corre." Y con tan sólo dos dedos de su mano derecha, dio un ligero golpe en el centro del pecho de Floyd. Éste salió volando por los aires, hasta estrellarse con el basurero del edificio. Jerriel cruzó el portal, y el Ser Oscuro lo siguió.

Y el portal se cerró.

El aire tibio mecía las hojas de las altas palmeras. Un tinte naranja se extendía en el cielo, mientras una multitud de aves volaba hacia las ramas del inmenso árbol que se erigía en el centro del oasis. Frente al árbol se abrió un portal, del que salieron primero Jerriel y después el Ser Oscuro.

Jerriel reconoció de inmediato el lugar. "La última vez que nos vimos me trajiste aquí," dijo. Miró a su alrededor en silencio unos segundos y añadió: "Por cierto, hay algo que quiero preguntarte: Cuando vimos al impostor sin vida caer del portal, Orin te vio... ¿Qué hacías ahí?"

El Ser Oscuro lo miró sorprendido. "Ese no fui yo."

"Ese misterio de la caída del impostor es algo que no terminamos de comprender; esperaba que tú pudieras aclararnos eso."

El Ser Oscuro se quedó pensativo y callado.

Jerriel volvió a mirar a su alrededor. La exuberante belleza del oasis lo tenía tan fascinado que incluso pudo olvidarse de la guerra por unos segundos. "¿Qué pasó allá?" preguntó "¿Por qué estabas aquí con Floyd, cuando deberían haber estado donde estaba Eloy?"

"Yo estuve allá, pero no pienso ser parte de ese problema," dijo el Ser Oscuro.

"Claro, ahora nadie quiere hacer nada. No entiendo lo que pasa," dijo Jerriel, nuevamente preocupado por la guerra.

"Ya lo entenderás en su debido momento."

"¿Por qué antes perseguías a Floyd para eliminarlo, y él huía de ti... y ahora parece que se hubieran invertido los papeles?"

"Porque desde nuestro último encuentro ya sé la verdad."

"Hablando de la verdad, quería decirte algo," empezó Jerriel. Vaciló unos segundos antes de continuar: "Luego de nuestro último encuentro, he dedicado mucho tiempo a analizar el contenido de la Biblia, de la forma más objetiva... y he llegado a la conclusión de que lo que se narra ahí no debe ser usado como una serie de historias para transmitir enseñanzas a la humanidad, sino interpretado de forma literal. Suena radical, pero creo que si lo aplicamos así, mucho de lo que está sucediendo adquiere sentido. Por ejemplo, ahora que estamos en medio de lo que parecería una tercera guerra mundial... Creo que estamos viviendo el Apocalipsis."

"¿Crees o sabes?"

"Sólo creo, aún tengo mis dudas. Por eso te pregunto; tú pareces saber del tema. Lise siempre prefiere no opinar al respecto."

"Entonces, ¿tú *crees* o *sabes* que yo te guié a buscar respuestas en la Biblia? Quiero saber tu opinión."

"Bueno, me guiaste."

"¿Crees o sabes?"

"Lo sé."

"Debo decirte que estás equivocado."

"Entonces, ¿fue una coincidencia?"

"Quizás no. Quizás alguien más la puso ahí para ti; pero no fui yo. Y eso nos lleva a tu pregunta sobre el Apocalipsis... ¿sólo *crees* que está sucediendo? ¿o tenemos suficientes pruebas para *saber* eso?"

"Bueno, sé que hay un conflicto bélico en Europa, donde están involucrados muchos países del mundo entero; entonces, podemos afirmar que hay una guerra mundial en curso. Como ha habido dos guerras mundiales anteriormente, esta vendría a ser la Tercera Guerra Mundial. Además, creo que la destrucción del Vaticano, es una prueba muy obvia de que es el comienzo del fin."

El Ser Oscuro se quedó en silencio unos segundos. Luego, dijo: "Mira este lugar; este oasis no ha sido encontrado por el hombre, y es un lugar perfecto, es un paraíso. Sin embargo..." En ese momento, el Ser Oscuro tocó a Jerriel, y ambos desaparecieron.

Reaparecieron en el centro de una superficie plana, sin vegetación ni vida animal, de algunos kilómetros de extensión. Parecía el cráter de un meteorito, con la tierra devastada y seca.

"¿Dónde estamos?" preguntó Jerriel. Pero a lo lejos, Jerriel divisó el enorme árbol que se levantaba en el centro del oasis, y se dio cuenta de que estaban casi en el mismo sitio.

"En el mismo lugar donde estábamos, al otro extremo."

"¿Qué pasó aquí?"

"Dos personas destruyeron una parte de este lugar."

"¿Quiénes? ¿Y por qué lo hicieron?"

"Lise y Venus, eternas adversarias."

"¿Lise?"

"Ellas no querían causar este daño, pero sus diferentes opiniones las llevaron al conflicto, y éste llevó a la destrucción."

"¿Venus es la mano derecha de Deus, verdad? Es la mujer que Lise tenía por el pelo, mientras flotaba en el aire?"

"Así es; Venus fue vencida por Lise, contra todo pronóstico."

"¿Contra todo pronóstico? ¿Cómo sucedió eso? ¿Tuvo suerte?"

"No, no fue suerte. Lise ha estado entrenando toda su vida. Los entrenamientos hicieron que gane experiencia, y esta experiencia la convirtió en una estratega. La suerte no existe. Y el hecho de que estos entrenamientos no te involucraran a ti... tiene una razón."

"Claro, yo no soy el elegido. Y Lise, a pesar de ser mi protectora decidió entrenar con Eloy, para prepararse contra ustedes, o cualquier visitante que apareciera en días como estos."

El Ser Oscuro se elevó unos metros, y mirando en la dirección del árbol gigante, dijo: "Ella no estaba entrenándolo a él." Jerriel lo miró confundido. No entendía lo que estaba tratando de decirle. El Ser

Oscuro lo miró una vez más y le dijo: "Todo fue por el pacto. Fue su libre albedrío, y lo sabrás en su debido momento."

"¿Qué pacto?"

El Ser Oscuro ignoró la pregunta, y agregó: "Como dije, su intención no era hacer daño, pero la consecuencia de su decisión fue esta destrucción. A veces, las decisiones de unos pocos líderes generan muchas desgracias; es por eso que..." el Ser Oscuro se detuvo.

"¿Sí?" dijo Jerriel. "Continúa, es por esto que...?"

"Creo que deberías ver la magnitud del impacto de las decisiones de los líderes mundiales. Ya viste lo que es un paraíso; ahora verás lo que es un infierno." Dicho esto, el Ser Oscuro abrió un portal, y ambos lo cruzaron.

En sólo unas pocas horas, Jerriel y el Ser Oscuro viajaron, a través de portales, en estado espectral, a varios países de Europa: España, Alemania, Portugal... En cada lugar, Jerriel vio calles desoladas, bombardeadas, edificios destruidos, tiendas saqueadas; la gente estaba escondida en sus casas, aterrorizada; en algunos lugares, había soldados y gente luchando en las calles, disparando unos contra los otros. A Jerriel le sorprendió comprobar que muchas veces, la nacionalidad de los soldados que luchaban no coincidía con el país en el que se encontraban. Vio muchos soldados ingleses, otros pertenecientes al ejército árabe, al norteamericano, y hasta soldados rusos.

Cuando llegaron a Italia, se encontraron con las ruinas de la ciudad de Roma. Pero no sólo se trataba de las ruinas de la antigua Roma, sino de los escombros de la Roma actual, que estaba completamente destruida.

"No puedo creer todo lo que estoy viendo, no me imaginaba..." empezó a decir Jerriel, y pone su mano sobre su frente. "Es decir, había visto las imágenes en las noticias, pero... verlo todo así, tan de cerca..." A Jerriel le costaba expresarse. Estaba impactado.

"¿Ward?" preguntó el Ser Oscuro.

"Claro, él filtra la información. Él y su equipo utilizan los medios de comunicación como una forma de proteger a los suyos, y de controlar... Es decir, informan al mundo lo que necesita saber. Para que puedan tener noción de lo que esta pasando, pero no se asusten y entren en pánico. Ahora el mundo sabe que hay una guerra en París, y que hay ciertos ataques en otros países, pero los hechos están siendo minimizados para su protección. La gente no siente la guerra porque no la vive." Jerriel se detuvo. Respiró profundo y continuó: "Y nosotros no hacemos nada. Es más, Lise, Eloy y Orin podrían estar empeorando las cosas," concluyó, indignado. Miró al Ser Oscuro y le dijo, suplicante: "Tú tienes que parar esto."

"No puedo involucrarme," respondió el Ser Oscuro.

"Claro... nadie puede," dijo Jerriel. Metió las manos en los bolsillos, y le dio la espalda.

"Todo esto es la consecuencia de las decisiones de unos cuantos... y han destruido toda Europa."

"Claro, como en el Oasis," dijo Jerriel. "Entiendo tu punto."

De repente, Jerriel vio a una niña que salía corriendo de uno de los pocos edificios que seguían en pie. Parecía tener alrededor de siete años. Llevaba una pequeña mochila rosada, que en algún momento había tenido el diseño de algún personaje de caricaturas. Tenía la cara sucia, y estaba claramente asustada.

"¿Por qué está sola esa niña? ¿Dónde estarán sus padres?" preguntó Jerriel, preocupado. Sin darse cuenta, como por reflejo, empezó a avanzar hacia ella. El Ser Oscuro se quedó quieto, mirando.

Al alejarse del Ser Oscuro, Jerriel salió de su campo espectral, y se volvió visible. La niña vio a Jerriel aparecer, y empezó a llorar. Él siguió acercándose despacio. "Tranquila, no tengas miedo; yo te voy a ayudar."

Cuando Jerriel estaba a punto de llegar a la niña, una explosión cerca del área los derribó a los dos hacia un lado. Él tardó unos instantes en recobrar la consciencia, y cuando lo hizo, escuchaba un pitido sordo en un oído. Aún desorientado por el impacto, abrió los ojos, y vio a la niña boca abajo en el piso a unos metros, sin moverse. Se arrastró hasta ella, mientras le gritaba al Ser Oscuro: "¿Qué esperas para ayudarnos? No te quedes ahí."

El Ser Oscuro no se movió. Sólo siguió mirándolos.

Jerriel llegó hasta la niña, le dio la vuelta y la tomó en sus brazos. "¿Estás bien? ¿Me escuchas? Por favor, despierta..." Pero ella no respondía. Después de algunos intentos de resucitar a la niña, ésta finalmente reaccionó.

Jerriel sonrió emocionado. Al verla de cerca, notó que sus ojos eran de un azul intenso. Ella sonrió débilmente. Levantó su brazo, y Jerriel notó que dentro de su pequeño puño sostenía algo. Él extendió su mano, y la niña depositó en ella un llavero en forma de poliedro, de color plateado, con algunas llaves.

Jerriel tomó el llavero extrañado, y le preguntó: "¿Y estas llaves?" Ella no dijo nada. Sólo sonrió. "¿Para mi?" Ella asintió. "Gracias," dijo y deslizó el llavero dentro de su bolsillo.

Repentinamente, una bala perdida atravesó la cabeza de la niña.

"¡Nooooooooo!" gritó Jerriel, mientras apretaba el pequeño cuerpo inerte contra su pecho, temblando de impotencia. Lágrimas de tristeza y furia resbalaban por su rostro descompuesto.

El Ser Oscuro seguía sin moverse. Cuando se calmó un poco, Jerriel levantó el rostro, lo miró y le dijo: "Sácame de aquí, por favor." Depositó con cuidado el cuerpo en el suelo, y cerró delicadamente con su mano los párpados de la niña, e inmediatamente se llevó la mano al rostro, y secó sus lágrimas.

El Ser Oscuro abrió un portal, y lo llevó de regreso al otro extremo del oasis, donde veían al gigantesco árbol de kilómetros de altura rodeado de vegetación y animales. Jerriel se sentó en el suelo, aún tratando de digerir todo lo que había vivido en las últimas horas. "Tienes que parar esto," dijo, después de un buen rato. "Tú tienes que parar la guerra... Eres el único que puede."

El Ser Oscuro seguía de pie, sin hacer nada. En eso, Jerriel se levantó, con una rabia repentina, y dando un grito corrió hacia el Ser Oscuro. Empezó a golpearlo en el pecho, lleno de frustración: "¡¿Qué demonios te pasa?! ¡¿Por qué no haces NADA?! ¿No ves todo lo que está pasando? ¿O estás muerto por dentro?"

El Ser oscuro bajó la mirada, levantó su mano derecha y con dos dedos, tocó el pecho de Jerriel.

Jerriel salió volando por los aires, y se estrelló contra un árbol. A pesar del dolor en el pecho y la espalda, y de encontrarse muy desorientado y frustrado, el instinto de supervivencia de Jerriel lo llevó a hacerse el inconsciente, hasta comprender lo que pasaba.

El Ser Oscuro se elevó y se acercó a Jerriel, flotando en el aire.

"No más mentiras," dijo. Y todo se llenó de oscuridad.

En la sala del departamento blanco de Delmy se abrió un portal, del cual salió Jerriel, con su ropa sucia y rota, molido, con el rostro hinchado a causa de los golpes. Se tambaleó hasta la cocina, y el portal se cerró. Tomó una cerveza del refrigerador, y un vaso de una repisa, y se dirigió de regreso a la sala.

Notó que el espejo estaba cuarteado, y se acercó a verlo. En el espejo, vio que tenía algunos moretones en su cara, y otros en el cuerpo. Abrió la cerveza, y la sirvió en el vaso, hasta que la espuma llegó al borde. Bebe del vaso un sorbo.

Luego se dirigió cojeando al centro de la sala, y se derrumbó en el sofá. Dejó la cerveza sobre la mesita, y tomó el control remoto para encender el televisor. En las noticias, estaban pasando imágenes de las batallas en Italia y en Francia.

Como por reflejo, Jerriel metió su mano en el bolsillo, y sacó de él un llavero plateado en forma de poliedro.

“Tienes que parar esta guerra; yo creo en ti,” murmuró Jerriel.

CAPITULO 28

Agosto 11 del 2026.

En ese momento, hubo en el cielo una enorme explosión, que dejó una marca de cientos de kilómetros; todo el mundo podía verla.

Deus levantó la mirada, y sonrió. Lise la vio, y una lágrima rodó por su mejilla encendida. Orin alzó los ojos, y al igual que el resto del mundo, no entendió lo que estaba pasando.

Y la enorme cruz blanca siguió expandiéndose en el cielo.

"He fracasado," se dijo Lise mientras se detenía a ver cómo todo lo que había logrado mantener en secreto, a través de años de trabajo, quedaba expuesto a los ojos del mundo.

Elevada en el cielo, Lise vio decenas de aviones volando a su alrededor, y a Eloy, descendiendo lentamente hacia ella.

Mientras pasaba esto, acudieron a su memoria los sucesos del primer día de Oscuridad... sucesos que en estos momentos deseaba con todas sus fuerzas que nunca hubieran pasado.

Vio en su mente a Raguel y a Josune acercándose a ella, en forma de luz. "¿A qué se debe este inesperado encuentro, Raguel?" preguntó Lise. "No recuerdo haber hecho algo que vaya contra tus reglas."

"Así es Lise; estoy aquí porque se acercan tiempos oscuros; tiempos sin comprensión."

"¿Te refieres a oscuridad literal?" Lise dudaba, ya que los cielos estaban oscuros en todo el planeta.

"Esa oscuridad es lo menos que me preocupa."

Lise miró a Raguel, luego a Josune, y después nuevamente a Raguel. No tenía idea de lo que iban a decirle.

"Josune viene a advertirnos de un inmenso problema, del cual no estoy informado," dijo Raguel.

"Lise, ya son tiempos oscuros y ha nacido el elegido de la profecía," dijo Josune.

"¿Qué elegido?"

"El elegido que lo va a cambiar todo."

"¿Y qué tengo que ver yo en esto?"

"No puedo decirte mucho, ya que todo esta pasando actualmente. Le pedía ayuda a Raguel, porque Delmy ha tenido dos hijos, en vez de uno; por alguna razón se nos impidió saber que existía un tercero. A pesar de que siempre son tres. Y ahora necesito a alguien que sea el protector de uno de ellos," dijo Josune. "Uno de los tres será el elegido; y ahora que tengo más claras las visiones, sé que no podemos permitir que se cumplan."

"¿Qué visiones?" preguntó Lise.

"Cuando te conviertas en un caído será lo primero que veas, para que estés al tanto de lo que puede pasar si no lo impedimos."

Lise miró a Raguel. "¿Tú quieres que me convierta en un caído?" preguntó extrañada.

"Sólo si tú lo escoges, con tu libre albedrío."

"¿Y qué pasa si me niego?"

"Buscaré otra persona que esté dispuesta a ayudar; pero en esta otra persona percibo cierto conflicto de interés, y nos estamos quedando sin tiempo..." dijo Raguel misteriosamente.

"¿Y qué debo hacer exactamente?"

"Entrarás como protectora de uno de los tres, pero tu misión será vigilar y controlar a los tres... Ninguno de ellos debe actuar, o se pondrán en marcha las profecías del inicio del Apocalipsis."

"¿Así de grave está esto? Pero esas profecías son parte del plan; tarde o temprano tienen que pasar..." dijo Lise.

"Así es, pero nuestro libre albedrío nos permite impedirlo. Además, depende de nosotros el *nivel* de la catástrofe. La última vez que algo salió mal, toda la tierra firme quedó bajo las aguas," dijo Raguel. "Sólo tienes que impedir que los protegidos actúen."

"¿Qué hay de Wrath?"

"Eso es un problema para después."

"¿Qué pasa si fallo?" preguntó Lise.

Los tres se quedaron callados.

"No puedes fallar; por eso te he escogido," dijo Raguel.

"Entonces... ¿estás de acuerdo, Lise?" preguntó Josune.

"Sí; los voy a ayudar," respondió Lise. Y añadió de inmediato: "Con una sola condición: quiero tener un hijo."

Raguel frunció el ceño. "¿Un hijo?" cuestionó. "Pero eso nos podría llevar al mismo problema que tuvimos la primera vez."

"Sólo con esa condición."

Raguel pensó por unos segundos. "Está bien," accedió.

"Entonces tenemos un pacto entre los tres."

Josune miró a Lise y le dijo: "Protégelos; sólo no dejes que actúen. Y si ves que lo van a hacer, mira la forma de contenerlos." E inmediatamente se dirigió a Raguel: "Debo irme; algo ha pasado," y desapareció, dejando solos a Raguel y Lise.

Raguel miró a Lise y le dijo: "Parte importante de tu misión es no dejar testigos; debes encontrar la forma de mantener todo en secreto."

"Está bien Raguel, voy a sacrificarme para ayudarte en esto, pero lo voy ha hacer bajo mis propios métodos," dijo Lise. "Otra pregunta, ¿Cómo sabré si he fracasado en mi misión?"

Raguel la miró fijamente a los ojos. "Lo sabrás. Pero esto no puede salir mal. Si alguno de ellos decide actuar, tienes que detenerlo a toda costa."

"¿Qué quieres decir con eso?"

"Justo lo que dije. Tienes que detenerlos como sea. Como SEA."

"Pero eso no fue lo que dijo Josune..."

"No podemos arriesgarnos," insistió Raguel. "Déjame ser más claro: Si alguno de ellos llegara a actuar, y ves que es imposible detenerlo...

Tendrás que matarlo."

Lise sintió un escalofrío, que la sacó de sus recuerdos. Eloy se aproximaba cada vez más a ella, mirando sus manos.

"Lise," dijo Eloy, cuando estuvo lo suficientemente cerca para que ella lo escuchara, "no pude contener esto; no logro entender lo que ha pasado. Siento que una parte de mí estaba preparándose en mi cuerpo para algo más... me siento diferente."

Lise no le respondía. Con uno de sus dedos, atajaba las pequeñas lágrimas que brotaban de sus ojos, mientras lo miraba descender.

Eloy miró hacia abajo, y vio aviones disparando misiles, edificios explotando, soldados luchando, gente inocente intentando huir, sólo para morir a causa de las balas o las explosiones. Él sabía que esa era la realidad no solamente en Francia, sino en toda Europa.

Eloy miró a Lise y le dijo: "Deberíamos actuar; paremos esta guerra, solucionemos esto de una vez por todas. Sé que juntos podemos hacerlo... ya no necesitamos escondernos más."

La distancia entre Lise y Eloy se acortaba lentamente. Lise empezó a flotar hacia él, y Eloy se dio cuenta de que ella había estado llorando, y vio que tenía las dos manos apretadas contra su pecho.

"Lise, ¿qué te pasa?" preguntó Eloy.

Orin miraba la escena desde lo lejos, manteniéndose en forma incorpórea. Deus, quien seguía con Venus malherida en sus brazos, pasó su mano sobre la cara de ella, y la envolvió en una nube oscura. Al desvanecerse la nube, ella había desaparecido. Deus la había enviado a un lugar más seguro, porque en su grave estado no podía permanecer ahí. Él se quedó observando lo que estaba por suceder.

Lise seguía avanzando lentamente hacia Eloy. Su cuerpo estaba inmóvil; sólo su cabello volaba con el viento. Su mente estaba llena de dudas y pensamientos contradictorios, y los sentimientos de pena y frustración se amalgamaban en su pecho, y se reflejaban en sus ojos llenos de angustia, enfocados en Eloy.

"Lise... ¿Lise? Estás actuando de una forma muy extraña," dijo Eloy.

Ella no respondía, sólo seguía acercándose a él.

"Lise... ¿Estás bien?"

Cuando llegó frente a él, Lise abrió los brazos lentamente.

"¿Lise?"

Y Lise lo abrazó.

Al abrazarlo, la invadieron los recuerdos anteriores al segundo día de Oscuridad. Lise se vio a ella misma, en un estado de gestación muy avanzado, y a Eloy, de poco más de un año, acercándose a ella de la mano de su madre, Helen. Eloy abrazó a Lise con fuerza, y ella sonrió contenta. Luego la soltó y volvió a darle la mano a su mamá.

"¿A qué se debe este inesperado encuentro, Helen? No recuerdo haber hecho algo que vaya contra tus reglas," dijo Lise, medio en broma.

"Así es Lise; vengo porque quiero llevarte al hospital. Organicé una cita con el doctor... Sólo para ver que todo esté bien."

"Pero no es necesario Helen, yo puedo sola," dijo Lise.

"Lise querida, estamos aquí para ayudarnos... y si tú estás siempre protegiéndonos a todos, lo menos que puedo hacer es protegerte a ti."

Lise sonrió, y decidió seguirle la corriente. El pequeño Eloy volvió a abrazarla. Pero esta vez Lise recibió el abrazo y cerró sus ojos.

Al abrirlos, se encontró abrazando a Eloy adulto. Lo soltó y se separó de él, aún sin decir nada.

"¿Lise? ¿Estás bien? Tranquila, cualquier cosa que te pase tiene solución. Todo va a estar bien una vez que detengamos todo esto."

Lise lo miró a los ojos por última vez. Luego le dio la espalda, y mientras se alejaba lentamente le dijo: "No debiste actuar."

Eloy no entendía nada. Orin tampoco entendía el extraño comportamiento de Lise, así que decidió ir a donde estaba Eloy. "¿Qué está pasando?" preguntó Orin, apareciendo a su lado. "¿Se han olvidado acaso que estamos en medio de una guerra? Todo este comportamiento es muy extraño."

En eso, dos aviones se acercaron a ellos, uno por la izquierda y el otro por la derecha. Cuando estaban por cruzar frente a ellos, Lise levantó ambos brazos hacia los costados. De cada una de sus manos, disparó un potente rayo de energía blanca, destruyendo simultáneamente a los dos aviones. Luego siguió su camino, como si nada hubiera pasado.

"Bueno, eso sí es normal en Lise," dijo Orin, muy serio.

"Lise, para" dijo Eloy una vez más, sin esperar que le hiciera caso.

"¿Qué esta haciendo Lise?" le preguntó Orin a Eloy.

"No entiendo lo que está pasando; lo que sí sé es que esto ha llamado la atención de Deus."

Deus vio que Orin acababa de desaparecer de donde estaba, para reaparecer cerca de él. "¿Cuál es tu plan en todo esto?" le preguntó Orin, mirándolo con desprecio. A pesar de la explicación de Ward, Orin aún no confiaba en él.

Deus no le respondió.

"No me escuchaste; sé que eres un celestial. ¿Cuál es tu propósito en todo esto? ¿Tú no buscabas la paz? ¿Por qué no haces nada para parar la guerra?" el tono de Orin era cada vez más alto. Le costaba disimular que estaba exaltado. "Mira cómo sigue muriendo gente," insistió, señalando hacia abajo, donde el combate continuaba.

Deus miró a Orin y le respondió: "Debiste pensar en los demás, y no sólo en ti. Tú eras su protector, y todos estos años Lise ha estado entrenando a Eloy... míralo tú mismo." Acto seguido, levantó la mano y señaló a la cara de Orin.

En ese momento, aparecieron en la cabeza de Orin imágenes de los recuerdos de Lise y Eloy:

Un mes después del tercer día de oscuridad, un joven Eloy saludaba emocionado a Lise, luego de no haberla visto en algún tiempo.

"¡Tía Lise!" al abrazarla, a los dos se les escaparon unas lágrimas; después de todo, había pasado sólo un mes desde la trágica muerte de Helen, la madre de Eloy, quien también había sido gran amiga de Lise.

"Eloy, has desarrollado ciertos poderes que Jerriel no tiene; después de lo que sucedió con tu mamá, tenemos que comenzar a entrenar, para poder proteger a los demás por si llegan más días como este. Tu mamá hubiera querido que sepas defenderte y defenderlos, en caso de que yo no esté aquí," dijo Lise.

"¿Y qué debo hacer, Tía Lise?"

"Quédate aquí."

Lise se elevó a unos veinte centímetros del piso, y volando en forma vertical se alejó de Eloy unos cien metros. "Ahora vas a atacarme con todo lo que tengas; yo te enseñaré a defenderte y atacar, y así irás aprendiendo, mejorando tus fortalezas y superando tus debilidades."

Eloy y Lise empezaron a combatir, y en la cabeza de Orin, se sucedieron varias escenas de distintos entrenamientos de combate entre ellos; todas las sesiones terminaban con Lise como vencedora.

De repente, las imágenes se detuvieron. Orin abrió los ojos, y se encontró con que Deus seguía frente a él. "Los entrenamientos duraron años, y Eloy jamás logró vencer a Lise. Mientras más crecía él, más fuerza tenía; pero Lise era quien lo guiaba, y conocía todas las fortalezas y debilidades de Eloy, mientras ella que no le demostraba las suyas," explicó Deus. "En realidad, Lise no estaba entrenando a Eloy; ella se estaba entrenando a *ella misma*, mejorando sus propias destrezas y corrigiendo sus errores. Por eso él nunca pudo vencerla," concluyó Deus.

Orin se quedó muy sorprendido por lo que acababa de descubrir.

Deus dijo crípticamente: "La verdad esta por venir."

Al mismo tiempo, Orin vio cientos de tanques del gran ejército árabe entrar a la zona de combate, con miles de soldados más, que se habían movilizado para el momento más crucial de la guerra.

Y Orin miró a Lise, y se dio cuenta de que ella se estaba alejando de Eloy unos cien metros. *Está preparando su campo de batalla, y Eloy no lo sabe,* pensó.

Lise se dio media vuelta, y su enorme hacha roja apareció en su mano derecha. En ese momento, la realidad golpeó a Eloy como un saco de ladrillos: al reconocer el formato de entrenamiento, se dio cuenta de lo que estaba pasando: Lise no estaba ahí para parar la guerra... Sino para pararlo a él.

"¿Tía Lise?" dijo Eloy en voz baja.

Se escuchó una fuerte explosión, y las llamas envolvieron a Lise, quien miró fijamente a Eloy con sus ojos rojos, mientras agarraba firmemente su hacha en posición de ataque.

Lise esta lista para su batalla final contra Eloy.

CAPITULO 29

Agosto 11 del 2026.

Eloy estaba en estado de shock. No podía creer que Lise de verdad estaba preparada para atacarlo. Miró a Orin, y éste señaló con su dedo hacia abajo. Había cientos de tanques entrando a la ciudad, con miles de soldados. Todos se estaban ubicando estratégicamente, con sus cañones apuntando hacia Lise.

En un momento, se hizo un silencio absoluto: los aviones no pasaban, los tanques no disparaban, Lise estaba lista para el combate, pero no se movía. Eloy seguía intentando comprender el comportamiento de Lise. Y Orin miraba a Deus.

Deus dijo en voz baja: "Yo amo la paz, mas cuando hablo, ellos están por la guerra."

Repentinamente, Lise arremetió a toda velocidad contra Eloy, sin compasión. Éste alcanzó a hacerse a un lado, esquivando el golpe, pero Lise dio de inmediato la vuelta y volvió a atacarlo, y esta vez, Eloy recibió el impacto. "¡Para, Lise! ¿Qué haces? ¿Por qué me atacas?"

Sin responder, ella volvió a lanzarse contra él, una y otra vez; Eloy logró esquivar muchos de los golpes, pero algunos sí lo alcanzaron. Aún así, Eloy no hacía nada por defenderse; él sólo intentaba detenerla con palabras. Ella murmuraba: "Eloy, no debiste actuar," y seguía atacando a toda velocidad. De sus ojos, salieron dos rayos rojos que le dieron a Eloy en plena cara, cegándolo momentáneamente. Lise levantó su hacha, y le asestó un golpe con toda su fuerza. Eloy levantó su brazo derecho, y recibió el impacto del hacha en el antebrazo. Un dolor intenso lo recorrió como una potente descarga eléctrica... pero el hacha no lo cortó.

Lise se sorprendió de que el hacha no había podido penetrar su piel. *Eloy es indestructible. Si el hacha no pudo cortarlo, nada puede,* pensó. Pero esto no iba a detenerla. Ella sabía que Eloy era mortal; sólo tenía que encontrar la manera...

Orin se alarmó al ver que Lise había atacado a Eloy usando el hacha, y se acercó a ella para interceder, intentando hacerla entrar en razón: "Lise, ¿te volviste loca? ¿Si ves a quién estás atacando? ¡Es Eloy!"

Lise simplemente lo ignoraba. Orin empezó a disparar cada cierto tiempo un rayo hacia Lise, parar tratar de distraerla y proteger a Eloy. Los rayos la impactaban, pero no le causaban daño alguno. Ella sólo se detenía un segundo a verlo, pensando que Orin también tenía los segundos contados. Ella sabía que era mucho más poderosa que él.

Sin misericordia, Lise se aprovechaba de que conocía las debilidades de Eloy, y sabía cómo iba a responder a cada ataque. También usaba cada movimiento que no le había enseñado durante los entrenamientos, agarrando desprevenido a Eloy, quien sentía que estaba peleando contra un adversario nuevo. Lise había entrenado por años para este plan de contingencia. Y con todo este conocimiento a su favor, Lise logró noquear a Eloy, quien empezó a caer, inconsciente.

Eloy había sido vencido.

Lise no quitaba los ojos de encima a Eloy mientras éste iba cayendo a tierra firme. Decidió rematarlo con un golpe final, pero cuando estaba a punto de hacerlo, recibió el impacto de un fuerte rayo blanco. Lise miró a su derecha, y vio a Orin.

"¡Detente Lise! ¿Qué estas haciendo? ¡Eloy es como tu hijo! ¿No te das cuenta de que él no te ataca? Ni siquiera se defiende... Él te ve como lo más cercano que tiene a una madre.

Esta vez Lise no se detuvo. Fue volando directo hacia Orin.

"Pensé que Eloy iba a tener una oportunidad venciéndote... pero no voy a dejar que lo mates." Un cubo blanco empezó a girar alrededor de Orin, y éste se llenó de energía blanca.

"Whiteman," le dijo Lise, con una voz grave y una mirada de fuego.

Orin se sorprendió de ver a Lise así. No parecía ella, sino un demonio enfurecido. Y a pesar de que él sabía que no tenía oportunidad de vencerla, siguió atacándola; quería ganar tiempo para que Eloy pudiera recuperarse, darse cuenta de lo que pasaba, y decidirse a parar a Lise. Además, Orin necesitaba conseguir el hacha para Ward.

Mientras Orin atacaba a Lise, los tanques y los aviones empezaron a hacer lo mismo. Orin se dio cuenta, y decidió utilizar esto para su conveniencia. Cada vez que Lise iba a atacar a Orin, recibía el impacto de algún tanque, o de algún avión que pasaba cerca de ellos. Estos ataques no le hacían daño a Lise, pero sí lograban empujarla y desconcentrarla, y aunque eso la enfurecía cada vez más, era una ventaja para Orin. Cada vez que ella se distraía, él desaparecía, y reaparecía en otro lugar, mientras seguía intentando hacerla entrar en razón. "Lise, tienes que parar; esto cada vez se está poniendo peor... Por favor, escúchame-"

"¡NO, TÚ ESCÚCHAME A MÍ!" gritó ella, mientras disparaba a los tanques y aviones que la estaban atacando, para que no la siguieran distrayendo.

Orin decidió aparecer junto a Eloy, para intentar que éste reaccionara; él sabía que no tenía oportunidad de derrotar a Lise él solo, y si Eloy no lo ayudaba, sólo era cuestión de minutos para que llegara su final.

"Te escucho Lise," dijo Orin, mientras de su mano salía una energía blanca que iba recuperando a Eloy, quien estaba inconsciente en el suelo. La caída de Eloy había dejado toda la calle cuarteada.

"Whiteman, piensa cómo llegamos a esto. Venus fue a buscarme al departamento de Ward; Venus esta con Deus. Y si Ward fue pareja de Venus, también está involucrado de alguna forma. Después de todo, los medios están informando al mundo de todo esto, cuando Ward hubiera podido evitarlo. Mira a tu alrededor: todas las cámaras están apuntando hacia nosotros."

Orin vio a su alrededor, y vio helicópteros de la prensa que los filmaba sólo a ellos. Ahora que estaba buscándolos intencionalmente, encontró camarógrafos escondidos en los edificios, en las esquinas de las calles... por todos lados.

Lise agregó "Venus me transportó por sus portales justo frente a los aviones- ¡dos veces! Ella sabía perfectamente lo que estaba haciendo; de repente los aviones, que tenían otra misión, decidieron dedicarse a eliminarme a mí... y luego, cientos de tanques entraron a esta ciudad, sabiendo que este era un centro de batalla; y Deus me trajo justo aquí cuando Venus pidió ayuda."

Orin escuchaba las palabras de Lise. En realidad lo que decía parecía tener sentido. Miró a Deus, quien seguía observando todo sin moverse.

"Todo está puesto como piezas de ajedrez," dijo Lise.

"Y entonces ¿por qué estas tratando de eliminar a Eloy?"

"Porque ellos sabían que si Eloy llegaba a estar expuesto ante el mundo, yo tendría que eliminarlo... Por eso nunca dejaba testigos. Quería cumplir mi promesa con Helen... pero he fracasado en esa promesa, y no pienso fracasar en la otra."

"Pero es Eloy... es de los nuestros."

"Jamás entenderías por qué estoy atacando a Eloy, así como jamás entendieron como Laina no es realmente mi hija. Además, tengo mis razones personales... Orin, tenemos diferentes formas de pensar con respecto a la humanidad."

"¿Y qué hay de Helen?" preguntó Orin.

"Al parecer, Helen también estaba con Deus."

A toda velocidad, Lise voló hasta Orin, y antes de que éste pudiera desaparecer, lo agarró del cuello, y salió volando con él, llevándolo muy arriba, pasando las nubes. "Ni lo intentes, esta vez no voy a dejar que te escapes," dijo Lise, mientras Orin trataba de soltarse. "Deus es el culpable," siguió Lise. "Él nos está manipulando a todos. Fue por su culpa que tuve que llegar a esto. Venus, Helen, Ward, Risteard... todo apunta a esto. Y a esa gran cruz en los cielos," concluyó Lise, mientras le señalaba la cruz.

Desde las alturas, Lise miró a Deus, quien en ese momento también la estaba mirando. "Todo es tu culpa; tú quisiste que esto pasara," murmuraba Lise, sin quitarle los ojos de encima a Deus.

Lise soltó a Orin y se dirigió a gran velocidad hacia Deus, que seguía parado sobre el Arco del Triunfo. Lise con su hacha lista para cortarlo en dos, decidida a aniquilarlo, sin piedad. Deus no se movía; sólo la miraba.

Cuando estaba cerca de él, alzó el hacha con ambas manos... pero fue interceptada por Eloy, dispuesto a luchar. Orin voló hacia ellos, intentando detenerlos, pero no podía; el nivel de su fuerza no era comparable ni siquiera al de uno de ellos, peor al de ambos.

Eloy se estaba defendiendo de Lise, mientras intentaba activamente detenerla; pero Lise encontró la manera de aprovecharse de la guerra, tal como había visto hacer a Orin, momentos atrás.

A medida que pasaban los minutos, Lise se descontrolaba cada vez más, y comenzó a destruir todo a su alrededor. Eloy intentaba agarrar a Lise, pero cada vez que se acercaba, ella encontraba la forma de esquivarlo, ocultándose tras los aviones que pasaban a su alrededor; después, decidió agarrar un tanque de su cañón, y generando un aura alrededor del vehículo, procedió a levantarlo sin que éste se rompiera, como si fuera un bate de baseball, para golpear a Eloy con él. Pero él esquivaba todos sus golpes; no iba a dejarse vencer.

Y así estuvieron cerca de dos horas. Todo el mundo veía esta batalla a través de los medios de comunicación. El centro de la ciudad de París estaba siendo reducido a escombros.

Orin estaba cansado de no poder hacer nada. Miró a Deus, quien observaba impávido lo que esta pasando. *Quizás ella tiene razón*, pensó. Orin desapareció, y reapareció a pocos metros de Deus. "Sé que tratas de detener la guerra a tu manera, y eres de los que no quiere actuar para hacerlo," le dijo. "Pero puedes pararlos *a ellos*; sé que puedes."

Deus no respondía.

En ese momento, Eloy recibió un fuerte hachazo de Lise en la cabeza. Tal fue el impacto, que Eloy empezó a caer por segunda vez. Un fuerte ruido se escuchó en los cielos, semejante al sonido de una trompeta.

Orin, al ver que Eloy había sido derribado otra vez, se acercó más a Deus: "Sé que no quieres actuar; pero yo encontraré la forma de que lo hagas." A su alrededor, comenzó a girar un cubo blanco, y cuando éste llegó a su mano derecha, se convirtió en una enorme espada blanca. De inmediato, un aura de energía blanca envolvió a Orin, y él sintió una corriente eléctrica en su interior; su fuerza y sus poderes se incrementaron a unos niveles que nunca antes habían tenido.

Sintiéndose más poderoso que nunca, y confiado de la energía del arma, decidió usar la espada contra Deus.

Mientras tanto, Lise agarró a Eloy del cuello, cuando éste caía del cielo por segunda vez, y lo estampó contra el suelo. Estaban a unos quinientos metros del Arco del Triunfo. La fuerza del golpe lo dejó inconsciente. Lise bajó al suelo, y se quedó parada junto a Eloy, sin quitarle la mirada de encima, por si éste volvía en sí.

Orin, elevado a la altura de Deus, decidió atacarlo con la espada blanca. Deus no movía ni un solo dedo. Cuando Orin estaba lo suficientemente cerca de Deus para usar la espada contra él, un rayo de energía negra impactó a Orin, empujándolo hacia un lado y derribándolo en el suelo.

Lise y Orin, en tierra firme, levantaron la mirada, y vieron una silueta humana que se les acercaba. Reconocieron inmediatamente el traje negro, y la enorme espada negra.

"Es tiempo de actuar," dijo el Ser Oscuro.

CAPITULO 30

Agosto 11 del 2026.

Los ojos de Lise estaban clavados en el Ser Oscuro, desbordados de odio. "Tú... tú mataste a Helen," dijo entre dientes, "y tendrás que pagar por lo que hiciste."

El Ser Oscuro la miró sin expresión alguna en su rostro. "Tú hablas de vengar a Helen... ¿pero quieres matar a su hijo?" cuestionó.

Lise ignoró su comentario. Vio que Eloy seguía inconsciente en el suelo... y antes de matarlo, decidió acabar con el Ser Oscuro. "Entonces fuiste tú quien tomó la espada," dijo, mientras apretaba su hacha, y ésta quedó prendida en fuego inmediatamente.

Lise, el Ser Oscuro y Orin se elevaron por los cielos, e iniciaron un combate sobre las nubes. Deus cerró sus ojos y vio en su mente lo que quedaba de París, y de los países de Europa que estaban involucrados en la guerra. Todo estaba devastado.

Y en ese momento, Deus decidió actuar. Desapareció y reapareció junto a Eloy, quien estaba en el suelo, derrotado. Se arrodilló junto a él, y poniendo su mano sobre la cabeza de Eloy, le dijo:

“Sagar, tú tienes que parar la guerra.”

Eloy abrió levemente los ojos y miró a Deus.

“Llegó el momento de aceptar quién eres,” dijo Deus.

Eloy volvió a cerrar los ojos.

“Sólo tú puedes detenerla, Sagar,” insistió Deus.

Eloy abrió los ojos nuevamente: “¿Por qué me llamas Sagar?” susurró.

Deus sonrió. “Ese es tu patrimonio,” dijo “Busca la verdad en tu interior. Tus padres te nombraron Eloy, pero eso sólo fue una distracción. Helen y Josune llevan el apellido Saga, porque el destino quería darte pistas para que encontraras tu verdadero yo.”

“¿Quién eres tú?”

Deus sonrió. “Eso no es lo importante ahora; ya debes actuar. Busca tu verdadero yo, Sagar...” hizo una pausa, y agregó: “Necesitas parar esta guerra ahora.”

“Y después, ¿que?” preguntó Eloy con un dejo de ironía en su voz. Él sabía que podía pasar cualquier cosa si se iba contra Lise; y para empeorar la situación, ahora también tendría que vérselas con el asesino de su madre. Eloy sabía que no sobreviviría a esa prueba.

“Después todo depende de ti; es tu libre albedrío.”

“Para parar la guerra, tendría que derrotarlos a ellos dos, y yo no tengo las fuerzas; me resultaría imposible bajo estas circunstancias.”

Deus lo miró fijamente. “Cierra tus ojos y olvida tus dudas; y recuerda que *nada es imposible, todo se puede hacer.* Cuando abras los ojos, Eloy ya no existirá; de ahora en adelante, renacerás como Sagar.”

Eloy obedeció y cerró sus grandes ojos azules, que parecían dos luces.

Deus puso sus manos sobre la cabeza de Eloy y un aura de luz envolvió todo su cuerpo. Unos segundos después, Eloy abrió los ojos; ya no sólo eran azules sus pupilas, sino también sus globos oculares, y de ellos se desprendían destellos de electricidad.

Eloy comenzó a sentirse cada vez más lleno de fuerza y energía.

Deus sonrió. "Está hecho," dijo. Y desapareció.

Eloy levantó la mirada y vio a Lise, Orin y el Ser Oscuro, luchando uno contra otro. Luego de varios minutos de combate intenso, se detuvieron un momento y se separaron un centenar de metros, de forma equidistante, formando un triángulo entre los tres. Desde donde estaban, sobre las nubes, no podían ver la ciudad; sólo algunos aviones que pasaban disparando.

Parecía ser el momento final.

De repente, las nubes que veían a sus pies, en el centro del triángulo que formaban, empezaron a tomar una tonalidad celeste. Rayos de electricidad azules las envolvieron, y todos miraron hacia abajo. Del centro de las nubes, ante los ojos de los tres, emergió un cuarto personaje.

Su cuerpo estaba rodeado de un aura eléctrica, de donde se desprendían destellos celestes. Sus ojos, completamente azules, parecían cargados de energía, listos para disparar un potente rayo. Sobre su mano derecha, flotaba un orbe blanco de energía, y sobre la izquierda llevaba otro orbe, lleno de energía negra. Su ascenso era lento, pero todos lo miraban impactados.

Una vez que llegó al nivel de los otros tres, se quedó frente a Lise y el Ser Oscuro, dándole la espalda a Orin.

"¿Eloy?" dijo Orin, dudoso.

Sobre su hombro, él respondió: "No me llames Eloy; llámame Sagar."

Y en ese momento disparó de sus manos dos rayos de energía, que impactaron fuertemente a Lise y al Ser Oscuro. Ambos salieron volando por los aires.

El ataque fue lo bastante fuerte para golpearlos y enviarlos lejos, pero no lo suficiente para eliminarlos por completo. Lise y El Ser Oscuro eran muy poderosos.

Sagar miró a Orin y le dijo: "Encárgate tú del Ser Oscuro; yo me voy a encargar de Lise."

"Creo que puedo hacerlo."

Sagar se detuvo un segundo, lo miró a los ojos y le dijo:

"No *creas* que puedes; simplemente hazlo."

Orin empuñó su espada blanca con fuerza, y se sintió mas confiado de poder vencer al Ser Oscuro en un combate.

"Hazlo," insistió Sagar. Y se fue atrás de Lise.

Orin, con la refulgente espada blanca en la mano, se preparó para seguir al Ser Oscuro.

Lise decidió volver a su estrategia de levantar tanques de guerra para lanzárselos a Sagar, sin reparar en los soldados que se encontraban en el interior. Éstos, al ver que sus vehículos se elevaban en el aire, empezaron a salir desesperadamente; algunos lo lograban, y llegaban al suelo a salvo. Otros lo hacían demasiado tarde, y morían por el impacto de la caída. Sagar, al descender de los cielos, vio los tanques volando hacia él... y al notar que había personas saliendo de ellos, su rostro se desfiguró. Sagar intentó ayudar a cuantos soldados podía, atajándolos en el aire, y depositándolos en el suelo. Lise, al ver esto, sonrió. Había descubierto su debilidad.

Lise voló hasta la Torre Eiffel, y disparó un rayo desde sus ojos, que cortó el monumento por la mitad de izquierda a derecha. Luego, clavó su hacha sobre la punta de la torre, y un aura de energía envolvió toda la mitad superior de la estructura. Acto seguido, Lise empuñó el mango del hacha y la levantó. Media Torre Eiffel se levantó a su vez, unida al hacha como si fueran una sola cosa. Lise utilizó el inmenso pedazo de hierro para arrasar con la ciudad, destruyendo a su paso edificios, tanques, aviones... Al mismo tiempo, iba fulminando con sus ojos a todas las personas que veía.

Golpeaba todo lo que encontraba con la torre, menos a Sagar. A él sólo buscaba descontrolarlo.

Sagar intentaba detener a Lise, pero se distraía tratando salvar a cuantos podía. Aunque sabía que no podría salvar a todos.

"Esa siempre fue tu verdadera debilidad," le gritó Lise, con sorna. "El amor que tienes por los humanos... eso es lo que te hace débil."

Cuando se cansó de su juego de destrucción sin objetivo concreto, Lise levantó la torre sobre su cabeza, y la lanzó en dirección de Sagar. Ésta le cayó encima, destruyendo todo a su paso, y aniquilando a más gente inocente. La torre se rompió en miles de pequeños pedazos de hierro que volaron por todos lados. Pero Sagar estaba intacto.

Lise descendió hasta el suelo, y tomó por el brazo a uno de los soldados del ejército árabe. Mientras empuñaba la enorme hacha en su mano derecha, sostuvo al soldado frente a ella con su brazo izquierdo, usándolo como un escudo humano, mientras éste se agitaba furiosamente, intentado soltarse, en vano.

Al ver esto, Sagar se detuvo unos instantes, pues no sabía cómo atacar a Lise sin hacerle daño al soldado. Ella aprovechó su confusión para asestarle un fuerte golpe con el hacha, e inmediatamente volvió a atacarlo... esta vez utilizando al soldado como arma. Por la fuerza del impacto, el cuerpo del hombre se despedazó, dejando a Sagar cubierto de sangre, músculos y vísceras humanas.

Lise inmediatamente atrapó a otro soldado, para repetir su estrategia.

Sagar se dio cuenta de que pelear contra Lise equivaldría a matar más gente inocente. Y eso era impensable para él. Pero ella continuaba atacándolo, con rayos de sus ojos, golpes de su hacha, y de los cuerpos de los soldados que apresaba... y cada uno de esos golpes lo debilitaba, física y moralmente.

Y Lise seguía repitiendo su sangrienta táctica, una y otra vez.

Mientras tanto, arriba en los cielos, peleaban El Ser Oscuro y Orin. Cada vez que sus dos espadas chocaban, producían destellos blancos y negros, que se veían por toda la ciudad.

"Veo que la espada ha incrementado tus poderes," dijo el Ser Oscuro.

Orin no respondió. Estaba concentrado buscando la forma de herir al Ser Oscuro, pero éste no se lo permitía. Si Orin usaba su espada, su contrincante también usaba la suya, y cuando Orin le lanzaba rayos, el Ser Oscuro hacía lo mismo. La pelea parecía muy balanceada, y Orin pensaba que tenía la batalla bajo control... pero no era así.

El Ser Oscuro le dijo: "La espada te dio el conocimiento de lo que eres capaz de hacer; pero en realidad no la necesitas."

"¿Por qué me dices eso?"

"Esta espada hizo lo mismo por mi," respondió el Ser Oscuro, blandiendo su espada negra.

En ese momento, el Ser Oscuro notó que Deus se había ido; ya estaba a salvo. La espada negra volvió a su forma de cubo, dio un par de vueltas a su alrededor, y desapareció.

Orin aprovechó para volar a toda velocidad hacia el Ser Oscuro con su espada. Al darse cuenta, éste levantó las manos, y lanzó un rayo negro desde los cielos. Este rayo derrumbó a Orin, llevándolo hasta estrellarse en el suelo, a varios kilómetros de donde peleaban Sagar y Lise... Y dejando un cráter negro en la calle.

Lise y Sagar se percataron de este rayo negro, pero continuaron con el combate; sabían que quien se distrajera tendría una seria desventaja.

El Ser Oscuro apareció junto al cráter, del que salió Orin, sin sombrero, sin gafas, golpeado, pero no vencido.

"No hay razón para que yo siga aquí," dijo el Ser Oscuro. Era obvio que, a pesar de que ambos tenían armas celestiales, él era mucho más poderoso. Mirando a Orin, le dijo: "La guerra va a parar cuando no haya más fronteras; mientras éstas existan, y mientras haya líderes con intereses diferentes y egoístas, todo será igual."

Orin se quedó callado mirándolo, y volvió a hacer aparecer la espada.

"Tú eres más poderoso que esa espada, sólo que no lo sabes aún... descubre de dónde vienes," dijo el Ser Oscuro. "Protege a Eloy; y no dejes que maten a Lise." Dicho esto, desapareció. Orin estuvo unos momentos mirando a todos lados, pero el Ser Oscuro no volvió a aparecer.

Mientras tanto, Sagar y Lise seguían peleando. Lise estaba dominando la batalla, y no dejaba a Sagar acercarse. Cada cierto tiempo, tomaba nuevos soldados para utilizar como escudo, y luego se los lanzaba a Sagar, para distraerlo.

Pero ella no contaba con Orin.

Orin apareció junto a Sagar, y puso la mano sobre su hombro. Los dos desaparecieron y reaparecieron atrás de Lise. De esta forma, Sagar logró finalmente atraparla, y recordando las veces que ella había sido derrotada, la estrelló contra el piso con mucha fuerza, varias veces. Se elevaba con ella, y bajaba a gran velocidad, para volver a golpearla contra el suelo.

Lise hizo acopio de todas sus fuerzas, se elevó en el aire con Sagar, y generó un orbe de fuego a su alrededor, para que Sagar la soltara. Esta bola de fuego era tan fuerte que toda persona que estaba cerca de este calor era derretido o incinerado, dependiendo de la proximidad de los rayos.

En efecto, Sagar la soltó, y ella empezó a lanzar de sus ojos, su boca y sus manos, una inmensa llamarada, como si fuera un dragón que escupía fuego, acabando con todo a su paso: edificios, monumentos, árboles, vidas humanas. Un tercio de París fue destruido y parecía un infierno.

Y aunque Sagar sólo fue alcanzado por el fuego un par de veces, pues la mayoría lograba esquivarlo, éste iba incinerando poco a poco toda la ciudad. Sagar sólo quería detenerla, así que se voló por encima de ella, para que el fuego apuntara hacia arriba, en lugar de a la ciudad, y empezó a provocarla. "Lise, aquí estoy; dispárame." Y Sagar cerró sus ojos, listo para recibir el impacto.

Lise descargó furiosa sus llamas contra Sagar… y él empezó a avanzar lentamente hacia ella, mientras aguantaba el calor infernal. Sagar abrió sus ojos, dos puntos azules que resaltaban en medio del fuego, y dijo: "¿Eso es todo lo que tienes?" Y Lise se enfurecía cada vez más. Pero Sagar sólo quería distraerla. De improviso, voló hacia ella a toda velocidad y la agarró del cuello.

Al mirarla, vio que ya no había en ella ni un rastro de quien había sido su tía Lise. Era un monstruo, una asesina despiadada que los había traicionado a él y a su madre, y que había matado a sangre fría a miles de personas inocentes, al tiempo que destruía toda una ciudad. Y comenzó a golpearla y estrellarla contra el suelo, sin el menor remordimiento.

Orin apareció junto a los dos. "Ya es suficiente, Eloy," dijo.

Lise había dejado de emitir llamas. Estaba inconsciente y mal herida. Y aun así, Sagar no se detenía.

"Detente, Eloy."

Pero él no parecía estar escuchando, y seguía golpeando.

"SAGAR."

Sagar se detuvo un momento y miró a Orin.

"Ya es suficiente," dijo Orin.

"No puedo arriesgarme a que vuelva a descontrolarse; mira todo lo que ha hecho." Ambos miraron a su alrededor; la hermosa ciudad de París había quedado reducida a un montón de escombros humeantes.

Orin se acercó a Sagar, y le puso la mano en el hombro. "Ya todo ha pasado."

"¿Dónde está el asesino de mi madre?" preguntó Sagar.

"Se fue."

"Se fue," repitió en voz baja Sagar. "Entonces ¿ya todo ha terminado?"

"Así parece... pero, ¿qué hay de esto?" preguntó Orin, mirando a su alrededor. Sagar levantó los ojos y vio que los soldados cesaban los disparos. Poco a poco, las personas que quedaban con vida comenzaron a salir de sus escondites... Y todos miraban a Sagar.

"Orin, ¿te puedes encargar de ella?" preguntó, señalando a Lise.

"Sí; yo la puedo llevar directo donde Ward; el sabrá qué hacer con ella. Y tú... ¿qué vas ha hacer?"

"Al parecer, me toca parar la guerra."

"¿Podrás hacerlo?"

Sagar se elevó en el aire a la vista de todos, y mientras sonreía dijo:

"Nada es imposible, todo se puede hacer."

CAPITULO 31

Laina se encontraba en la sala de su departamento con el televisor encendido, siguiendo las últimas noticias en la gran pantalla plana y en su teléfono, informándose sobre lo que estaba pasando en París. Vio cómo Eloy derrotaba a Lise, y escuchó cómo el presidente Gore ordenaba retirar las tropas de Europa. Al mismo tiempo, todos los canales, las páginas web y las redes sociales empezaron a mostrar imágenes de Sagar, y los periodistas se preguntaban quién era ese héroe misterioso que había logrado parar la guerra en París.

En eso, Laina escuchó un golpe en la ventana. Al acercarse a ver de qué se trataba, el sol le dio directamente en la cara, y por unos instantes sólo pudo vislumbrar una silueta negra. Cuando sus ojos se adaptaron a la luz, se dio cuenta de que quien estaba afuera era Eloy.

Laina dejó escapar un grito de emoción. Abrió inmediatamente la ventana y lo ayudó a entrar. "¡Eloy! ¡Eloy, estás vivo! ¿Estás bien?" le preguntó mientras lo abrazaba con fuerza, con lágrimas en los ojos.

Se quedaron abrazados un largo rato. Ella no podía creer que finalmente él estaba de vuelta, sano y salvo. Cuando se había tranquilizado un poco, Laina preguntó: "¿Qué hay de mi madre?"

Eloy se quedó en silencio unos segundos. Luego respondió en voz baja, muy apesadumbrado: "Ella… nos ha traicionado."

"Ella a mí desde el momento en que nací," dijo Laina. "No tienes que decirme más. No me sorprende... y no quiero saber más de ella."

Justo en ese momento, aparecieron en el televisor imágenes de Lise en el suelo, junto a Eloy. Ella parecía estar muerta.

Laina notó que el rostro de Eloy se ensombrecía, y le djio: "Tú hiciste lo que tenías que hacer... y yo te apoyo."

Eloy la abrazó y le dio un beso en los labios. "Laina... yo acabo de cambiar el mundo."

"Y ¿qué significa eso?" preguntó ella sonriente.

"Significa que ahora no tenemos que escondernos. Y puedo ayudar a la gente... Puedo incluso acabar con *toda* la guerra."

"¿De verdad? Pero... ¿Cómo? Acabo de escuchar que el presidente Gore se retiró oficialmente de la guerra, pero ¿qué hay de los otros? ¿qué hay del gran ejército árabe unificado? ¿Y las células terroristas que han estado escondidas por años, atacando nuestras iglesias?"

"Nadie dijo que sería fácil," respondió Eloy. "Pero ellos no pueden pararme; sólo es cuestión de tiempo que consiga la paz mundial."

"¿Y qué tan rápido crees que puedas lograr eso?"

"Bueno, tendría que hablar con Ward, para ver la mejor estrategia; pero creo que en más o menos unos seis meses podríamos vivir en un mundo de paz absoluta."

En eso se abrió la puerta principal del departamento, y apareció Jerriel. "¡Eloy!" exclamó al verlo, y se acercó a abrazarlo. "Veo que finalmente decidiste actuar... Bien por ti, y por todos nosotros."

"¡Jerriel, qué gusto verte de nuevo!" respondió Eloy.

"¿Qué pasó con Lise?" preguntó Jerriel.

"La verdad no lo sé. De un momento a otro, ella ya no era la Lise que conocíamos."

"¿Está muerta?"

"No...creo."

"¿Está muerta o no?" volvió a preguntar Jerriel, con un tono más elevado.

"Estaba gravemente herida, pero Orin se la llevó. Yo creo que va a estar bien."

"¿Orin? ¿Por qué Orin? ¿Por qué no te encargaste tú directamente?"

"Porque quise venir aquí a ver cómo estaban ustedes."

Jerriel frunció el ceño. "No sé si era prudente confiar en Orin."

"No sé si era prudente confiar en Whiteman."

"¿A qué te refieres, Ward?" preguntó Ricker. Ambos se encontraban en el centro de operaciones subterráneo de Ward.

"Bueno, para comenzar tenemos una negociación pendiente..."

Justo en ese momento, apareció frente a ellos Orin, con Lise en sus brazos. Ward la miró, y le preguntó a Orin: "¿Está viva?"

"Está gravemente herida."

Ward corrió hasta él para tomar a Lise en sus brazos. "Esto no tenía que haber acabado así..." dijo, como para sí, mientras la depositaba en el suelo.

"Sagar hizo todo lo posible para detenerla sin hacerle daño..."

"¿Sagar?"

"Eloy."

"Ah... Ahora todos tienen delirios de grandeza." Ward contempló el rostro magullado de Lise, pensativo. Pasó sus dedos por la frente lastimada, y cuando llegó a los párpados, los separó ligeramente. Dentro de sus ojos había un destello rojo.

"Lise."

Ward levantó su mano y la pasó sobre la cara de Lise. Desde el pecho de ella, surgió el cubo rojo, girando sobre su eje lentamente. Ward cerró sus ojos, e inmediatamente el cubo dio un par de vueltas a su alrededor y desapareció.

Ward volvió a abrir los ojos, y abrió una vez más con sus dedos, los párpados de Lise. Esta vez, no hubo destello alguno. "Ella se ha ido," dijo, con su voz cargada de pena.

"¿Qué has hecho?" dijo Orin.

"No podía arriesgarme a que siguiera teniendo el hacha... y al parecer eso era lo que la mantenía con vida." Los ojos de Ward se nublaron brevemente. Al cabo de unos segundos, suspiró, se aclaró la garganta, y dijo: "Eloy no debe saber que Lise está muerta. Ni lo que acaba de ocurrir aquí. Se lo informaré en su debido momento."

Orin no respondió.

Ward miró a Ricker y le dijo: "Llévala donde Josef. Yo después me despediré apropiadamente."

Ricker tomó en sus brazos el cuerpo de Lise, activó la pirámide, y desapareció con ella.

Ward cerró los ojos y extendió su brazo derecho. De inmediato, el hacha roja apareció en su mano derecha. La empuño con ambas manos, y la levantó sobre su cabeza. Con un profundo gruñido, le asestó un hachazo a la mesa más cercana, y ésta se partió en dos. Mirando la mesa destruida, dijo: "Lise, mi Preciosa."

Al ver que Ward tenía el cubo de vuelta, Orin dijo: "Asumo que la promesa esta saldada."

Ward miró a Orin, y el hacha regresó a su forma de cubo, dio dos vueltas a su alrededor, y desapareció. "Así es; puedes conservar la espada, aunque no te sirva para nada."

"¿A qué te refieres?"

"Ya te lo dije anteriormente, tú no eres un humano y tampoco un celestial."

Orin se quedó pensando unos segundos y le dijo: "¿Y por qué dices que no sirve? En la batalla me hizo más poderoso de lo que era... pero extrañamente el Ser Oscuro me dijo lo mismo."

"Así es Whiteman, la espada te hizo ver la verdad de lo que tienes. Ya depende de ti, ir ejercitando y acrecentando ese poder."

"Entiendo," dijo Orin.

"No, no lo entiendes. La espada ya hizo su función, y puedes conservarla como un arma de ataque; pero tú eres igual de poderoso con o sin espada, y con el tiempo serás incluso más fuerte."

"Por cierto... ¿Cómo sabes tú que no soy un celestial?"

Ward sonrió, se puso las gafas, y les dio un par de golpecitos con los dedos. "Lo sé gracias a *este* artefacto celestial."

Orin miró la espada de nuevo y preguntó: "¿Qué hay de mi pirámide?"

"*Mi* pirámide es algo que puede beneficiar tu poder."

"Ok, y cuándo cumplirás tu parte de la promesa y me darás *tu* pirámide?"

"Whiteman, Whiteman... Como ya te dije, te voy a dar la pirámide una vez que consigamos un arma celestial para Ricker. Y si es posible, quisiera conseguir dos armas más, una para Garwig, y otra para Adam. Necesito que mi gente de confianza esté bien equipada."

"Y ¿por qué no le das la espada a Ricker? Y me das a mi la pirámide."

Ward se quedó callado unos segundos y dijo: "Es mejor que no."

"¿Por qué?"

"A veces es mejor no saber todas las respuestas."

Con esto, Ward dio por terminado el encuentro y se fue de la habitación en que estaban. Orin, al quedar solo, optó por desaparecer.

Orin reapareció en el departamento que solía ser de Helen, y se encontró ahí a Aletia. "Necesito hablar con Wilus," le dijo.

"Wilus está cuidando a Delmy. Pasaron cosas extrañas por acá."

Aletia le contó a Orin lo que había pasado con el Ser Oscuro, Floyd y Josune. "En conclusión," dijo Aletia, después de narrar todo el misterioso encuentro, "tengo que ir en busca de mi padre. No le quiero pedir ayuda a Eloy, porque no lo quiero distraer; él tiene asuntos más importantes que resolver. Así que no tengo más opción que pedirte ayuda a ti."

"No puedo ayudarte a buscar a tu padre," dijo Orin. "Porque tengo que ayudar a Sagar.... pero te puedo ayudar de otra forma." En ese momento, el cubo blanco de Orin apareció ante ellos, dio tres vueltas alrededor de él, e inmediatamente dio tres vueltas alrededor de Aletia. En la mano de Aletia apareció la espada blanca. Orin le había entregado su arma celestial.

"Ahora sí, ve y busca a tu padre."

"Sagar... ¿Quién es Sagar?"

Por unos segundos, un aura blanca envolvió a Aletia, y sus ojos se tornaron blancos. En su mente, aparecieron mil imágenes, en las que descubrió la verdad que tanto había buscado. "Ah, Eloy es Sagar," dijo. Y un momento después, Aletia añadió:

"Y él es el elegido."

En un enorme salón redondo, donde había cientos de mesas con asientos vacíos dispuestos de forma concéntrica, se abrieron repentinamente decenas de portales. A través de los portales empezaron a entrar, con recelo, varias personas de atuendo formal y gesto serio. Eran los presidentes y primeros ministros de todas las naciones que llegaban, ligeramente desorientados, mirando a su alrededor. Poco a poco, fueron ubicándose donde les correspondía, según el lugar donde estaba la bandera de su país.

Durante los siguientes minutos, fueron abriéndose más portales, y la mayoría de los puestos fueron llenándose. Pero el puesto correspondiente a los Estados Unidos permanecía vacío. Un murmullo homogéneo se esparcía por el amplio salón de altísimo techo, mientras los líderes mundiales compartían sus impresiones de esta extraña convocatoria con sus colegas de otros países.

De repente, se abrió un portal más.

"Buenas tardes a todos." Al oír el saludo, el murmullo se apagó de inmediato. Un hombre joven y constitución atlética, vestido con un traje sobrio, pero elegante, se encontraba de pie desde su puesto. Se lo veía muy seguro de sí mismo; llevaba su pelo rubio peinado hacia atrás, y tenía en su rostro una sonrisa discreta y cordial. El hombre acomodó el micrófono a su altura, y prosiguió.

"Les agradezco por haber venido; sé que su tiempo es muy valioso, así que seré breve. Muchos de ustedes me conocen; algunos personalmente, otros por medio de actos solemnes, o de la prensa. De todas formas, me presento. Soy el Presidente de los Estados Unidos, Risteard Gore, y los he citado aquí, no por un acto solemne, ni por un acto de paz, sino más bien por un Plan de Contingencia."

La asamblea estaba ya completamente llena, pero el silencio era absoluto. Todos los asistentes escuchaban con atención las palabras de Risteard.

"La razón por la que los convoqué aquí hoy es que estamos viviendo tiempos... complicados. Hace poco, una mujer destruyó toda la ciudad de París, y pudo haber causado incluso mucho más daño. Esta amenaza es algo que nunca antes habíamos visto, y sus repercusiones son potencialmente fatales para la raza humana... Pero no estamos aquí para asustarnos, o lamentarnos; ahora es momento de dejar de lado nuestras diferencias ideológicas y nuestras agendas políticas, y tomar acción, preparándonos de una forma diferente."

En ese momento, apareció una esfera negra dando vueltas alrededor de Risteard. La sala se llenó de un rumor sorprendido.

"Como bien lo saben, ustedes han llegado aquí a través de un método no muy convencional: portales. Y esto que ven aquí," dijo, señalando la esfera negra, "es un arma celestial. Con esta esfera yo puedo abrir portales en diferentes partes del mundo, para reunirnos en esta asamblea secreta. Y debido a esto me tomaré la libertad de dirigir este proyecto."

Los asistentes se quedaron callados, intentando procesar lo que estaba sucediendo. Muchos de ellos habían oído hablar de artefactos celestiales, pero el arma celestial era un concepto nuevo, además no creían que eran reales. Algunos sabían de su existencia, pero jamás los habían visto. Pocos habían tenido la oportunidad de presenciar estos artefactos celestiales en acción; otros muchos, no tenían idea de nada. Cada gobierno guardaba sus secretos.

El presidente de Rusia se puso de pie. Todos los ojos de la sala volaron hacia él. "No eres el único al que le ha sido entregado un arma celestial," dijo, rompiendo el silencio. De su bolsillo, sacó una pirámide que tenia los colores rojo y amarillo, como una brasa al rojo vivo.

Acto seguido, el líder de China se puso de pie, y mostró a la asamblea en su mano una pirámide de cristal, que parecía ser hueca, pero era muy resistente.

Y por último, un hombre de tez blanca, con un turbante azul real, se puso de pie. Los asistentes de la asamblea lo reconocieron como Mohamar Abu Selim, el hombre que había creado la Unión Líder Árabe, y que había logrado unir a todos los árabes en un gran ejército unificado. A su alrededor giró tres veces una pirámide hecha de roca.

Nadie más se levantó. Sólo cuatro líderes se mantenían de pie.

"¿Cómo debemos referirnos al proyecto a cuya creación estamos asistiendo?" preguntó uno de los asistentes que permanecía sentado. Mohamar giró la cabeza hacia él, y respondió:

"MABUS"

Sobre la cima de un monte, bajo un cielo nublado y gris, más de cien mil personas esperaban, a pesar de la fina llovizna que caía, implacable. Cientos de cámaras, enviadas por las principales cadenas de noticias, se ubicaban alrededor de la gente, listas para dar cobertura al evento en vivo, y transmitirlo al mundo entero. Todos estaban pendientes, esperando las palabras de la persona que habían estado siguiendo; una persona de paz.

Habían pasado meses desde que Sagar se había convertido en el héroe mundial, aquel que había hecho posible el fin de la guerra. La Cruz de los Cielos había comenzado a desaparecer, glorificando la llegada del Titán.

Y en el centro de la multitud, apareció Deus. Una ovación de varios minutos le dio la bienvenida, y cuando los aplausos empezaron a menguar, todos los asistentes, y los televidentes alrededor del mundo, estaban atentos a lo que Deus tenía que decir.

Pero Deus no dijo una sola palabra.

En silencio, levantó sus brazos hacia el cielo, y en medio de las nubes grises apareció una tenue luz, dentro de la cual empezó a materializarse una figura humana. Era una mujer esbelta, de largo y hermoso cabello negro, con inmensos ojos verdes. Venus tenía una sonrisa angelical en su hermoso rostro, y todos los presentes se quedaron mirándola embelesados. Era como si cada milímetro de su ser, cada poro de su piel irradiara amor.

Mientras descendía, Venus vio a la muchedumbre mirándola hipnotizada, y recordó las palabras de Deus: "Ellos tienen que escuchar lo que necesitan escuchar, y tienen que ver lo que necesitan ver." Ella sabía que era necesario, para terminar con la violencia, unir a todos bajo el signo de una sola religión.

Con su voz angelical, Venus se dirigió a la gente, diciendo: "Gracias a todos por estar aquí; vengo a decirles que ya es tiempo de que todos nos unamos en una misma religión: la religión de la libertad. Todos son libres de creer en lo que quieran creer, libres de seguir a lo que quieran seguir, desde sus casas, desde sus hogares. No necesitamos de una iglesia para poder amar. El amor es la fuerza más poderosa del Universo. El amor es la respuesta."

Al escuchar esto, Deus sonrió. Levantó su mano derecha, y paró de llover. Se elevó en el aire algunos metros, con los brazos abiertos y los puños cerrados. La gente estaba sorprendida. Todos gritaban y aclamaban a Deus.

Deus, mirando hacia el cielo, abrió sus dos manos. Desde arriba, aparecieron dos rayos de luz, que los iluminaron a él, y a Venus.

Deus transformó su cuerpo físico en un cuerpo de energía, y éste a su vez se redujo a una pequeña bola de energía, que fue elevándose por el camino de luz, hasta desaparecer entre las nubes.

Venus lo miró alejarse, mientras sonreía. Luego, se elevó frente a todos, levantó las manos, y todas las nubes desaparecieron, dejando el cielo completamente despejado, con un hermoso sol iluminando el perfecto día. E inmediatamente, ante los ojos de todo el mundo, dos alas de plumas blancas, del tamaño de todo su cuerpo, brotaron de su espalda.

Todos los asistentes se quedaron maravillados, e inclinaron la cabeza ante ella.

La gente pudo ver lo que necesitaba ver.

Todo estaba cumplido.

Made in the USA
Columbia, SC
31 August 2022